EL PARADIGMA PERDIDO

ENSAYO DE BIOANTROPOLOGÍA

EDGAR MORIN

EL PARADIGMA PERDIDO

ENSAYO DE BIOANTROPOLOGIA

editorial Kairós
Numancia, 117-121
08029 Barcelona

Título original: LE PARADIGME PERDU: LA NATURE HUMAINE
Traducción: Domènec Bergadà
Diseño portada: Agustín Pániker

Primera edición: 1974
Séptima edición: 2005

ISBN: 84-7245-250-6
Dep. Legal: B-28.085/2005

Impresión y encuadernación: Índice. Fluvià, 81-87. 08019 Barcelona

Veo a un animal más débil que unos menos ágil que otros; pero, en conjunto, el mejor *organizado* de todos.

JEAN-JACQUES ROUSSEAU

Discurso acerca del origen de la desigualdad entre los hombres.

Universo	7.000 millones de años
Tierra	5.000 millones de años
Vida	2.500 millones de años
Vertebrados	600 millones de años
Reptiles	300 millones de años
Mamíferos	200 millones de años
Antropoides	10 millones de años
Homínidos	4 millones de años
Homo sapiens	entre 100.000 y 50.000 años
Ciudad, Estado	10.000 años
Filosofía	2.500 años
Ciencia del hombre	0

PRÓLOGO

Este libro constituye, a la vez, un giro y un regreso a un punto de partida. La orientación teórica es nueva, pero la preocupación ya existía. En *El hombre y la muerte** escrito entre 1948 y 1950, ya busqué el punto de unión y de ruptura entre biología y ciencia del hombre. «Nuestra antropología de la muerte —escribí— fundamentada en la prehistoria, la etnología, la historia, la sociología, la psicología infantil, la psicología en general, tiene que encontrar ahora su confirmación biológica, si quiere afirmarse con autenticidad científica».

En modo alguno pretendo atribuirme una perspicacia o una imaginación excepcionales. Creo, únicamente, que me planteaba una de estas cuestiones ingenuas, banales, evidentes, que todos solemos plantearnos entre los siete y los diecisiete años, y que luego se inhiben, se reprimen, se asfixian y se ridiculizan en cuando entramos en las Universidades y en las Doctrinas. Autodidacta por complexión, es decir, no dejándome intimidar excesivamente por los decretos de la Escuela ni por la majestad de las Autoridades espirituales, me era imposible dejar de reconsiderar el nudo gordiano que la antropología oficial creía haber zanjado perfectamente. Es sabido que la teoría dominante sobre el hombre se funda, no solamente sobre la separación, sino sobre la oposición entre las nociones de hombre y de animal, de cultura y de naturaleza. Todo lo que no encaja en este paradigma viene condenado como «biologismo», «naturalismo», «evolucionismo».

* Publicado por Kairós, 1974, en esta misma colección.

Pero después de haberme otorgado un *satisfecit*, debo ahora censurarme por haber permitido que durante veinte años la pregunta fundamental dormitara en mi interior. Bien es verdad que no he podido nunca considerar al hombre como una entidad cerrada, separada, radicalmente extraña a la naturaleza, y que cuando en 1962 me pregunté de nuevo «¿qué somos? ¿qué es el hombre en el mundo?» *(Le vif du sujet)*, intenté formular una «antropo-cosmología». Pero ahora veo claramente que faltaba, no solamente el eslabón biológico esencial, sino también los elementos básicos donde apoyar tal meditación. Sin darme cuenta me he encontrado encerrado en el ghetto de las ciencias humanas; por esto, cuanto más me acerco al problema central, mis limitaciones y la estrechez de mi cultura más me alejaban del mismo. En *Introduction à une politique de l'homme*, escrito por las mismas fechas, el problema bioantropológico aflora repetidas veces, pero de manera rota, fragmentaria, superficial, ignorante; unas veces considerando que la acción científica es «el producto de la dinámica interna de la especie humana» y que «el progreso técnico, nacido de la evolución biológica, interfiere en esta evolución para orientarla y modificarla»; otras, planteando la necesidad de una «biopolítica»; otras, en fin, para aspirar a una transformación de la «naturaleza humana» de la que nacería el «metántropo».

De este modo mi preocupación «biológica» se volvía nebulosa, mitológica, y sin duda habría seguido degradándose si las sacudidas del año 68, por caminos semi aleatorios, no hubieran despertado y alimentado mis primeras interrogaciones. Metido de nuevo en la investigación, me encontraba apto para coger al vuelo la suerte y el azar que se me presentaron en dos ocasiones.

En 1968, el doctor Jacques Robin forma un grupo de intercambios y de discusiones, constituido principalmente por biólogos y cibernéticos *(Groupe des Dix)* al cual me invita. Allí, mientras Robin, incansablemente, me orienta hacia nuevas lecturas, Jacques Sauvan y Henri Laborit me hacen descubrir que la cibernética, en vez de ser una reducción simplista de esquemas mecánicos (como yo creía), constituye por el contrario, una introducción a la complejidad.

El acontecimiento decisivo sobreviene un año más tarde,

cuando gracias a John Hunt y a Jacques Monod, Jonas Salk me invita al *Salk Institute for Biological Studies.* La única cosa que se me pide es exactamente la que yo pido: aprender. Allí, convertido de nuevo en estudiante, y con qué satisfacción, dejo que mi exploración siga los caprichos y la lógica de mi curiosidad; las lecturas que hago (entre ellas el manuscrito de *El azar y la necesidad*), las conversaciones con los investigadores del Instituto que se prestan a ser mis benévolos mentores, precipitan, no una «conversión a la biología» (como verá el lector después de las primeras veinte páginas de este libro), sino una reconversión teórica. Al mismo tiempo, Anthony Wilden, del Departamento de Comunicaciones de la Universidad de San Diego, me hace descubrir a Gregory Bateson y me incita a una prospección de las diversas corrientes de pensamiento que se encuentran bajo la *General Systems Theory.* También entonces, y por todos lados, me topo con la problemática ecológica, y mientras Wilden emprende su investigación «ecosistemológica», Hélène Durbin me presenta a los pioneros y militantes del nuevo pensamiento ecológico en Berkeley.

Esta trayectoria me aporta los estímulos decisivos, a mi regreso a Francia. La *Logique du vivant,* de François Jacob me permite ver la sorprendente dialéctica del desarrollo de los conceptos biológicos. Henri Atlan me inicia en la teoría de los autómatas de John von Neumann y en el principio de *order from noise,* el «azar organizador» de Heinz von Foerster. Aprovecho una estancia en la universidad Mac Gill, de Montreal, para sumergirme en las tres obras, que no se encuentran en Francia, consagradas a los *Self-Organizing Systems;* me maravillo con el texto de Gottard Gunther (citado en la bibliografía); continúo olvidando todo lo aprendido y volviendo a aprenderlo todo, realizando, al fin, lo que tuve la ilusión de haber hecho en *Le vif du Sujet:* la revisión crítica de la base de todo mi sistema de pensamiento.

Desde entonces, como autodidacta incorregible que soy, trabajo, manipulo a tientas, a través de errores e incertidumbres, y a partir de materiales que encuentro en las disciplinas más diversas, ideas claves que se encuentran todavía en las fronteras de las disciplinas tradicionales (retenidas en la aduana por falta de visado); manipulo la teoría, que si no responde al menos corresponde a las preguntas que hoy considero fundamentales. Este trabajo sigue elaborándose, y sin darlo por acabado saldrá un primer enfoque en una próxima obra *(La Méthode)*.

Esta investigación es inseparable del CIEBAF *(Centre International d'études bio-anthropologiques et d'antropologie fondamentale)*. A mi regreso de California, soñaba con un centro apto para consagrarse a estos problemas, y donde pudieran, no sólo efectuarse intercambios interdisciplinarios entre ciencias biológicas y ciencias humanas, sino además favorecer y desarrollar un pensamiento verdaderamente transdisciplinario. El proyecto fue acogido e integrado en la *Fondation Royaumont pour le progrès des sciences de l'homme*. Desde entonces, la investigación de la cual ha salido este manuscrito se confunde con la actividad del CIEBAF.[1]

En 1971-72, con Massimo Piattelli-Palmarini, biólogo molecular de formación, llevamos a cabo una exploración a través de lecturas, encuentros, coloquios que fue para mí de una fecundidad extraordinaria, colocándome frente a problemas insospechados, revelándome ignorancias, empujándome siempre a volver a aprender. La exploración culminó con un encuentro que reunió en Royaumont a una cuarentena de investigadores de distintos países y de distintas disciplinas, encuentro consagrado a la *Unidad del Hombre*. La generosidad de Cyrus Eaton, mecenas del movimiento Pugwash, permitió que el CIEBAF invitara. Y, una vez más, fue Jacques Monod quien se ocupó de atar todos los hilos, ya que era el autor de *El azar y la necesidad* a quien Cyrus Eaton había ofrecido la posibilidad de hacer una reunión internacional.

El presente libro nació de este coloquio. En un principio, quería hacer una comunicación de unas quince páginas, y, no sé cómo, llené setenta. Entonces comprendí que bajo la apariencia de un borrador a la vez demasiado corto y demasiado largo, lo que se había formado en mi interior era el embrión de un libro; un libro que pedía ser llevado a término. Pero este ser llevado a término fue alimentado por el propio coloquio, y el lector verá, por las muchas referencias que hay, que mi tra-

1. Que en noviembre de 1972 se ha convertido en el *Centre Royaumont pour une science de l'homme*.

bajo, aunque autónomo, es complementario del que reunió las comunicaciones y las discusiones de *La Unidad del Hombre*.[2]

2. Quiero dar aquí las gracias a todos aquellos que han permitido que este trabajo viera la luz con su colaboración. Como ya he indicado, el CIEBAF ha constituido la placenta del presente texto, y durante los dos años que ha durado esta aventura piloto ha encontrado en él, no sólo confianza, apoyo y estímulo, sino también amistad, sin la cual para mí toda empresa se convierte en algo vano, desolador y difícilmente soportable. También debo recordar con gratitud a François Jacob, Jacques Monod, Emmanuel Le Roy Ladurie, Salvador Luria y Jonas Salk, así como a Claude Gregory, Corneille Castoriadis y Claude Lefort, quienes, si bien ajenos a la elaboración concreta de la obra, son "mis" interlocutores permanentes. El CIEBAF debe su existencia a la *Fondation Royaumont pour le progrès des sciences de l'homme*, es decir, a la confianza de Henry Gouïn, la iniciativa de Philippe Daudy y la confraternización establecida entre éste, Bernard de Bonnerive y el que esto suscribe. Debo subrayar aquí que el auténtico organizador del CIEBAF fue John Hunt, que a lo largo de mi exploración he mantenido un diálogo permanente con Massimo Piattelli y que he tenido la suerte de verme asistido por la dulce y bienhechora presencia de Sylvia Duchasek.

Sólo he podido progresar en la redacción del presente manuscrito en condiciones ecológicas, naturales y humanas satisfactorias, tanto más benéficas por cuanto que Johanne no ha dejado en ningún momento de acompañarme; en Torre-Vecchia, en casa de Carlo e Isabelle Durazzo; en el Palagio, en casa de Simone de San Clemente; en Copacabana y en la isla de Itamaraca, donde permanecimos gracias a la siempre bienhechora amistad de Candido Mendes; en el Trastevere, en casa de Andras Biro; en el convento de Alziprato, en casa de Henri-Louis de La Grange. En todos los lugares mencionados encontré aquellos increíbles momentos de paz en los que lograba trabajar sin tregua mientras convivíamos en perfecta armonía con Michèle y Jean, Évelyne y André, Michèle.

Las advertencias de André Burguiere y Jean Daniel me han permitido esclarecer, aligerar y explicitar con mayor claridad el contenido de la primera parte del texto. La lectura crítica de Monique Cahen me ha sido, una vez más, indispensable. Finalmente, quiero dar las gracias a Marilou Melber, Allix d'Aragon y Odile Nouvelot que han mecanografiado las páginas de mi manuscrito.

Me doy perfectamente cuenta de que he citado muchos nombres, pero ello no significa otra cosa que nunca hasta aquí mi trabajo había dependido de tantas colaboraciones y tantas presencias. No olvido en absoluto cual ha sido la condición primordial que ha posibilitado la existencia de este libro: sin la libertad de la que he gozado en el CNRS, una investigación de estas características jamás habría visto la luz del día.

PRIMERA PARTE

LA SOLDADURA EPISTEMOLÓGICA

«Todo nos incita a abandonar de una vez la visión de una naturaleza no humana y de un hombre no natural».

SERGE MOSCOVICI

1. LA CIENCIA CERRADA

La evidencia estéril

Sabemos muy bien que somos animales de la clase de los mamíferos, del orden de los primates, de la familia de los homínidos, del género *homo*, de la especie *sapiens;* que nuestro cuerpo es una máquina de treinta mil millones de células, controlado y procreado por un sistema genético, el cual se constituyó en el transcurso de una evolución natural a lo largo de 2 a 3 millones de años; que el cerebro con el cual pensamos, la boca con la cual hablamos, la mano con la cual escribimos son órganos biológicos. Ahora bien, este saber es tan inoperante como el que nos informa que nuestro organismo está constituido por combinaciones de carbono, de hidrógeno, de oxígeno y de nitrógeno.

Desde Darwin admitimos que somos hijos de primates, pero no que nosotros mismos seamos primates. Estamos convencidos de que, una vez descendidos del árbol genealógico tropical donde vivían nuestros antepasados, nos hemos alejado para siempre de él, y de que hemos construido, al margen de la naturaleza, el reino independiente de la cultura.

Evidentemente, nuestro destino es excepcional en relación al de los demás animales, primates incluidos, a quienes hemos domesticado, reducido, rechazado, puesto entre rejas o en reserva. Nosotros hemos edificado ciudades de piedra y acero, inventado máquinas, creado poemas y sinfonías, navegado por el espacio. ¿Cómo no creer que, aunque salidos de la naturaleza, no seamos, a pesar de ello, extranaturales y sobrenaturales? Desde Descartes pensamos contra natura, seguros de que nuestra misión consiste en dominarla, someterla y conquistarla. El cristianismo es la religión de un hombre cuya muerte sobrenatural le permite escapar al destino común reservado a las otras criaturas vivas; el humanismo es la filosofía de un hombre cuya vida sobrenatural le permite escapar a tal destino. El hombre es sujeto en un mundo de objetos, y soberano en un mundo de sujetos. Por otra parte, a pesar de que todos los hombres pertenecen a una misma especie *(homo sapiens)*, este rasgo común nunca ha dejado de serle negado al hombre por el propio hombre, quien no reconoce a un semejante en el extranjero o insiste en acaparar para sí la plena calidad de hombre. Incluso el filósofo griego veía a un bárbaro en todo persa y un mero objeto animado en todo esclavo. Y si en la actualidad nos sentimos compelidos a admitir que todos los hombres somos tales, no por ello hemos dejado de excluir de este grupo a los que denominamos «inhumanos».

A pesar de todo, el tema de la naturaleza humana no ha dejado de plantearsele al hombre de todas las épocas como un inquietante problema a resolver, desde Sócrates a Montaigne y Pascal, pero siempre lo ha sido para descubrir en ella lo desconocido, la incertidumbre, la contradicción, el error. Los interrogantes no alimentaban un conocimiento, sino la duda sobre el conocimiento. Cuando finalmente, gracias a Jean-Jacques, la naturaleza humana emergió como plenitud, virtud, verdad y bondad, éste tuvo buen cuidado en mostrarnos de inmediato que nos hallábamos exiliados de ella y en deplorar la irremediable pérdida de tal estado paradisíaco. Pero pronto hemos descubierto que este paraíso era tan imaginario como el otro.

Paradigma inencontrable en Pascal, paraíso perdido en Rousseau, la idea de naturaleza humana iba a terminar perdiendo su núcleo, convertida en blando protoplasma, gracias a la toma de conciencia de la evolución histórica y de la diversidad de las civilizaciones. Puesto que los hombres son tan diferentes en el espacio y en el tiempo y se transforman según las sociedades en las que se hallan inmersos, debe admitirse que la naturaleza humana no es más que una materia prima maleable a la que sólo pueden dar forma la cultura o la historia. Además, en la medida en que la idea de naturaleza humana se ha visto inmovilizada por el conservadurismo, con el objetivo de usarla a modo de freno frente a los cambios sociales, la ideología del progreso ha extraído la conclusión de que para que se produzcan cambios no es necesario que exista ninguna naturaleza humana. Así pues, acosada por todas partes, vaciada de virtudes, riquezas y dinamismo, la naturaleza humana aparece como un residuo amorfo, inerte, monótono: no ya como la base sobre la que se sustenta el hombre, sino como algo que ha sido superado.

¿Pero acaso la naturaleza no lleva en su seno un principio de variedad, tal como lo testimonian los millones de especies vivas? ¿Acaso no alberga un principio de transformación? ¿Acaso no lleva implícita la evolución que ha conducido hasta el hombre? ¿Privaremos a la naturaleza humana de toda cualidad biológica?

La casa cerrada

Hubiera podido esperarse que la aplicación al estudio del hombre de los métodos cuantitativos y los modos de objetivación característicos de las ciencias naturales rompería la insularidad humanista reintegrando el hombre al seno del universo, y que la filosofía del hombre sobrenatural sería uno de los últimos fantasmas, uno de los últimos focos de resistencia, que se opondrían a la creación de una auténtica ciencia del hombre. De hecho, la unificación ha tenido lugar en cuanto al método, pero no en cuanto a la teoría.

Hubo, sin embargo, algunas tentativas teóricas para anclar la ciencia del hombre sobre una base natural. En las fulgurantes páginas del manuscrito de 1844, Marx situaba en el centro mismo de la antropología, no al hombre cultural y social, sino al «hombre genérico». Lejos de oponer naturaleza y hombre, indicaba que «la naturaleza es el objeto inmediato de la ciencia que trata del hombre», pues «el primer objeto del hombre —el hombre— es naturaleza». Formulaba a continuación el principio capital: «Las ciencias naturales acabarán englobando la ciencia del hombre y, a un mismo tiempo, la ciencia del hombre englobará las ciencias naturales: no habrá más que una sola ciencia». Engels se esforzó por integrar al hombre en la «dialéctica de la naturaleza». Spencer fundamentaba la explicación sociológica en la analogía establecida entre el cuerpo social y el organismo biológico, y en base a tal esquema se intentó desarrollar un darwinismo social fundado en el concepto de selección natural. Por su parte Freud buscaba en el organismo humano, y lo encontraba en el sexo, el origen de los problemas de la psique.

Ahora bien, el organicismo spenceriano no podía ir mucho más allá de triviales analogías y el darwinismo social acabó convirtiéndose en una grosera racionalización del principio de la libre competencia. En cuanto al primer movimiento teórico de Marx y de Freud retrocedió sin mayores consecuencias al no encontrar un terreno abonado para su ulterior desarrollo, y acabó siendo clasificado como «errores de juventud». Posteriormente los epígonos de la era estructuralista se esforzaron por eliminar de ambas doctrinas todo rastro de «naturalismo», al tiempo que relegaban al museo de los trastos inservibles la torpe «dialéctica de la naturaleza».

En consecuencia, la antropología de la primera mitad de nuestro siglo dió un viraje radical en relación a sus inmediatos precedentes para repudiar de forma resuelta todo vínculo con el «naturalismo». El espíritu y la sociedad humanas, únicos en la naturaleza, deben hallar su inteligibilidad no solamente en sí mismos, sino por antítesis frente a un universo biológico carente de espíritu y sociedad.

Pese a ser objeto de estudio científico bajo la guía de métodos característicos de otras ciencias, el hombre es aislado y la *filiación* que le vincula a una clase y a un orden naturales —los mamíferos y los primates— en ningún momento es concebida como una *afiliación*. Por el contrario, el antropologismo define al hombre por oposición al animal; la cultura por oposición a la naturaleza; el reino humano, síntesis de orden y de libertad, se opone tanto a los desórdenes naturales («ley de la jungla», pulsiones incontroladas) como a los ciegos mecanismos del instinto. La sociedad humana, maravilla de organización, se define por oposición a las agrupaciones gregarias, a las hordas y a las manadas.

Así pues, el mito humanista del hombre sobrenatural es reconstituido en el propio seno de la antropología y la oposición naturaleza/cultura ha tomado la forma de un paradigma, es decir, de modelo conceptual que dirige todo su pensamiento.

Sin embargo, esta dualidad antitética hombre/animal, cultura/naturaleza, tropieza con la evidencia. Es evidente que el hombre no está constituido por dos estratos superpuestos, uno bionatural y otro psicosocial, como también lo es que no hallamos en su interior ninguna muralla china que separe su parte humana de su parte animal. Es evidente que cada hombre es una totalidad bio-psico-sociológica. A la luz de estos hechos, la antropología aislacionista se ve sometida a una serie de paradojas que es incapaz de superar. Si el *homo sapiens* surge de forma brusca totalmente pertrechado, es decir, dotado de todas sus potencialidades, lo mismo que Atenea emerge de Zeus o Adán de Elohim, pero de un Zeus inexistente o de un Elohim recusado, ¿de dónde sale entonces? Si el ser biológico del hombre es concebido, no como productor, sino como materia prima que informa la cultura, *entonces, ¿de dónde surge la cultura?* Si el hombre vive en un marco cultural sin dejar por ello de pertenecer a la naturaleza, ¿cómo puede a un mismo tiempo ser antinatural y natural? ¿Cómo es posible dar una explicación del hombre a partir de una teoría que tan sólo hace referencia a su aspecto antinatural?

La antropología se cuida muy bien de dejar al margen tales problemas y, como sucede muy a menudo, rechaza lo inexplicable como insignificante hasta conseguir que la cuestión planteada se desvanezca y se esfume definitivamente de nuestro campo de percepción. *Sin embargo, es necesario indicar que dentro de la primera mitad del presente siglo ha permanecido inexplicable incluso para la biología la relación hombre/naturaleza, y que su impotencia para resolver el problema da cuenta, no ciertamente de la postura de la antropología frente a la cuestión, sino de su propia incapacidad de análisis.*

En efecto, la ciencia biológica no podía proporcionar a la ciencia del hombre ni un marco de referencia adecuado ni los medios para establecer sólidos vínculos bioantropológicos. Como mínimo, hasta comienzos de la década de los 50, se concebía la vida como una cualidad original propia de los organismos vivos. La biología se negaba a vincularse demasiado sólidamente con un universo físico-químico al que rehusaba verse reducida; se negaba a insertarse en el marco del fenómeno social que, si bien ampliamente extendido en el reino animal, e incluso en el vegetal, no era considerado, a falta de conceptos y enfoques metodológicos adecuados, más que bajo la forma de vagas similitudes. Las sociedades de abejas y hormigas, con una evidente y alambicada organización, eran relegadas a la categoría de casos excepcionales, y en modo alguno se las consideraba como signos de una sociabilidad profundamente inscrita en el universo vivo. Finalmente, la biología se negaba a considerar todas aquellas cualidades o facultades que traspasaran el marco estrictamente fisiológico, es decir, todo lo que en los seres vivos es comunicación, conocimiento, inteligencia.

Así pues, la biología se había confinado voluntariamente en el *biologismo,* o lo que es lo mismo, en una concepción de la vida cerrada sobre el organismo. De forma similar la antropología se refugiaba en el *antropologismo,* es decir, en una concepción insular del hombre. Cada una de estas ramas del conocimiento parecía tener como objeto una sustancia propia, original. La vida parecía ignorar la materia físico-química; la sociedad, los fenómenos superiores. El hombre parecía ignorar la vida. En consecuencia, el mundo parecía estar compuesto por tres estratos superpuestos y aislados entre sí:

Hombre-Cultura

Vida-Naturaleza

Física-Química

2. LA «REVOLUCIÓN BIOLÓGICA»

En los últimos veinte años la situación se ha modificado radicalmente. Y no obstante, abundan las situaciones de las que parece desprenderse que tal modificación es casi imperceptible. Ha dejado de existir la frontera adiabática que separaba los tres dominios de pensamiento indicados al final del capítulo anterior. Han aparecido una serie de brechas en el seno de cada paradigma cerrado, a través de las cuales se efectúan las primeras interconexiones que actúan, a un mismo tiempo, como aperturas hacia los otros campos, hasta aquel momento prohibidos, y como nuevas emergencias teóricas.

La lógica de lo vivo

El giro copernicano tiene lugar poco antes de 1950. Shannon (1949) * con la teoría de la información, y Wiener con la cibernética (1948), inauguran una perspectiva teórica aplicable tanto a las máquinas artificiales como a los organismos biológicos, a los fenómenos psicológicos como a los sociológicos. Algo más tarde, en 1953, el esfuerzo llevado a cabo en

* Todas las obras cuya fecha de aparición se señala en el texto, se encuentran en la bibliografía que aparece al final de este volumen.

el campo de la biología molecular consigue abrir la brecha decisiva que permite a la biología ramificarse hacia «abajo»: el descubrimiento de la estructura química del código genético por parte de los bioquímicos norteamericanos Watson y Crick.

En general, todo el mundo admite que el primer acto de la «revolución biológica» lo constituye la apertura de la biología hacia «abajo», es decir, hacia el estudio de las estructuras físico-químicas. Sin embargo, rara vez se ha dicho que tal apertura hacia «abajo» ha constituido *a un mismo tiempo* una apertura hacia «arriba». Por el contrario, quizá la impresión general producida por tal descubrimiento ha sido la de que una comprensión de la vida a nivel molecular alejaba más que nunca a la biología de la realidad humana. Parecía que la biología hubiera emprendido el camino de una reducción de los fenómenos vitales a un nivel físico-químico y que, por lo tanto, dentro de la polémica entre «vitalistas» y «reduccionistas» tomaba partido por estos últimos. Efectivamente, se demostró que no hay *materia* viva sino *sistemas* vivos, es decir, organizaciones particulares de la materia físico-química. Sin embargo, cuando los que respaldaban la tesis triunfante insistían en los términos físico-químicos, tenían cierta tendencia a ocultar la significación paradigmática de la expresión «organización particular», a pesar de que no eran otros sino ellos los que ponían de relieve la existencia de tal organización y la elucidaban de forma progresiva a lo largo de toda la década de los cincuenta. La nueva biología no hacía otra cosa que reducir la vida celular a sus sustratos núcleoproteicos y descubría que las combinaciones e interacciones existentes entre los millones de moléculas que componen el más minúsculo de los sistemas celulares correspondían, desde el punto de vista estadístico, a sucesos altamente improbables en relación a los procesos digamos «normales», de los que no cabía esperar otra cosa que la descomposición del sistema y la dispersión de sus componentes.

La nueva biología ha necesitado apoyarse en una serie de principios de organización desconocidos en el campo de la química: nociones tales como información, código, mensaje, programa, comunicación, inhibición, represión, expresión y control, entre otras. Todas estas nociones poseen un carácter cibernético en tanto que identifican a la célula con una máquina informacionalmente autorregulada y controlada. La aplicación a la célula, es decir, a la unidad fundamental de vida, de la noción de máquina ya constituye por sí misma un acontecimiento de capital importancia. Sin embargo este hecho no ha sido reconocido en su justo valor puesto que existe una mayor sensibilidad hacia las connotaciones mecánicas del término que a sus aspectos organizativos. A pesar de todo, no hay duda alguna de que se trata de un verdadero sálto epistemológico (Gunther, 1962) en relación al esquema de la física clásica. La máquina se convierte en una totalidad organizada, no reductible a sus elementos constitutivos, que en modo alguno podrían ser correctamente descritos como entes aislados a partir de sus propiedades particulares. La unidad superior (la máquina) no puede disolverse en las unidades elementales que la integran, antes al contrario, ella es la que hace inteligibles las propiedades que éstas manifiestan. Más aún, las nociones procedentes de la teoría de la información y de la cibernética no sólo hacen referencia a máquinas altamente organizadas sino que además llevan en sí mismas una connotación antroposociomorfa. Realmente es en este hecho donde reside lo asombroso de la apertura hacia «arriba» anteriormente apuntada: información, código, mensaje, programa, comunicación, inhibición, represión, etc., son conceptos extraídos de la experiencia de las relaciones humanas y hasta entonces habían sido considerados elementos indisociables de la complejidad psicosocial. No es extraordinario que tales términos puedan ser aplicados a máquinas artificiales, pues, a fin de cuentas, el control, la regulación y el programa han sido concebidos por el hombre, integrados en el marco de sus relaciones sociales. Lo extraordinario es que tan alta organización se hallara en la misma fuente de la vida: la célula parece una compleja sociedad de moléculas regidas por un gobierno.

Llegadas las investigaciones a este estadio se hizo palmario que tanto células como máquinas y sociedades humanas podían obedecer a principios organizativos a los que la cibernética, precisamente apta para ser aplicada a tan diversas realidades, había proporcionado un primer (y rudimentario) ensamblamiento. Así pues, la nueva biología mataba tres pájaros de un tiro. Por una parte, gracias a la íntima vinculación estructural que acababa de establecer con la química, conseguía una radical inserción del fenómeno de la vida en la *physis*. En segundo lugar, su vinculación con la cibernética era el motor de un inaudito acercamiento a ciertas formas de organización consideradas hasta aquel momento como metabiológicas (la máquina, la sociedad, el hombre). Finalmente, el principio de inteligibilidad biocibernética se alejaba de la física clásica. Ésta no sólo era incapaz de prever la mínima noción organizativa de carácter cibernético, sino que incluso en su rama más compleja, la termodinámica, no conseguía más que enunciar un principio de desorganización (segundo principio).

En este aspecto concretò surgió un problema fundamental puesto de relieve por Schrödinger (1945). Mientras que el segundo principio nos habla de entropía siempre creciente, es decir, de la tendencia de la materia al desorden molecular y a la desorganización, la vida representa, por el contrario, una tendencia a la organización, a la complejidad creciente, es decir, a la neguentropía. Quedaba abierto, pues, el problema de la *vinculación* y la *ruptura* entre los conceptos de entropía y neguentropía que fue finalmente resuelto por Brillouin (1959) a partir de la noción de información. Se trata de la paradoja de *la organización viva, cuyo orden informacional construido en el transcurso del tiempo, parece contradecir un principio de desorden, que se difunde en el tiempo.* Como veremos más adelante esta paradoja tan sólo puede ser afrontada a partir de una concepción teórica que vincule estrechamente orden y desorden, es decir, que haga de la vida un sistema de reorganización permanente fundado en una lógica de la complejidad. Llegados a este punto dejaré de lado este problema, primordial y central a un mismo tiempo, para tratarlo a fondo en mi próxima obra *(La méthode).* Lo importante era señalar que la nueva biología encontró las Américas buscando las Indias, pues en el propio descubrimiento que le abría el camino hacia el universo físico-químico topó con los principios básicos de la organización de la vida e hizo saltar en pedazos el cerrojo «de arriba» que le impedía el paso hacia las formas superiores de vida (las más complejas).

Conscientes de haber llevado a cabo una gran revolución, pero inconscientes de la todavía mucho más grandc revolución que sólo esbozaban los biólogos moleculares, se limitaron a considerar los conceptos cibernéticos como un simple instrumental teórico-práctico para aprehender la más profunda realidad físico-química de la vida, y no pensaron que, de hecho, tales conceptos traducían una realidad organizativa primaria. Eso explica también la escasa atención que prestaron a la etapa metacibernética de los estudios realizados por el matemático von Neumann, quien dedicó los últimos años de su vida a trabajar sobre la teoría de los *autómatas* (von Neumann, 1966). Al margen de la evidente diferencia fenoménica que existe entre la máquina artificial más perfeccionada y la máquina viva más elemental que concebirse pueda, Neumann puso de manifiesto la diferencia entre la naturaleza de una y otra. La máquina artificial, una vez ha sido construida, sólo puede seguir un proceso degenerativo, mientras que la máquina viva es, aunque sólo temporalmente, generativa, es decir, posee la aptitud de acrecentar su complejidad. El carácter paradójico de tal diferencia se nos muestra palmariamente si pensamos que una máquina artificial, que es mucho menos fiable que una máquina viviente, viene, en cambio, constituida por elementos que en sí mismos son mucho más fiables que los que integran a ésta. Por ejemplo, un motor de automóvil está constituido por piezas altamente verificadas, pero los riesgos de avería son iguales a la suma de los riesgos de deterioro de cada uno de sus elementos (bujías, carburador, etc.). En cambio, una máquina viva, a pesar de estar constituida por elementos de escasa fiabilidad (moléculas que se degradan, células que degeneran, etc.), difícilmente se ve privada de funcionamiento a causa de una avería pues, por una parte, es eventualmente capaz de regenerar, reconstituir o reproducir los elementos que se degradan —en otras palabras, de autorrepararse— y, por otra, es eventualmente capaz de funcionar a pesar de la «avería» local. Por el contrario, la máquina artificial se limitará como máximo a localizarnos la avería una vez que ha dejado de funcionar. Más incluso, mientras que el desorden interno, o en términos de teoría de la información, el «ruido» o el error, degrada constantemente a la máquina artificial, la máquina viva funciona siempre con una cierta proporción de «ruido», y el acrecentamiento de su complejidad, lejos de disminuir su tolerancia respecto al «ruido», la aumenta. Como veremos luego, puede afirmarse que entre ciertos umbrales de tolerancia parece existir una íntima relación generativa entre el aumento de «ruido» o desorden y el de complejidad.

La complejidad fue considerada por von Neumann como una noción clave. La complejidad no sólo significaba que la máquina natural ponía en juego un número de unidades e interacciones infinitamente más elevadas que la máquina artificial, sino que implicaba también que el ser vivo se veía sometido a una lógica de funcionamiento y de desarrollo absolutamente distinta; una lógica en la que intervenían la indeterminación, el desorden y el azar como factores de auto-organización u organización a un nivel superior. Esta lógica de lo viviente es sin duda más compleja que la que nuestro entendimiento aplica a las cosas, por más que nuestro entendimiento sea ya uno de sus productos.

¿Cómo llegar a comprender la lógica de un sistema que se *auto-organiza* generando sin cesar sus propios elementos constitutivos y que se autorreproduce en su globalidad? Entre 1959 y 1961 se reunieron tres simposios para tratar el tema (Yovits, Cameron y von Foerster). La cosa no prosperó. Los bosquejos de una teoría de la auto-organización —a diferencia de la cibernética, que se aplica directamente a las máquinas de la informática— no conseguían producir ninguna máquina dotada de las características propias de la vida; tampoco era posible fecundar nuevos descubrimientos concretos en el campo de la biología, cuyo objetivo primordial seguía siendo identificar químicamente las diversas unidades que componían el sistema y sus interacciones. Tales intentos de teoría eran aún demasiado formales para impulsar una investigación empírica y las subsiguientes aplicaciones prácticas. La teoría de la auto-organización permanece en estado embrionario, mal conocida, al tiempo que ocupa una posición marginal. No ha embarrancado; sólo se halla a la espera de una nueva marea.

Así que la «revolución biológica» no ha dado más que sus primeros pasos. El viejo paradigma ha sido reducido a astillas, pero el nuevo aún no ha sido constituido. Con todo, la noción de vida se ha modificado radicalmente; explícita o implícitamente, la vida se relaciona con las ideas de autoorganización y de complejidad.

La revelación ecológica

La nueva teoría biológica, por inacabada que se encuentre en el momento actual, cambia la noción de Vida. La nueva teoría ecológica, por embrionario que sea su estado, cambia la noción de Naturaleza. La ecología es una ciencia natural fundada por Haeckel, en 1873, que se propone estudiar las relaciones entre los organismos y el medio en el que viven. Sin embargo, sea que la preocupación ecológica gozaba de una atención secundaria en el ámbito general de las ciencias naturales, sea porque el medio ambiente era esencialmente concebido como un molde geoclimático, unas veces formativo (lamarckiano) y otras selectivo (darwiniano), en cuyo seno las diferentes especies viven sometidas a un desorden generalizado regido por una sola ley, la del más fuerte o el más apto, no ha sido sino en una época reciente cuando la ciencia ecológica ha llegado a la conclusión de que la comunidad de seres vivos (biocenosis) que ocupan un espacio o «nicho» geofísico (biótopo) constituyen junto con él una unidad global o ecosistema. ¿Por qué sistema? Porque el conjunto de tensiones, interacciones e interdependencias que aparecen en el seno de un nicho ecológico constituye, a pesar y a traves de aleatoriedades e incertidumbres, una auto-organización espontánea. En efecto, constantemente se establecen y remodelan los equilibrios entre tasas de reproducción y de mortalidad y tales regulaciones, más o menos fluctuantes, se establecen a partir de estas interacciones. A partir de asociaciones, simbiosis o parasitismos se establecen complementariedades, que también aparecen para regular las relaciones entre animales de rapiña y presas, comedores y comidos. También se establecen jerarquías entre las diversas especies. Así pues, lo mismo que en las sociedads humanas, en las que no sólo las jerarquías, sino también los conflictos y las solidaridades constituyen algunos de los fundamentos del sistema organizado, cabe incluir entre las complejas bases que sustentan el ecosistema la competición (*matching*) y el reajuste (*fitting*). A través de las interacciones indicadas se originan una serie de ciclos fundamentales, de la planta al hervíboro y al carnívoro, del plancton al pez y al ave. Mediante un ciclo gigantesco tiene lugar la transformación de la energía solar para producir oxígeno y absorber anhídrido carbónico, ensamblando a través de una tupida red de conexiones el conjunto de seres vivos que constituyen el nicho del planeta. En este sentido el ecosistema constituye una totalidad autoorganizada. En consecuencia no es ningún delirio romántico considerar a la Naturaleza como un organismo global, como un ser maternal, siempre que no olvidemos que esta madre ha sido creada por sus propios hijos y que al utilizar la destrucción y la muerte como medios de regulación ecológica no deja de comportarse como una madrastra.

Vemos, pues, que la nueva conciencia ecológica debe transformar la idea de naturaleza, tanto en el ámbito de las ciencias biológicas (para las que la naturaleza no era más que una selección de sistemas vivos, y en modo alguno un ecosistema integrador de tales sistemas) como en el de las ciencias humanas (para las que la naturaleza era algo amorfo y desordenado).

Igualmente debe sufrir una transformación radical la concepción de la relación ecológica existente entre un ser vivo y su medio ambiente. Según el antiguo biologismo el ser vivo evolucionaba en el seno de la naturaleza y se limitaba a extraer de ella energía y materia, dependiendo de ella, únicamente, para su alimentación y sus necesidades físicas. Debemos a Schrödinger, uno de los pioneros de la revolución biológica, la idea capital de que el ser vivo no se alimenta exclusivamente de energía, sino también de entropía negativa (Schrödinger, 1945), es decir, de organización compleja y de información. Esta proposición ha sido desarrollada posteriormente desde diferentes enfoques y puede avanzarse la conclusión de que el ecosistema es co-organizador y coprogramador del sistema vivo que engloba (Morin, 1972). Esta proposición implica una enorme consecuencia teórica, pues postula que la relación ecosistémica no es una relación externa entre dos entidades cerradas, sino una relación integradora entre dos sistemas *abiertos* que, constituyendo cada uno de ellos un todo por sí mismos, no dejan de formar parte el uno del otro. Cuanto mayor es la autonomía de la que goza un sistema vivo, mayor es su dependencia con relación al ecosistema. En efecto, la autonomía presupone la complejidad, la cual a su vez presume la existencia de una gran riqueza de relaciones de todo tipo con el medio ambiente, es decir, depende de interrelaciones que se corresponden con gran exactitud a las dependencias que son las condiciones de la relativa independencia. La sociedad humana, lo más emancipado que existe respecto a la naturaleza, recibe su autonomía de multidependencias. Cuanto mayor es la complejidad del orden ecosistémico, más apto es éste para proporcionar a la sociedad una enorme riqueza y diversidad de objetos y productos, para alimentar la riqueza y diversidad del orden social, es decir, su complejidad. La individualidad humana, la quintaesencia de esta complejidad, es lo más emancipado y ligado a la sociedad de todo cuanto existe. El desarrollo y mantenimiento de su autonomía se hallan ligados a un gran número de dependencias educativas (prolongada escolaridad, prolongada socialización), culturales y técnicas. En otras palabras, la dependencia/independencia ecológica del hombre se encuentra en dos niveles superpuestos e interdependientes, el del ecosistema social y el del ecosistema natural. Y apenas estamos empezando a descubrirlo...

La ecología, o mejor aún, la ecosistemología (Wilden, 1972) es una ciencia que acaba de nacer, pero ya constituye una aportación de capital importancia a la teoría de la auto-organización de lo vivo. En lo que se refiere a la antropología, rehabilita la noción de Naturaleza y enraiza al hombre en ésta. La naturaleza deja de ser algo desordenado, pasivo y amorfo para convertirse en una totalidad compleja. El hombre ya no es una entidad cerrada respecto a esta totalidad compleja, sino un sistema abierto que goza de una relación de autonomía/dependencia organizativa en el seno de un ecosistema.

La revelación etológica

La etología, que proyecta a la biología hacia «arriba», ha tomado el vuelo con pleno éxito durante la última década. Sin embargo, el éxito del que goza en la actualidad no debe hacernos olvidar que ha sido necesario el transcurso de muchos años para que la obra de una serie de pioneros solitarios que observaban los comportamientos animales en su medio ambiente natural, y no en el marco de las condiciones simplificadas de laboratorio, haya desembocado en un primer desarrollo. Mientras que la ecología modifica la idea de naturaleza, la etología modifica la idea de animal. Hasta su eclosión el comportamiento animal parecía hallarse regido, unas veces por reacciones automáticas o reflejas, y otras por pulsiones automáticas o «instintos», ciegos y extraordinariamente lúcidos a un mismo tiempo, cuya función era la de saciar la necesidad de salvaguarda de la supervivencia y de reproducción del organismo. Los primeros descubrimientos etológicos nos indican que el comportamiento animal es a la vez organizado y organizador. Desde los primeros pasos en las investigaciones etológicas han emergido las nociones de comunicación y de territorio. Los animales se comunican, es decir, se expresan de forma que determinados comportamientos específicos son recibidos e interpretados como mensajes (Sebeok, 1968).

Los mensajes no son exclusivamente sonoros, como por ejemplo el canto de las aves. Encontramos asimismo mensajes visuales (gestos, mímicas), olfativos (secreción de substancias químicas, feromonas, que comunican un determinado mensaje al vecino o a la pareja). Se hubiera podido creer que tales comunicaciones son extremadamente simples y que tan sólo conciernen a las relaciones sexuales. De hecho, se han visto desarrollarse, ya sea sobre una base analógica, ya sea sobre una base digital, o incluso a través de una combinación de ambas, ciertos comportamientos simbólicos o rituales, no por cierto con una exclusiva función de hacer la corte, sino también de cooperación, de aviso, de amenaza, de sumisión, de amistad, de juego. Es digno de mención el que no sean raras las ocasiones en las que un comportamiento significante, emergido de una situación dada, se transporte fuera del marco de tal situación concreta para expresar un mensaje simbólico. Por ejemplo, un oca gris hembra para manifestar a un macho su dilección simulará una demanda de protección contra un ataque imaginario de forma que venga a significar: «tú eres mi jefe» (Lorenz, 1969). Son numerosas las especies de aves cuyo comportamiento de sumisión puede expresarse abriendo de forma acusada el pico, lo que equivale a imitar el comportamiento infantil de dependencia; el comportamiento de amistad puede expresarse por el gesto de ofrecerle una ramita a un compañero, trasposición a un dominio no sexual de la invitación matrimonial a «hacer un nido juntos» (Wickler, 1971). A un nivel más general, imitar al niño o a la hembra puede significar someterse u ofrecer los respetos.

Por otro lado, tal como ya había subrayado Bateson (1955), el juego animal supone una comunicación sobre la naturaleza de la comunicación (metacomunicación). Mordisquear parece equivalente a morder, pero significa todo lo contrario, jugar, es decir, amistad, no conflicto; el pseudo-conflicto lúdico se convierte en la expresión de armonía. Vernos, pues, que en aquello que parecía ser lo más evidente y lo más simple, el juego, emerge la complejidad comunicativa que, por otra parte, alcanza su pleno desarrollo en la artimaña, el fingimiento y el camuflaje.

Acabamos de ver que las comunicaciones animales cubren un complejo campo semiótico y, desbordando con mucho el marco de la relación sexual, hacen referencia a una inmensa variedad de relaciones interindividuales: sumisión, intimidación, protección, rechazo, elección, amistad. Además se hallan ligadas a fenómenos básicos de organización tales como la regulación demográfica, la adecuación o la protección del territorio.

Se ha insistido acertadamente en la importancia que posee la noción de territorio para la mayor parte de las especies animales, pero ciertos investigadores han caído en el error al aislar dicha noción, o han intentado transformarla en la piedra angular de la etología (Ardrey, 1967). De hecho el territorio es la aplicación a nivel espacial (*mapping*) de una organización multidimensional de la vida animal, es decir, no sólo la ordenación de la esfera de actividades de un individuo, pareja o grupo, sino también la organización de la relación con otros, el animal o el pueblo de otro territorio.

Profundizando en su análisis, la etología descubre que muy a menudo el sistema de comunicaciones une a los individuos en una relación social hasta el presente invisible y aquello que daba la impresión de un agrupamiento informe no es raro que se nos aparezca como un orden organizado. El gallinero no es un harén desordenado sometido al gallo, sino una sociedad rígida, jerarquizada según el *pecking-order,* el orden de prioridad en el merodeo que establece un *rank-order* preciso entre las gallinas; la manada de lobos no es una horda conducida por un macho que la domina, sino una sociedad en la que la jerarquía se establece según un ritual de sumisión y que sabe usar de la estrategia colectiva tanto en el ataque como en la defensa (despliegue de fuerzas para cortar el camino al enemigo, maniobras de distracción en la retaguardia para cubrir la retirada al grueso de la tropa).

La revelación biosociológica

Es sabido que la sociología humana se creía como un fenómeno sin precedentes en el mundo vivo y que las únicas sociedades reconocidas, las constituidas por las hormigas, las termitas y las abejas, parecían ser, no sólo excepciones extraordinarias, sino monstruosos ejemplos de antisociedades fundadas exclusivamente en la obediencia a un «instinto ciego». Por su lado, el biologismo no poseía ni los conceptos ni la voluntad necesarios para liberarse de su paradigma organísmico y concebía las sociedades organizadas de insectos como casos particulares de una especie concreta, y no como desarrollos particulares de una sociología animal generalizada. La sociología animal, ciertamente de un modo en extremo curioso y revelador, emerge de la periferia de la etología. Actualmente se ha podido construir una noción de sociedad al interrelacionar los diferentes datos que nos han sido puestos de relieve por la etología. Esta sociedad habilita y defiende, por supuesto, su base territorial y está estructurada jerárquicamente, pero esta jerarquía es la resultante de competiciones y conflictos que se resuelven de forma provisional a través de relaciones interindividuales de sumisión/dominación. Éstos, concatenados, constituyen precisamente la jerarquía. A un mismo tiempo la sociedad implica solidaridad frente a enemigos y peligros externos y suscita actividades de cooperación, muy a menudo sutilmente organizadas y diferenciadas. La riqueza de comunicaciones a través de signos, símbolos y ritos es precisamente función de la complejidad y multiplicidad de las relaciones sociales. La enorme diferencia que existe entre un individuo y otro, entre las aves y extraordinariamente palmaria en el caso de los mamíferos, determina y acrecienta esta complejidad tal como veremos más adelante.

Tales hechos significan que la sociedad, concebida como organización compleja de individuos diversos, fundada a un mismo tiempo sobre la competición y la solidaridad y conllevando un rico sistema de comunicaciones, es un fenómeno extraordinariamente extendido en la naturaleza. Y esto es sólo el comienzo de la prospección.

Sea como fuere, la sustitución de las nociones de horda, banda y colonia por la de sociedad se hace necesaria desde el momento en que se descubre cuán compleja es la organización de estos grupos. Nuevamente nos encontramos con que alrededor del concepto de organización emerge una nueva complejidad biosociológica y que alrededor del concepto de complejidad nos muestra su faz la organización social.

Así pues, en lo sucesivo se podrá considerar que la sociedad es una de las formas fundamentales más ampliamente difundidas de la auto-organización de los sistemas vivos, desigual y diversamente desarrollada. En consecuencia la sociedad humana aparece como una variante prodigiosamente desarrollada del fenómeno social natural, y la sociología —ciencia humana— pierde su insularidad para convertirse en la cima más elevada de la sociología general —ciencia natural (Moscovici, 1972).

Las consecuencias de la etología y de la sociología animal son asimismo mortales para el paradigma cerrado del antropologismo. Se nos muestra con toda claridad que ni la comunicación, ni el símbolo, ni el rito son exclusivos del hombre, sino que todos ellos hunden sus raíces en coordinadas espacio-temporales muy lejanas de la evolución de las especies.

Así como es evidente que la especie humana no ha inventado los comportamientos de cortejo y sumisión, la estructuración jerárquica del grupo, la noción de territorio (Cosnier, 1969), no lo es menos que la sociedad no es una invención humana. Digamos de paso que ciertos caracteres que parecen ser propios de las sociedades humanas (vinculación ambigua y compleja entre conflictos y solidaridades, entre oposiciones y complementaridades, combinación de individuos diferentes en un mismo sistema de comunicación-organización) emergen ya de forma clara en una serie de sociedades animales. No puede contraponerse ya por más tiempo el orden social humano al desorden de los comportamientos animales, ni las incertidumbres complejas que reinan en el seno de las sociedades humanas (el margen de variabilidades, conflictos y tensiones que presuponen) a la supuesta coerción mecánica que reina en los grupos animales. En las sociedades animales, y especialmente en las de los mamíferos, existe un orden complejo que supone un cierto desorden o «ruido» como ingrediente indispensable a su propia complejidad. Todos estos aspectos que han sido simplemente esbozados en la etología animal, se pusieron de manifiesto de forma súbita en los magníficos trabajos de primatología de la última década. En ellos ya no es sólo la idea de sociedad la que cambia, es también la idea de mono y la idea de hombre.

3. «NUESTROS HERMANOS INFERIORES»

El estudio de grupos de monos y antropoides en libertad ha revolucionado la visión que se tenía de su vida social, e incluso la de su vida a secas[1] (Carpenter, De Vore, Washburn, Itani, Chance, Kawamura, Tsumori, etc.). Los grupos de babuinos, macacos y chimpancés han dejado de ser considerados como hordas sumisas a la desenfrenada tiranía de un macho polígamo, para ser observadas como organizaciones sociales con diferenciación interna, intercomunicaciones, reglas, normas y prohibiciones.

La sociedad del mono

Estas sociedades están territorializadas y autorreguladas demográficamente. Constan de un número medio de individuos del orden de varias docenas y poseen una distribución relativamente invariable en función del sexo y la edad. Existe exclusión o éxodo de los excedentes, ya sea por dispersión solitaria, ya sea por fundación de nuevas colonias autónomas.

1. Que se suponía conocer con cierta aproximación a partir de las investigaciones de Yerkes y S. Zuckerman.

El tipo de sociedad varía no sólo según la especie, sino según el medio ambiente. Han podido ser distinguidas las sociedades de bosque (chimpancés) por oposición a las sociedades de sabana (babuinos), aunque en ciertos casos se ha observado que animales de una misma especie se agrupan tanto en sociedades de bosque como en sociedades de sabana. Las sociedades de bosque, a las que la vida arborícola suministra una gran seguridad, son descentralizadas y el *liderazgo* parece ser que se adquiere básicamente a través del «¿me has visto?» exhibicionista o, tomando la expresión de Chance, de las cualidades «hedónicas». Las sociedades de sabana están centralizadas, el rango jerárquico se adquiere de forma «agonística» (Chance, 1970) y los subordinados siempre tienen su atención fijada en el cabecilla macho, quien adquiere su preeminencia en función de su agresividad o «voluntad de poder».

En el seno de estas diversas sociedades (babuinos, macacos, chimpancés) se delinean una serie de separaciones muy nítidas entre machos adultos, hembras y animales jóvenes, que impulsan incluso la constitución de castas (machos adultos), pandillas o bandas (jóvenes) y gineceos. No se trata de una simple diferenciación jerárquica, sino que también se hallan implicadas diferencias de estatuto, de función, de actividades, etc., lo cual nos indica que estamos en presencia de un embrión de clases biosociales. Los machos protegen el territorio, dirigen la lucha contra los depredadores, guían al grupo y sostienen la estructura jerárquica (manteniendo a distancia a los jóvenes, confinándoles durante el mayor tiempo posible en su estatuto de menores y privándoles a menudo del libre acceso a las hembras). Las hembras tienen a su cargo no sólo los cuidados maternales a los pequeños, sino también la socialización de los niños. Los jóvenes, marginados, juegan, aprenden, exploran y, de vez en cuando, introducen innovaciones; las hembras constituyen el núcleo de estabilidad y cohesión sociales. Por el contrario, en la cima del poder hay inestabilidad y competencia, sea larvada o abierta. Tarde o temprano un macho que ejerza el cargo de jefe del grupo perderá su rango y será reemplazado por un nuevo jefe. Los jóvenes marginados gozan, por otra parte, de un estatuto inestable entre la exclusión y la integración.

Las relaciones de dominación/sumisión regulan las relaciones jerárquicas entre las «clases» y entre los individuos. El principio de dominación es complejo y no son exclusivamente la potencia sexual, tal como ha venido creyéndose durante largo tiempo, ni la fuerza física ni la inteligencia las que encumbran hacia el poder y permiten obtenerlo. Puesto que la prepotencia social da plenos poderes, sexuales y «políticos», a la vez que permite el libre y completo desarrollo personal, puede suponerse que lo que empuja hacia su consecución es una oscura y variable mezcla de objetivos similar a la que aparece en el caso de las sociedades humanas, y por cierto bien difícil de someter a análisis. Se ha dicho que el ejercicio del poder oscila entre los dos polos de la agresividad y el exhibicionismo. En el primer sentido el jefe mantiene su autoridad mediante la intimidación, la mímica de amenaza *(threat behavior)*, y en el segundo recurriendo a la evocación histriónica de su presencia y de su importancia.

La subordinación es aún mucho más compleja que la dominación, pues se trata para el subordinado de asumir su suerte con el mínimo de perjuicios posible. Se manifiesta básicamente a través de una conducta preventiva, esforzándose por no cruzarse en el camino del jefe, o por conducta de sumisión, de complacencia, de servilismo y de obsequiosidad (el inferior que presenta al macho dominante su trasero al modo en que lo hace una hembra está imitando la femineidad y juega a la homosexualidad para expresar sus más afectuosos y respetuosos sentimientos). Existe una actitud aún más digna de ser destacada, si bien parece ser que está bastante poco extendida (Itani, Rowell, Hinde, Spencer, Both), consistente en que una hembra de estatuto medio sin hijos, o bien un macho igualmente de «clase media», se ofrecen para proteger y acariciar a los retoños de una hembra de estatuto social superior. La obsequiosidad de estas «tías» y «tíos» temporales parece disimular, sea el servilismo, sea el placer de estar al servicio de una alta personalidad, sea la pequeña ambición de ascender un grado en el escalofón social, sea todas estas cosas a la vez. Por otro lado, se observa la ubicación periférica de individuos temporalmente solitarios o de pequeños grupos de semi «fuera de la ley», expulsados o marginados del grueso del grupo, y no es raro ver cómo incluso en el exilio un individuo expulsado del grupo se asocia a un compañero para luchar en pro de una futura ascensión social.

Tal como acabamos de ver, no sólo existe la jerarquía colectiva de «clase», sino que también se manifiesta la jerarquía individual de «rango», establecida en función de la relación de amenaza/evitación o de la de servilismo, y en el caso de las hembras, en base al rango de sus machos. A cada rango le corresponde un estatuto, es decir, un conjunto de derechos y deberes. A cada pareja rango-estatuto le corresponde un rol, es decir, un estilo de comportamiento que no se halla inmutablemente ligado a un individuo, pero que depende de la posición que ocupa en el rango y la «clase» social. Como ha dicho Crook, «es posible describir el comportamiento social de un primate en términos del estatuto de edad y de sexo, del rol y de su afiliación a un grupo tipo» (Crook, 1971, p. 39).

De todo cuanto venimos exponiendo se desprenden dos consecuencias antagónicas y complementarias a un mismo tiempo: la desigualdad y la movilidad sociales.

Por un lado, especialmente cuando la jerarquización es rígida, la desigualdad social es una auténtica desigualdad de vida. En la casta alta, los individuos poseen una gran libertad de movimientos y la facultad de satisfacer sus deseos y gustos con escasa inhibición. El poder proporciona todas las ventajas, todas las libertades y, por encima de todo, la libre plenitud personal. En las capas bajas, la subordinación viene acompañada de tensiones, frustraciones, prohibiciones, inhibiciones y, quizás, incluso «neurosis». En consecuencia, la desigualdad social implica de algún modo desigualdad de satisfacción y felicidad. Dicha desigualdad está menos acusada en las sociedades descentralizadas de bosque y en extremo más opresora, pesada y dura en las cuadrillas militarizadas de la sabana.

Por otra parte, esta desigualdad viene atemperada por una relativa movilidad social. Los jóvenes se convierten en adultos y los adultos envejecen, es decir, decaen; pero la edad no es un factor automático de promoción, pues existe una gran diversidad de rangos y de destinos individuales en la ascensión y decadencia sociales.

Las sociedades de babuinos, de macacos y de chimpancés presentan junto con sus caracteres de jerarquía, de casta y de cuasi-clases una variedad de rasgos distintivos mucho mayor de lo que nunca hubiera podido imaginarse. Por el contrario, la familia, que tan a menudo ha sido considerada como el núcleo fundamental de la sociedad, se halla escasamente desarrollada.

Mientras que en ciertas especies los grupos en los que existe un sólo macho constituyen una especie de esbozo rudimentario de sociedad y familia a la vez, en los grupos en que existen varios machos la formación de la familia se ha visto atrofiada en beneficio de una organización social de conjunto. Ciertamente existe vinculación entre madre e hijo, entre macho y hembra, pero no aparece por ningún lado el núcleo familiar padre-madre-hijos ni la relación de padre a hijo. Salvo escasas excepciones, especialmente entre los macacos (al menos según las informaciones con las que contamos en el momento presente), el rol del macho apenas implica cuidados paternales. Inexistente como es la figura «original» del padre, tampoco se han detectado relaciones sexuales entre progenitoras y prole. Observaciones efectuadas sobre los macacos de Kyushu y las sociedades de chimpancés no han revelado la existencia de relaciones incestuosas madre-hijos. Aún no nos hallamos en condiciones de asegurar que se trata de un fenómeno generalizado, pero podemos suponer que en aquellos grupos en los que la madre no olvida que aquel individuo que ha alcanzado la madurez sexual es su hijo y que el hijo ya maduro sexualmente no olvida que su madre es su madre, persiste una inhibición, cuya naturaleza evidentemente sería necesario elucidar, pero que de todos modos parece estar vinculada a la preexistencia de un estatuto y de un rol (de hijos, de madre) que perdurará incluso una vez acabada la infancia. Por el contrario, «objetivamente» (si bien no «sociológicamente», pues la relación de padre no ha aparecido) existe la posibilidad de incesto entre padre e hija, y sin duda alguna tal incesto ha debido practicarse hasta el nacimiento de la noción de padre, muy avanzado ya el proceso de hominización. En efecto, la mutación decisiva que redujo de 48 (antropoide) a 46 (hombre) el número de cromosomas presupone, para su propia consolidación y generalización, uniones incestuosas padre-hijas (Ruffié, en prensa).

No obstante, alrededor de la relación madre-hijos se tejen

ligámenes más profundos y duraderos que los existentes entre los mamíferos o los primates inferiores. La prolongación del período de infancia entraña la prolongación, más allá de aquella, de las relaciones afectivas materno-filiales. Además, entre los chimpancés, y quizás también entre otras especies, emergen una serie de vínculos personales entre hermanos y hermanas. Existe, pues, el desarrollo de un núcleo prefamiliar alrededor de la madre, pero no se da la aparición del núcleo familiar trinitario padre-madre-hijos.

Si bien la formación del núcleo familiar es más rudimentaria, en contrapartida el surgimiento de la individualidad es mucho más acusado de lo que podría esperarse. Por un lado la gran diversificación social de roles y estatutos permite la ostentación de la diferencia individual en el comportamiento, pero, recíprocamente, el desarrollo de la individualidad, tanto en el plano de la inteligencia como en el de la afectividad, permite la diversificación y enriquecimiento de las relaciones sociales. Recalquemos en este sentido la importancia y la diversidad de las relaciones afectivas entre individuos. Despiojar, espulgar, asear *(grooming)* son otras tantas manifestaciones de afecto que, por otra parte, sabe ser acompañado de manifestaciones de apaciguamiento y servilismo («seamos amigos»). Se crean amistades entre adolescentes, entre «expulsados» o marginados, entre iguales en la casta superior. Simétricamente, la coexistencia social, y no sólo el antagonismo latente entre clases, posibilita antipatías, enemistades y rivalidades, con lo que se mantiene el fuego que alimenta los conflictos a pesar de que éstos encuentren el modo de apaciguarse en las relaciones de sumisión, obsequiosidad o servilismo, o en los ritos de espulgado, despiojado y aseo.

Se perfilan, pues, con nitidez un conjunto de líneas de fuerza, unas simpáticas y otras antipáticas, que dan visos muy diversificados a las relaciones entre individuos. El origen de las del primer tipo es sin duda alguna la conservación de la savia afectiva de la infancia a lo largo de la vida adolescente, y en muchos casos incluso durante la adulta, junto a la transferencia de aquella a nuevos compañeros con los que se establecen lazos de unión a través de afinidades electivas. El origen de las del segundo grupo es bastante probable que quepa buscarlo en las competiciones repulsivas entre machos, muy frecuentes y violentas entre los mamíferos, y en los «celos» surgidos entre hembras, que se ven más o menos estabilizados por la relación jerárquica sin que de hecho sean suprimidos. Así pues, se propagan y transforman dos tipos distintos de comportamiento, uno y otro originariamente vinculados al dominio de la reproducción biológica (atracción madre-hijo, repulsión entre machos), una en la adolescencia y la otra en la vida adulta y que acabarán por convertirse en elementos integrantes de la individualidad compleja y de la sociedad compleja, donde las relaciones se diversifican y elaboran a partir y más allá de la estricta esfera de la reproducción biológica.

El ambisistema: individuo y sociedad

Debemos intentar ahora comprender esta unidad compleja de la sociedad y de la individualidad que aparece en las sociedades de primates más evolucionados [2].

La diversidad y la variedad de individuos sustenta la diversidad de roles y estatutos que proporcionan a la sociedad jefes, servidores, marginados; dicha diversidad no se dispersa al azar (con lo que se llegaría a la desorganización de la sociedad por entropía), sino que se integra en la jerarquía y el rol de forma semi aleatoria, con lo cual se obtiene una cierta flexibilidad auto-organizativa (orden/desorden). Apuntemos, asimismo, que la diversidad individual coproduce en cierto sentido la diferenciación jerárquica del estatuto y del rango en los que se integra. Pero en esta coproducción la sociedad dispone de *patterns* transindividuales, en especial la clase y el rol, que permanecen estables mientras los individuos pasan de la adolescencia a la madurez y a la senectud, de una clase

2. Nótese que la complejidad se manifiesta también como diversidad y variedad en el propio determinismo social. La ley no rige igual para todos, pues en la cúspide se vive por encima de la ley que somete a los subordinados, mientras que los marginados viven prácticamente al margen de la ley, o como mucho en sus fronteras, y los solitarios, o bien son integrados a la fuerza, o se colocan "fuera de la ley". Al nivel microsocial de atracciones/repulsiones no existe un determinismo estricto, si bien el conjunto obedece a las leyes de un determinismo global.

a otra, de un rol a otro, mientras descienden y se remontan de nuevo en la escala jerárquica del rango. Así pues, se trata de una estructura social «objetiva» independiente de los individuos, si bien no puede existir sin éstos, y es precisamente la diversidad individual la que le proporciona la suya propia. Recíprocamente, tal estructura social proporciona una cierta independencia a los individuos, pues no sólo pueden circular eventualmente a través de la jerarquía, sino que no se identifican con su rol social.

La sociedad de los antropoides avanzados controla a los individuos mediante sus coacciones y jerarquías, pero no uniformiza las individualidades, y les permite desplegar hasta cierto punto sus diferencias. En aquellos casos en que la jerarquía es rígida y autoritaria tan sólo los privilegiados que están en su cima, entiéndase exclusivamente el jefe, pueden desplegar a sus anchas la propia individualidad.

Según vemos, pues, sociedad e individualidad se nos aparecen como dos realidades a la vez complementarias y antagónicas. La sociedad veja a la individualidad imponiéndole sus marcos en que debe moverse y sus coacciones, y le ofrece las estructuras que le permitirán expresarse. Para modelar su variedad se vale de la diversidad individual que, de lo contrario, se diseminaría al azar en el seno de la naturaleza. La variedad individual, utiliza la variedad social para intentar expandirse. En consecuencia, no es posible considerar la sociedad de primates como un simple bastidor y al individuo como una unidad encasillable, pues el bastidor está formado por las relaciones interindividuales y no existe ninguna casilla vacía mientras no hay un individuo para ocuparla. Dicho en otros términos, y éste es un punto de capital importancia, *sociedad e individualidad no son dos realidades separadas que se ajustan una a la otra, pero hay un ambisistema en que ambas se conforman y parasitan mutuamente de forma contradictoria y complementaria.*

La inserción del individuo en la sociedad no es estrictamente funcional desde el punto de vista de ésta, pues aparecen muchas pérdidas, «ruidos», desórdenes, etc. Si tomamos en consideración la más individualizada de las estructuras sociales, la de los chimpancés, se observa la existencia de enormes cantidades de tiempo y agitación aparentemente «perdidos» para la sociedad, de modo similar a como nos es dado observar un prodigioso desperdicio de actos, palabras, bromas, etc., en las sociedades humanas sin «utilidad» social. Sin embargo, esta agitación browniana, epifenoménica (este «ruido»), es al mismo tiempo un aspecto de la riqueza metabólica del ambisistema, que se expresa a través de la intensidad de las relaciones afectivas, mil pequeños goces individuales, mil eflorescencias, mil naderías. Inversamente, desde el punto de vista del individuo, las obligaciones sociales de todo tipo intervienen sin solución de continuidad como «ruidos» que perturban su libre expresión y su pleno desarrollo.

Así pues, aparecen en el ambisistema equívocos y «ruidos» de cada uno de los elementos en relación a los otros, *pero a través de estos movimientos demasiado desordenados, por un lado, y estas obligaciones demasiado rígidas por el otro, se establecen las interferencias que constituyen la propia esencia tanto del individuo como de la sociedad.* La complejidad aparece en esta combinación individuos/sociedad acompañada de desórdenes e incertidumbres y se conforma a partir de la permanente ambigüedad de su complementariedad, de su competitividad y, en el límite, de su antagonismo.

Observamos aquí con toda claridad la manifestación de un rasgo de complejidad lógica que aparecerá en las sociedades humanas: tanto la relación interindividual como la que surge entre cada individuo y el grupo están gobernadas por un doble principio, cooperación-solidaridad por un lado, y competición-antagonismo por el otro. La relación individuo a individuo, tan pronto solidaria como conflictiva, alimenta el doble principio complementariedad-antagonismo de la organización social que en la sociedad de antropoides se asienta con mayor complejidad que en las de los demás primates. Por otro lado, se observa a nivel sociológico este fenómeno que tanto chocaba a Hegel, quien se admiraba de que el individuo que creía obrar para la consecución de sus objetivos personales se viera de hecho sometido a una «artimaña de la razón» que le hacía trabajar objetivamente para el interés colectivo. A decir verdad, esta conjugación de intereses no es, en modo alguno, más armoniosa entre los primates que entre los hombres, y la combinación resulta siempre bastarda, incierta y aleatoria, moviéndose entre el egocentrismo individualista y el sociocentrismo colectivo. Debemos tener muy presente lo que la extremadamente hermosa, pero simplista, Razón hegeliana camuflaba, es decir, que el juego egosociocéntrico no siempre se dilucida en provecho de la colectividad. No hay momento alguno en que no nos enfrentemos con una relativa e incompleta integración de las agresiones y pulsiones, una serie de conflictos en los ámbitos de la jerarquía, el rango, el estatuto y la solidaridad general. Sin embargo, este carácter bastardo e incierto, este orden que se alimenta del desorden para su propia organización, sin conseguir jamás absorberlo ni reducirlo totalmente, *es precisamente el signo, el indicio, de la complejidad.*

La relación compleja: especie-individuo-sociedad

Debe introducirse la relación ambigua individuo-sociedad en el marco de la también ambigua relación ternaria especie-individuo-sociedad. Hay caracteres genéticos propios de los primates socialmente avanzados que están encargados de impulsar el desarrollo del cerebro, las múltiples predisposiciones intelectuales, afectivas y comunicativas, el juego sutil que aparece entre lo innato y lo adquirido, el debilitamiento de la intolerancia en los machos, etc., y estos diversos caracteres les permiten organizarse socialmente y alcanzar su desarrollo individual según el esquema que acabamos de indicar.

Los tres subgrupos adultos machos/hembras/jóvenes son biocastas, y casi podríamos decir bioclases, cuya separación, complementariedad y oposición tienen su origen en la diferenciación biológica. Sin embargo la organización social no es una pura y simple traducción de las diferencias de sexo y edad. En realidad es mucho más exacto decir que la diferenciación biológica *stricto sensu* de edad y sexo es utilizada por y para la diferenciación social. Como se ha visto, la vida social extrae una simbolización de las relaciones biológicas fundamentales de reproducción preexistentes (sexualidad, afecto madre-hijo, incompatibilidad entre machos) y la transporta hasta un plano situado por encima y más allá de éstas, a fin de desarrollar su propia organización. Por ejemplo, un simbolismo derivado de la relación sexual es empleado entre machos para expresar la sumisión y el servilismo (presentar su trasero), un simbolismo de la relación madre-hijo sirve para manifestar relaciones amistosas o de apaciguamiento (aseo, espulgado, despiojado, caricias diversas). De un modo más amplio, el calor afectivo que nutre el universo maternofilial tiende a propagarse durante el período de adolescencia y, a menudo, hasta épocas algo más avanzadas; la intolerancia sexual entre machos tiende a metamorfosearse en el espíritu competitivo que fundamenta la jerarquización social.

Por otro lado se efectúa un juego complejo entre reproducción biológica y autoperpetuación (es decir, autoproducción permanente) de la sociedad. A pesar de que hay una dependencia recíproca entre ambas, ninguna de ellas puede ser considerada como jerárquicamente sometida a la otra. La sociedad protege la reproducción biológica de la especie, pero la autorreproducción biológica sustenta la perpetuación de la sociedad y, en consecuencia, no puede afirmarse que ninguna sea verdaderamente el fin o la «función» de la otra. Hay, pues, ambisistema biosocial y, en caso de que se le adjunte el ambisistema socioindividual, tenemos un trisistema ambiguo. Ya en el individuo observamos la inexistencia de una rigurosa conjunción entre procreación y placer sexual, y aquél posee plena posibilidad de emanciparse a través de la masturbación. Por otra parte, repitámoslo de nuevo, el calor maternal de la más tierna infancia acabará constituyéndose en la placenta de las simpatías, ternuras y amistades de la adolescencia, e incluso de las primeras épocas de la vida adulta, convirtiéndose en el manantial del sentimentalismo humano. No existe, pues, una compartimentación en categorías rígidas ni una frontera clara entre lo biológico, la social y lo individual, sino unidad y pluralidad al unísono, confusión en el origen y distinción en los desarrollos. Entre los tres términos indicados no hay integración perfecta ni funcionalidad sin equívocos, sino una mezcla de complementariedad, competencia y, en el límite, antagonismo. La sociedad y el individuo están al servicio de la especie, la especie está al servicio de la sociedad y del individuo, pero siempre de forma compleja, con una zona de ambigüedad, contradicciones e indecisiones. Y ciertamente son estas ambigüedades, estas contradicciones, estas indecisiones las que la humanidad elevará a un nivel jamás conocido.

Complejidad y «contradicciones»

La sociedad de los primates avanzados constituye un éxito de integración compleja de elementos notablemente diversificados, de los que no sólo combina las complementariedades sino que aprovecha y supera sus antagonismos en su proceso de autoproducción permanente.

Ciertamente, todo un aspecto de la complejidad social se expresa a través de la relación de competición/jerarquía entre machos adultos y entre éstos y los machos jóvenes. Pero puesto que una fuerte competición no puede desembocar más que en una jerarquía rígida o en la fatal dispersión, por este camino la complejidad social acabaría viéndose agotada de no mediar una serie de amortiguadores adecuados. Como se verá más adelante, para progresar en complejidad a la sociedad de los homínidos no le queda otro remedio que reducir simultáneamente la competición y la jerarquía entre sus machos, es decir, desarrollar entre ellos factores de cooperación y amistad, a la vez que establecer puentes afectivos interindividuales entre adultos y jóvenes.

No obstante, la integración social de los primates avanzados puede considerarse ya dotada de complejidad en el sentido de que comporta antagonismos y desorden, no solamente a modo de desechos que desprende la organización, sino como elementos parcialmente constitutivos de la organización en sí misma. La cooperación y la complementariedad no son nociones que se oponen de un modo absoluto (ontológicamente) a las competiciones, conflictos y antagonismos, sino que constituyen con ellos una especie de dos polos a través de los cuales se conforma de manera oscilante la organización social. Esta ambigüedad de principio se encuentra a todos los niveles. Hemos visto anteriormente que las relaciones interindividuales oscilan entre el *matching* y el *fitting*, conjugándose uno y otro para mantener la rigidez de la jerarquía y la movilidad social de los individuos. Ya hemos indicado más arriba que hay a un mismo tiempo antagonismo y complementariedad potenciales entre el individuo que persigue sus intereses personales y el interés de la organización colectiva, pero también hemos indicado que este sistema no es tan armonioso como había soñado Hegel, pues impone, no sólo grandes pérdidas, sino también grandes frustraciones en los que se hallan ubicados en las capas inferiores de la escala social. El principio de jerarquía tiene dos caras, una integradora y otra de explotación del mono por el mono, y como puede observarse nosotros hemos heredado las raíces de la desigualdad social, lo que hace que este problema sea no insoluble, sino radical.

Las relaciones entre dominación/cooperación, o conflicto/solidaridad, en el seno de la sociedad son sumamente variables según las especies y las condiciones ecológicas. En principio, las sociedades de bosque se hallan menos centralizadas, menos jerarquizadas, y como consecuencia los antagonismos individuales y colectivos pierden violencia. De todas formas no deja de existir un antagonismo latente entre el grupo central que ejerce el dominio y el grupo marginal constituido por los jóvenes y, en ciertos casos, el antagonismo se resuelve con la exclusión de éstos o la prescripción del poder de los fuertes.

Así pues, la sociedad formada por los primates más evolucionados ya se ve sometida a «contradicciones», que no dejan de ser a un mismo tiempo condiciones de la complejidad social y obstáculos al progreso de dicha complejidad.

En tales sociedades hay fuerzas de desorden que no corresponden a entropías individuales (senectud y muerte), sino que son entropías propiamente sociales debidas a la parte de aleatoriedades individuales que la sociedad debe reabsorver y a los antagonismos organizativos que, por otra parte, tan necesarios son a su complejidad. Pero, repitámoslo, el desorden (conductas aleatorias, competiciones, conflictos) es ambiguo pues, de una parte, es uno de los componentes del orden social (diversidad, variedad, flexibilidad, complejidad), mientras que de otra sigue comportándose estrictamente como desorden, es decir, como amenaza de desintegración. Aún en esta última faceta es la amenaza permanente representada por el desorden la que otorga a la sociedad su carácter complejo y vivo de *reorganización permanente.* El orden «vivo», radicalmente distinto del orden mecánico, es aquel que renace sin cesar. En efecto, el desorden se ve constantemente absorbido por la organización, recuperado y metamorfoseado en su contrario (jerarquía), o bien expulsado al exterior (desviados) o mantenido en la periferia (bandas marginales de jóvenes). Absorbido, expulsado, recuperado, metamorfoseado, *el desorden renace sin cesar y lo mismo hace, por su parte, el orden social.* Aquí es donde aparece la lógica, el secreto, el misterio de la complejidad y el sentido profundo del término auto-organización: *una sociedad se autoproduce sin cesar porque constantemente se está autodestruyendo.*

El surgimiento de una protocultura

En estos procesos emergen tímidamente una serie de pequeñas innovaciones que pueden ser integradas en el comportamiento social y a las que se puede considerar como antecedentes de los fenómenos de innovación, integración y transmisión culturales propios de las sociedades humanas. Un estudio continuado de los macacos de la isla de Kyushu ha permitido detectar algunos de ellos. Un grupo de macacos que vivía en el lindero del bosque tenía la costumbre de alimentarse de tubérculos que limpiaban con las manos una vez desenterrados. Incidentalmente un joven se aproximó a la orilla del mar y dejó caer en él uno de tales tubérculos. Lo recogió, y descubrió de esta forma que no sólo el agua del mar le evitaba limpiarlos manualmente, sino que le proporcionaba la ventaja de devolvérselos sazonados. Tomó el hábito de sumergir en el mar los tubérculos que se comía y su actitud pronto fue imitada por otros jóvenes del grupo, pero no por los viejos; sin embargo la nueva costumbre se extendió a lo largo de la siguiente generación. Desde aquel momento los macacos ampliaron su espacio social para incluir la orilla del mar, lo que implicó que integraran a su nueva alimentación algunos pequeños crustáceos y mariscos. El embrión de «cultura» de esta sociedad, es decir, las prácticas y saberes de carácter no innato se habían enriquecido. El proceso de innovación había partido de un joven y se había extendido rápidamente entre el grupo marginal de sus compañeros. La innovación integrada se convirtió en costumbre en el momento en que los jóvenes alcanzaron la madurez y se integraron a la clase formada por los adultos, entrañando a un mismo tiempo una cascada de pequeñas innovaciones que acabarían convirtiéndose también en costumbres. Ciertamente se trata de un fenómeno de escasa importancia y las modificaciones de este orden en la vida social de los primates, incluso entre los más evolucionados, son sin duda alguna bastante escasas en un nicho ecológico dado. Sin embargo, no dejará de constatarse que la existencia de un grupo de jóvenes curiosos, con afán de juego y exploración, a la vez que marginales y alejados de los centros de poder del grupo, constituyen una frontera abierta para la globalidad social en la que se integran, a través de la cual pueden surgir elementos nuevos susceptibles de desencadenar un cambio.

En el caso que acabamos de ver el origen del cambio es un acontecimiento que se transforma en innovación social para acabar convirtiéndose en costumbre una vez se ha captado su carácter práctico y agradable. Las condiciones de innovación son las conductas que se desvían de la norma general de un modo fortuito y que tienen normalmente su origen entre los jóvenes, es decir, desde el punto de vista de la integración social, del «ruido» o desorden. Podemos captar sobre lo vivo la transformación de un «ruido» en información y la integración de un elemento nuevo, fruto de una conducta aleatoria, en el orden social complejo. Nos hallamos en el despertar de la evolución sociocultural.

El mensaje del chimpancé

Entre todos los primates vivientes, el más próximo al hombre desde todos los puntos de vista es el chimpancé. El estudio llevado a cabo por J. van Lawick-Goodall (1971) nos ha aportado un testimonio de incalculable valor sobre una sociedad de chimpancés en libertad. El chimpancé es omnívoro y *ocasionalmente* carnívoro. Practica *ocasionalmente* la caza y es posible observar a un mismo tiempo cooperación y estrategia de acorralamiento y distracción cuando su objetivo es cobrar pequeños potamoqueros. *Ocasionalmente* se sirve de bastones que blande contra un adversario de otra especie y, también *de modo ocasional,* da forma a una herramienta, es decir, modifica un objeto natural, como sucede con esta especie de canuto que introduce en el termitero para succionar las termitas. *Ocasionalmente* anda o corre apoyándose tan sólo en sus miembros posteriores. Como muy bien ha destacado Moscovici, manifiesta de forma esporádica y ocasional algunos de los rasgos hasta hace poco considerados como específicos de la especie humana, para la que se han convertido en básicos y permanentes: la caza, la técnica y el bipedismo.

Entre los chimpancés la relación madre-hijo es particularmente prolongada: 4 años. La pubertad se manifiesta relativamente tarde, entre los 7 y 8 años, y la adolescencia social acostumbra a durar otros 7 u 8 años más. Los sentimientos afectivos de ternura y amistad parecen hallarse particularmente desarrollados entre ellos. El hijo mantiene durante mucho tiempo, una especial relación con su madre, probablemente hasta su muerte; el hermano y la hermana que han sido educados conjuntamente siguen siendo amigos a lo largo de toda su vida. El chimpancé transporta al campo de las amistades adolescentes las manifestaciones de ternura, como abrazos y proto-besos *(lips-smacking).* De modo idéntico a como sucede con el hombre (aspecto muy frecuentemente olvidado), para el chimpancé la mano es un instrumento de comunicación afectiva: caricias, apretones de manos. Incluso es fácil ver cómo dos jóvenes amigos salen de paseo dándose el brazo.

El chimpencé no sólo es afectuoso, también es profundamente afectivo, y este aspecto le aproxima asimismo al hombre. Es emotivo, ansioso, juguetón, entra fácilmente en resonancia con la vida del medio ambiente que le rodea y se observa la aparición de instrumentación rítmica y danza en los brotes de «carnaval» que organiza (Reynolds).

El desarrollo de la afectividad va paralelo (e incluso creemos que se halla vinculado con él) al desarrollo de la inteligencia. Desde hace ya bastante tiempo se había hecho hincapié en la capacidad de adaptación a condiciones de vida sumamente diversas que posee el chimpancé, capacidad que se traduce en múltiples manifestaciones de ingenio. Se habían llevado a cabo en el laboratorio experimentos célebres en los que el chimpancé resolvía problemas tales como coger un plátano que parecía hallarse fuera de su alcance. Sin embargo ha sido necesario alcanzar los últimos años de la década de los 60 para que dos tipos de experimento, el de Premack (1971) sobre el chimpancé Sarah y el de Gardner (1969, 1971) sobre el chimpancé Washoe, nos revelaran aptitudes intelectuales invisibles hasta entonces para el observador o inexplotadas en las condiciones naturales en que se desenvuelve su existencia social. Todas las tentativas anteriores para enseñar el lenguaje humano a jóvenes chimpancés habían fracasado hasta entonces y la teoría dominante al respecto era de que el chimpancé no podía disponer de la aptitud cerebral necesaria al aprendizaje y uso del lenguaje. Los Gardner han enseñado a Washoe los rudimentos de un lenguaje de gestos basado en el que emplean los sordomudos. Premack ha enseñado a Sarah un lenguaje compuesto por signos escritos sobre fichas. Washoe disponía a los cinco años de edad de un repertorio compuesto por 550 símbolos (entre ellos, vamos, dulce, sucio, abrir, juguemos al escondite, etc.) que utilizaba para construir determinadas frases según una sintaxis elemental. Asimismo, Sarah podía dialogar con Premack componiendo frases con los signos dibujados en sus fichas. Parece ser, pues, que lo que le falta al chimpancó para disponer de un sistema de comunicaciones más rico que el que le basta para su existencia hippie en el bosque no es la aptitud cerebral, sino la aptitud glótica y el estímulo social necesarios. Más aún que el hecho de ser perfectamente apto para emplear de forma elemental un lenguaje no fonético y, evidentemente, no alfabético, lo que se puso de manifiesto, precisamente a través de su aptitud para emplear tal lenguaje, es que el joven chimpancé poseía dos cualidades que se creían sólidamente vinculadas a la cultura e inteligencia humanas, la conciencia de su propia identidad y el ejercicio de la computación. Una película filmada por los Gardner nos revela el primero de los aspectos apuntados. Washoe se divertía mucho con un espejo. Un día el ayudante de los Gardner le preguntó por gestos, señalando la imagen reflejada en el espejo, «¿quién es éste?» y Washoe respondió: «Yo (índice señalando a su pecho), Washoe (caricia sobre una de sus orejas que, convencionalmente, significaba Washoe).

Por su parte, Gallup (1970) confirmaba de forma ingeniosa el descubrimiento dejando a una serie de chimpancés que se miraran en un espejo, durmiéndoles posteriormente y embadurnándoles las mejillas durante el sueño. Al despertar, todos los chimpancés se llevaban las manos a sus mejillas en cuanto se les colocaba ante un espejo.

Tomados aisladamente, los dos experimentos que acabamos de indicar tal vez puedan ser sospechosos de ser el producto de un azar seleccionado por investigadores demasiado ávidos por demostrar su tesis o el resultado mimético de una conducta sugerida por los experimentadores. Sin embargo, la convergencia de sus resultados nos autoriza a poner ya en entredicho el dogma que reserva exclusivamente al hombre, no sólo la conciencia de su propia identidad, sino también la vinculación existente entre el ego subjetivo y la imagen objetiva de sí mismo.

Por otro lado, Premack observó cómo Sarah efectuaba operaciones lógicas en problemas planteados en base a objetos empíricos, es decir, que manifestaba poseer a un mismo tiempo pensamiento y conocimiento. Previamente había introducido en su lenguaje, a través de signos gráficos, los símbolos de identidad, equivalencia, diferencia, posible, imposible, más, menos, afirmación y negación. El «yo» de Washoe y el «pienso» de Sarah constituyen, una vez relacionados, un extraordinario *cogito* simiesco: «yo pienso». Bien es verdad que el simio no podía operar este *cogito* valiéndose exclusivamente de sus propios medios y que le ha sido necesaria la ayuda tutelar del hombre. Aunque así sea, no por ello deja de transmitirnos un mensaje preexistente a nuestra ayuda: «Yo, yo soy capaz de pensar».

4. LA BRECHA Y LA SOLDADURA

Sería inútil concebir la sociedad más compleja formada por primates como el modelo de las sociedades humanas más arcaicas, pues bastaría con observar que aquella carece de técnica, lenguaje, cultura y noción de paternidad. Sin embargo es más que plausible ver en la complejidad organizativa de las sociedades de babuinos, macacos y chimpancés los rasgos fundamentales de una sociedad primática avanzada cuya evolución conduciría a la sociedad arcaica de *homo sapiens.* Entre tales rasgos recalquemos la complejidad de la integración social, la organización triádica macho-hembra-joven tal como la hemos descrito en páginas anteriores, la fuerte solidaridad del grupo frente a agentes exteriores, la jerarquía y la desigualdad en el interior del mismo, la posibilidad de aplicar a tal sociedad las nociones de rango, estatuto y rol. Tal como ha dicho Crook, «lejos de ser una analogía con escasos puntos de contacto con la vida humana, el proceso social de selección que existe en las cuadrillas de babuínos y macacos, la aparición del parentesco, el rol y la cooperación como elementos vitales de la organización y la movilidad social de los machos, quizá sean rasgos de organizaciones en extremo similares a las de los más antiguos sistemas sociales de los protohomínidos» (Crook, 1971, p. 44). La consecuencia es importante y ha sido reflejada con toda claridad en palabras de Moscovici: «Estamos acostumbrados a la idea de que nuestra fisiología y nuestra anatomía «descienden» de las de los primates. En adelante debemos hacernos a la idea de que lo mismo sucede con nuestro cuerpo social» (Moscovici, 1972, p. 221).

Si pasamos ahora a considerar la individualidad del chimpancé, queda claro que no son nuestra anatomía y nuestra fisiología los únicos vínculos de descendencia que nos ligan a él, sino que también lo hacen la afectividad y la inteligencia y, sin duda alguna, el lazo que enriquece mutuamente a ambas. Hemos dicho ya que el chimpancé es ocasionalmente *faber,* ocasionalmente cazador, ocasionalmente bípedo. Añadamos que, tanto como bípedo, es bimano: empuña un palo, se masturba, acaricia o da la mano. Además, tal como han puesto de manifiesto Premack y Gardner, es virtualmente apto para el desarrollo de un lenguaje elemental y para el ejercicio lógico y semántico. Tales aptitudes son tan poco empleadas por el chimpancé, como parcial y escaso es el uso que hacen actualmente los hombres de las que posee el enorme cerebro de *sapiens.*

Así pues, está claro que el antropoide superior se halla mucho menos alejado del hombre de cuanto se suponía. Además, mientras la primatología impulsaba este acercamiento del antropoide al hombre, la prehistoria, de una forma cronológicamente paralela, en el curso de estos diez últimos años ha ido aproximando el hombre al antropoide.

Desde el descubrimiento efectuado por Louis y Mary Leakey en la quebrada de Olduvai el 13 de julio de 1959, hasta el de su hijo Richard en el lago Rodolfo el 27 de agosto de 1972, cinco millones de años de prehistoria se han visto poblados por seres bípedos, los menos evolucionados de los cuales presentan ya rasgos de homínidos mezclados con otros de antropoides (australopitecos robustos), mientras que los que han alcanzado un mayor grado de evolución *(Man 1470)* tan sólo presentan una diferencia esencial respecto del *homo sapiens:* el tamaño de su cerebro. Entre estos dos polos se encuentran pequeños seres gráciles, hombres por sus pies, muchachos por su talla (1,20 m.) y peso (entre 20 y 25 kgs.), cuasi-chimpancés por las dimensiones de su cráneo (600 cm^3), pero ya *faber,* que edifica refugios, trabaja la piedra y practica la caza. La batalla desencadenada alrededor de esta simpleza anatómica causó estragos entre los prehistoriadores. ¿Acaso tal bípedo constituía simplemente el tipo femenino del australopiteco robusto, en cuyo caso el dimorfismo sexual habría sido por cierto muy acentuado? ¿Se trataba acaso de un tipo particular de australopiteco, el australopiteco grácil? ¿Sería, pues, necesario, tal como hacía Leroi-Gourham, llamar desde ahora australántropo al australopiteco que construía herramientas? O por el contrario, ¿debía considerarse al tipo grácil (cráneo de 600 cm^3) como al representante de una especie propiamente homínida, el *homo habilis,* que cabía situar en una línea divergente a la representada por el australopiteco (especímenes cada vez más diversos que iban siendo descubiertos por todas partes)? En el estadio actual de las investigaciones lo más probable parece ser que la palma, en cuanto a antigüedad como ancestro directo del *homo,* quepa adjudicarla al *Man 1470.* Tal vez la rama de homínidos se separó de la de los antropoides en una época muy primitiva (*Man 1470* data de unos 2.600.000 años), pero si así fue es realmente un hecho notable que hayan podido coexistir sobre la materna tierra africana dos o tres especies diferentes durante quizá dos o tres millones de años. Una de tales especies correspondería a individuos muy semejantes aún a los antropoides, mientras que la más avanzada todavía se halla lejos de *homo sapiens* en lo que se refiere a su capacidad craneana (*Man 1470,* 800 cm^3). Esta última especie bien estuviera formada por antropoides hominizantes o por homínidos primitivos, no hay duda de que practicaba aproximadamente el mismo tipo de vida que los primates de sabana, *fabricaba armas, herramientas y albergues, es decir, disponía de una organización social de igual complejidad. Vemos pues alcanzar grados de hominización desde los aspectos técnico y sociológico a seres que en modo alguno son los antecesores directos del hombre actual y, a un mismo tiempo, vemos que los antepasados del hombre parten, técnica y sociológicamente, de un nivel ya alcanzado por una o varias de las otras especies de primates.*

Establecer relación entre los turbadores descubrimientos de la quebrada de Olduvai y del lago Rodolfo y los avances efectuados en los campos de la sociología y la psicología de los primates nos da la posibilidad, por una parte, de vincular antropoides y homínidos y, por otra, el homínido con el hombre.

De un solo golpe vemos saltar por los aires el cerrojo que separaba al primate del hombre y abrirse la cadena de la hominización.[1] Ésta, partiendo de un X... desconocido, pasaría por *Man 1470* (capacidad craneana de 800 cm^3) para llegar al *homo sapiens* (1.500 cm^3), no como primer eslabón, sino como término de la hominización.

Tal como veremos, es altamente probable que no sólo el utillaje, sino la caza, el lenguaje y la cultura, hayan aparecido durante el proceso de hominización en época *anterior* al nacimiento de la especie propiamente humana de *sapiens*. Por consiguiente, la hominización es un proceso complejo de desarrollo inmerso en la historia natural de cuyo seno emerge la cultura.

La vinculación empírica que se establece entre el hombre y el primate arroja luz, no sólo sobre un inmenso abismo de 5 a 10 millones de años, sino sobre una insondable noche conceptual, sima impensada e impensable del antropologismo en la que no había ni hombre, ni animal, ni cultura, ni naturaleza.

A partir de ahora tal vacío se verá ocupado por un animal humano, una sociedad natural y una elaboración cultural ligada a una evolución biológica. Es en esta *terra incognita* donde los conceptos de vida, animal, hombre y cultura pierden su rigidez y suficiencia.

Éste es el punto donde deben estallar los dos dominios epistemológicamente cerrados del biologismo y del antropologismo, pues es ahí donde ni la vida ni el hombre pueden ser concebidos como entidades sustanciales, claras, repulsivas, ni incluso (aunque esto signifique un progreso) asociativas.

Lo que resulta deteriorado de forma irremediable, es la concepción insular del hombre. El torpedo surgido de la quebrada de Olduvai ha abierto una brecha decisiva bajo la

1. Cadena en la que el australopiteco y él *homo habilis* serían dos ramificaciones genéticamente estériles, pero sociológicamente significativas.

línea de flotación del antropologismo. El hombre deja por lo tanto de convertirse en un «mono asesino» (Ardrey, 1963) o un «mono desnudo» (Desmond Morris, 1970); la hominidad no es reabsorbida y adaptada en el marco del bioligismo; un concepto cerrado no sustituye a otro concepto cerrado.

Pero también salta por los aires el concepto insular de la vida, que ya había sido herido de gravedad poco antes. Ya no es sólo el hombre el que no puede ser reducido a términos biológicos, es la propia biología la que no puede verse reducida al biologismo.

Esta doble ruptura (del biologismo y del antropologismo), esta doble apertura (del concepto de vida y del concepto de hombre) tiene a nuestros ojos una capital importancia. La apertura a la vida del concepto de hombre no es sólo necesaria para el desarrollo de la ciencia del hombre, lo es también para que se desarrolle la ciencia de la vida; la apertura de la noción de vida es en sí misma una condición necesaria para que se produzca la apertura y el desarrollo en la ciencia del hombre. La insuficiencia de una y otra deben valerse inevitablemente de un punto de vista teórico que, a un mismo tiempo, pueda unirlas y distinguirlas, es decir, que permita y estimule el desarrollo de una teoría de la auto-organización y de una lógica de la complejidad.

Así pues, la cuestión del origen del hombre y de la cultura no es simplemente una ignorancia que debemos subsanar, una curiosidad que necesitamos satisfacer. Se trata de un problema de inmenso alcance teórico, múltiple y general. Es el nudo gordiano que asegura la soldadura epistemológica entre naturaleza-cultura, entre animal-hombre. Es el sitio justo donde debemos buscar los cimientos de la antropología.

SEGUNDA PARTE

LA HOMINIZACIÓN

Könige der Endlichkeit, erwacht!
(¡En pie! Reyes de la Finitud).

HÖLDERLIN

1. EL EXPULSADO QUE SABE CAZAR

Donde no parecía existir otra cosa que un terreno de clara delimitación entre el hombre y el primate, aparece, no sólo un pequeño homínido con un cerebro de reducidas dimensiones (800 cm^3), sino también un desconcertante ser ante el que dudamos si presentarlo como un mono (australopiteco) o como un hombre (australántropo) y que no es ni el último de aquellos ni el primero de éstos.

Donde no se veía otra cosa que una fosa, un vacío y un abismo entre el primate y el hombre, aparece el fértil valle de la hominización. Donde aparecía el *homo sapiens* desprendiéndose de la naturaleza mediante un salto majestuoso para producir con su hermosa inteligencia la técnica, el lenguaje, la sociedad y la cultura, vemos ahora, por el contrario, que la naturaleza, la sociedad, la inteligencia, la técnica, el lenguaje y la cultura colaboran durante algunos millones de años en la coproducción del *homo sapiens*. Las señas de identidad del hombre se enturbian y surge la confusión. *¿Faber? ¿Socius?* El australántropo con un cráneo de 600 cm^3 y el *Man 1470* con su cráneo de 800 cm^3 ya lo son. ¿Faltan aún el lenguaje y la cultura? Tal como veremos, tanto el lenguaje como la cultura deben preceder cronológicamente a *sapiens* y, lógicamente, condicionar la evolución biológica última que hará alcanzar los 1.500 cm^3 a su cerebro. En tales condiciones, el hombre pierde incluso su fecha de nacimiento. Como dice Geertz «los hombres han nacido en una determinada fecha, pero el hombre no» (Geertz, 1966). De hecho, con tal expresión quiere significarse que la humanidad ha nacido varias veces, antes de *sapiens,* durante *sapiens* y después de *sapiens,* y quizá se prepara un nuevo nacimiento para ella en una época futura.

Una morfogénesis multidimensional

Dado que no es posible dar una explicación del hombre tan sólo en base al cerebro de *sapiens,* pues es el resultado de un proceso de hominización sumamente largo y complejo, nos hallamos tentados de retornar a la base, es decir, a los pies del primate que descendió de los árboles para andar sobre el suelo.

Ante todo, el homínido se distingue del chimpancé no por el peso de su cerebro, ni probablemente por sus aptitudes intelectuales, sino por la locomoción bípeda y la posición vertical. Desde sus orígenes la hominización no dejará de avanzar sobre los pies, tal como ha remarcado con énfasis Leroi-Gourhan (1964). La verticalidad es el elemento decisivo que liberará a la mano de toda actividad locomotora. En este aspecto no debe olvidarse que la oposición del pulgar, acrecentando la fuerza y la precisión de la prensión, convertirá a la mano en un instrumento polivalente. De golpe, el bipedismo abre la posibilidad de evolución que conduce hasta *sapiens.* La posición vertical libera a la mano, la mano libera a la mandíbula, la verticalización y la liberación de la mandíbula eximen a la caja craenana de las tensiones mecánicas que hasta entonces pesaban sobre ella y ésta puede ensancharse en beneficio dc un «inquilino» de mayor volumen.

Pero tal esquema (enderezamiento anatómico → desarrollo tecnológico → liberación craneana) en modo alguno puede haber sido casual ni lineal, sino el resultado de la intervención de factores de los más diversos órdenes interaccionándose entre sí.

Presupone, en efecto, mutaciones genéticas que llevaran a cabo las necesarias transformaciones anatómicas y el aumento del tamaño del cerebro, una «selección» del bipedismo efectuada por un medio natural adecuado (la sabana), un nuevo tipo de vida que, convirtiendo a este animal en presa y predador a la vez, desarrollara aptitudes cerebrales hasta entonces no explotadas sistemáticamente por el chimpancé en una dialéctica pie-mano-cerebro para compelirlo a la utilización de armas defensivas y ofensivas, así como a la construcción de refugios, a iniciar su desarrollo tecnológico en el seno de una nueva *praxis* y, finalmente, a impulsar un despliegue de la propia complejidad social desarrollada por el nuevo tipo de vida, la nueva praxis, la actualización de las virtualidades cerebrales, y desarrollándolas a su vez.

Son, pues, las múltiples interrelaciones, interacciones e interferencias existentes entre los factores genéticos, ecológicos, práxicos (la caza), cerebrales, sociales y culturales los que nos permitirán concebir el proceso multidimensional de hominización que acarreará finalmente la aparición sobre nuestro planeta de *homo sapiens.*

La hominización no podrá ser concebida por más tiempo como resultado de una evolución biológica estricta, ni tampoco como producto de estrictas evoluciones espirituales o socio-culturales, sino como una morfogénesis compleja y multidimensional que es la resultante de interferencias genéticas, ecológicas, cerebrales, sociales y culturales.

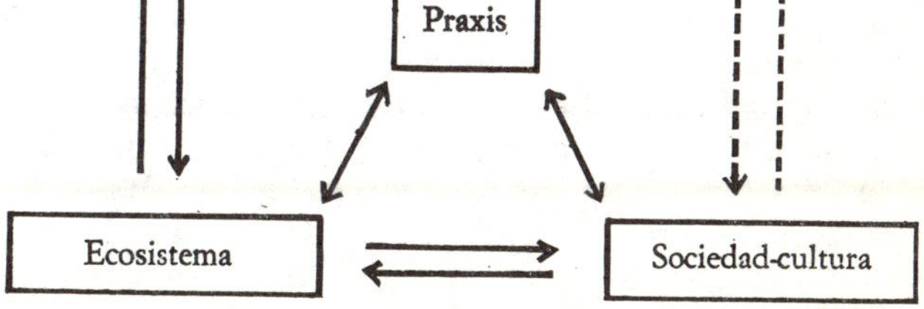

ESQUEMA 1

Tal grado de complejidad es de esperar que nos suma en la confusión desde un principio y, no dejaría de ser tentador buscar un hilo conductor. Pero este hilo conductor no había de ser un rasgo reductor; a pesar de las magníficas hipótesis que han surgido durante la última década para dar una explicación al proceso de homonización (que no sólo han despertado, sino también alimentado en gran parte nuestra reflexión), tienden a reducir el conjunto de procesos que la integran a una dirección privilegiada. No daremos preeminencia ni al aspecto anatómico, que apoya la hominización exclusivamente en los pies, ni al aspecto psicológico, que la apoya en la cabeza, ni al aspecto genético, que se limita a hacer saltar al homínido de mutante en mutante, ni al aspecto ecológico, que se contenta con hacer avanzar a la sabana hacia el homínido y al homínido sobre la sabana, ni al aspecto sociológico, que tan sólo pone en movimiento una dinámica social, a pesar de que Moscovici haya sustituido generosamente la clásica biogénesis del hombre por una sociogénesis más ajustada a la realidad. Todos los aspectos enumerados son esenciales, pero lo son por encima de todo en su relación de unos para con otros. Ello no quiere decir que dejemos a nuestra investigación que se disperse sin rumbo fijo por un laberinto de casualidades, interrelaciones e innovaciones, pues tal como veremos más adelante la cerebralización vincula y aglutina a todo el conjunto de desarrollos organizativos. Sin embargo, repitámoslo una vez más, la última expresión no significa en modo alguno que queramos reducir la hominización al desarrollo cerebral. Significa que vincularemos el desarrollo cerebral a todos los demás, causados por él pero a un mismo tiempo causas de la aparición de éste. Debo hacer hincapié en que el cerebro no será considerado como un «órgano», sino como el epicentro de todo cuanto para nosotros es esencial dentro del proceso de hominización, *un proceso de complejificación multidimensional que se desarrolla en función de un principio de auto-organización o autoproducción.*

Este principio no pretende en modo alguno ser un *deus ex machina,* pues presupone, no sólo en su funcionamiento, sino por encima de todo en su evolución, la intervención de sucesos aleatorios, de accidentes, de interacciones. Este principio-guía, que tiene la ventaja de perseguir la inteligibilidad sin imponer una racionalidad o una finalidad *a priori*, nos permite considerar la hominización como una *historia real* y «no como una fuerza mística que empuja al hombre a evolucionar según algún principio ortogenético» (Washburn, 1963). En efecto, jamás debe olvidarse que la hominización es un juego de interferencias que presupone la existencia de acontecimientos, eliminaciones, selecciones, integraciones, migraciones, fracasos, éxitos, desastres, innovaciones, desorganizaciones, reorganizaciones.

La hominización no es tan sólo aquello que surge, sino también lo que desaparece, es asimismo la extinción de las especies triunfantes en otro tiempo, australopiteco, *homo habilis*, *Man 1470*, *homo erectus*, *homo neanderthalensis*, quizá todos y cada uno de ellos cazado y devorado por su sucesor. No se trata de *una* especie que evoluciona desde los primeros homínidos hasta llegar a *homo sapiens*. Se trata de saltos esporádicos de especie a especie, de sociedad a sociedad, de individuo a individuo, que tienen lugar durante un período extraordinariamente prolongado en el que el medio natural se modifica a cámara lenta y los individuos y grupos sociales se multiplican de modo invariable. En cada uno de estos saltos aparece, bien como un Adán mutante que deja descendencia, como un Prometeo desconocido que aporta una nueva técnica, o bien como una colonia que quebranta el destierro a que se ve sometido un determinado modelo y lo rehabilita. De tarde en tarde surgen divergencias, disidencias; muchas de ellas fracasan, mientras otras acaban imponiéndose, extendiéndose, y los disidentes que alcanzan el éxito convierten en disidentes a aquellos que anteriormente les habían impulsado a apartarse del grupo.

El rebelde de los bosques y el mutante de las sabanas

Ínfimas perturbaciones en el movimiento de relojería que mantiene la tierra alrededor del sol causan auténticas revoluciones en el universo vivo. Los ecosistemas se transforman, ciertas especies mueren, otras emigran, otras aparecen y se desarrollan. Hacia finales de la era terciaria la sequía hace retroceder al bosque, y la sabana se expande sobre vastas extensiones. Los primeros homínidos, cuyos fósiles aparecen en las regiones afectadas por aquella sequía, son primates africanos que han dejado los árboles, que se han visto privados de los árboles, y que se han afincado en la sabana.

La suerte de la hominización ha debido ponerse en juego por primera vez entre el bosque y la sabana, allí donde la presión ecológica hacía progresar la sequía, allí donde la presión demográfica para los habitantes del bosque estrechaba el cerco constantemente y hacía retroceder hacia sus linderos a la mayor parte de la población, allí donde las tensiones sociales entre adultos y jóvenes, así como la curiosidad exploradora de los adolescentes, empujaban, tanto por repulsión como por atracción, a los pequeños grupos en el destierro a intentar sobrevivir en tierras de matorrales.

Así pues, tanto las presiones ecológica y demográfica como los antagonismos estructurales inherentes a la sociedad compleja de los antropoides han concurrido para favorecer el exilio definitivo de un grupo mutante al que el bipedismo iba a permitir superar los problemas fundamentales de supervivencia que presentaba la sabana de una forma diversa a la adoptada por las bandas de babuinos (cf. p. 76). La hominización tiene sus orígenes en la conjunción de una desgracia ecológica, una desviación genética y una disidencia sociológica, o en otros términos, a causa de una modificación en la autorreproducción del ecosistema (bosque convirtiéndose en sabana), una modificación en la autorreproducción genética de un primate evolucionado (mutación) y una modificación en el curso de una autorreproducción sociológica, consistente en la escisión de un grupo juvenil para fundar una colonia extraterritorial. Por consiguiente, parece ser que los anormales, los rechazados, los *heimatlos*, los aventureros, los rebeldes, son los iniciadores de la revolución representada por el proceso de hominización. El mutante de las sabanas presupone la existencia del rebelde de los bosques. Pero éste, para dar con la solución revolucionaria, necesitaba transformarse en el mutante de las sabanas.

La sustitución progresiva de una sabana agresiva y cruel por la selva protectora y abastecedora de alimentos estimula y encauza el proceso de hominización. La sabana crea las condiciones necesarias para que las aptitudes bípedas, bimanas y cerebrales sean empleadas a pleno rendimiento gracias a las necesidades y peligros que entraña. En efecto, el nuevo ecosistema aporta sus coacciones, sus orientaciones y peligros, que se convierten en *estímulos* para desarrollar aptitudes de todo tipo que pudieran ya existir en el antepasado de los bosques, quien, pariente del chimpancé, poseía ya un cerebro despierto, una mirada aguda y un apetito omnívoro aptos para transformar una rama en garrote y un guijarro en proyectil, y para acosar colectivamente a pequeños mamíferos. La desaparición de los árboles arroja a los peligros de la sabana a un ser que ofrece su sexo y abdomen a la garra y a los colmillos del depredador. La búsqueda de alimento se hace peligrosa y, además, difícil si la presa es rara y huidiza; la vigilancia, la atención y la artimaña se hacen vitales. Se hace necesario poder interpretar por sus signos los más tenues movimientos, los indicios de huellas más sutiles. Es necesario estar preparado, individual y colectivamente, para la defensa y, cuando es necesario cazar, para el ataque.

Bajo tales condiciones se van extendiendo por la sabana pequeños grupos que, aunque probablemente salidos de un mismo tronco, con el paso de centenares de miles o de millones de años se irán diferenciando genéticamente, pero que no por ello dejarán de coexistir y practicar en un principio el mismo tipo de vida pedestre, manual e inteligente que comportaba la utilización de bastones y piedras para la defensa o el ataque y la construcción de rudimentarios refugios. Posteriormente serán estos mismos seres los que a través de una serie de mutaciones genéticas adquirirán aptitudes cada vez más complejas (oposición entre pulgar e índice, enderezamiento total de su cuerpo, aumento del volumen y, por consiguiente, de la complejidad de su cerebro) que les permitirán lanzarse a la aventura cinegética.

Es posible que inicialmente hayan sido los pesados y vegetarianos «australopitecos robustos» quienes, al monopolizar los escasos alimentos vegetales, hayan empujado a los gráciles mutantes omnívoros a orientar su alimentación hacia el mundo animal, quizá a la búsqueda de carroñas, pero por encima de todo, a la caza de pequeñas presas. Como consecuencia, será sobre estos seres gráciles sobre los que actuarán las presiones selectivas en favor de todo aquello que tienda a desarrollar la agilidad, la habilidad, la técnica, es decir, aquellos rasgos cada vez más y más hominizados. El pie de los mutantes se verá forzado, mucho más que en el caso de los vegetarianos, a resistir marchas cada vez más prolongadas, es decir, a explorar, a correr para perseguir o para huir; por el contrario las cuadrillas de robustos vegetarianos no tienen necesidad de dispersarse, galopar o batirse en retirada precipitadamente. Todos los rasgos anatómicos, y sus correspondientes aptitudes, que le permitan no sólo correr con cierta rapidez durante largo tiempo, sino huir arrastrando una presa o perseguirla blandiendo un bastón o con una piedra en la mano, se irán desarrollando en el cazador expulsado. La oposición de pulgar e índice se acusará en *homo habilis* y en *Man 1470,* dándoles la fuerza y la precisión necesarias para la aprensión de objetos y, por encima de todo, para conseguir su transformación. A partir de este momento la mano no deja de actuar continuamente en los más diversos menesteres y la técnica, que en el chimpancé hippie de los bosques sólo emergía en pálidos destellos y que se limitaba casi exclusivamente a funciones de defensa en el seno de los grupos formados por los pesados vegetarianos, se convierte en una característica permanente del homínido grácil. En adelante, técnica y praxis cinegética podrán desarrollarse paralelamente.

Los pequeños homínidos, originariamente muy débiles (al menos uno de ellos), fueron ganando en agilidad, habilidad e inteligencia. De forma progresiva fueron mejorando, genética, anatómica, técnica y prácticamente, acabando por patentizar una superioridad manifiesta respecto a los robustos. Sin duda alguna ambos tipos pudieron coexistir durante largo tiempo de forma más o menos pacífica en la medida en que sus alimentaciones fueran suficientes o bien diferentes. Pero en el preciso instante en que se suscitó la competencia, ya fuera bajo la presión demográfica, ya fuera a causa del acrecentamiento de la sequedad, los más hominizados acabaron suplantando a los otros, sea empujándolos hacia territorios cada vez más estériles, sea convirtiéndolos en presa de sus cacerías. A continuación, el más desarrollado de entre los gráciles, es decir, el poseedor de un mayor cerebro (que con toda probabilidad debía corresponder al de talla superior), fue quien acabó dominando a los demás.

Así pues, es el nuevo ecosistema, la sabana, el que desencadena la dialéctica (fenoménica y genética) pie-mano-cerebro, madre de la técnica y de todo ulterior desarrollo. Posteriormente favoreció todo acrecentamiento en las cualidades y aptitudes del cazador expulsado y después creó las condiciones competitivas entre las diversas especies coexistentes que han conducido por fin a la victoria en solitario del homínido dotado del cerebro más evolucionado.

Una relación cada vez más intensa y compleja se va estableciendo entre ecosistema y homínido. Para el cazador expulsado que se mantiene al acecho, el ecosistema es un emisor de informaciones múltiples que de forma progresiva irá descifrando más sutilmente. Desde este punto de vista el ecosistema es coproductor y co-organizador de la caza, *praxis* productiva y organizativa que hiperestimulará su desarrollo físico, cerebral, técnico, cooperativo y social.

La cazar civilizadora

Era sabido desde épocas bastante pretéritas que cronológicamente la caza había marcado de forma determinante el destino de la humanidad. Sin embargo se ignoraba que su impronta sobre el proceso de hominización no era simplemente cronológica sino también lógica. *Man the hunter:* El título de esta obra fundamental (Lee y De Vore, 1968) debe ser interpretado en el sentido de la formulación de Serge Moscovici, quien nos sugiere que observemos cómo «el cazador se convirtió en hombre y no cómo el hombre se convirtió en cazador» (Moscovici, 1972, p. 102). Lo propio de *homo sapiens* será conseguir emanciparse de la caza que, a su vez, le había emancipado en épocas pretéritas. Pero deberá esperar. La caza se inicia hace algunos millones de años, progresa lentamente, se acentúa su desarrollo, y se acelera en los últimos 500.000 años. *Homo sapiens* la cultiva como forma de subsistencia y alcanza su pleno apogeo durante el período magdaleniense; no desaparecerá como eje del desarrollo de la humanidad hasta estos 8.000 últimos años y sobrevive aún en algunas regiones desheredadas de África, Australia y Asia.

La caza es el gran *continuum* en una evolución que ha visto sucederse discontinuamente unas especies a otras, desde el homínido de pequeño cráneo hasta el *sapiens* de gran cerebro.

La caza debe ser considerada como un fenómeno humano total, pues no sólo actualizará y exaltará las aptitudes débilmente utilizadas y suscitará otras nuevas, no sólo se limitará a transformar la relación entre el hombre y su medio ambiente, sino que transformará la relación de hombre a hombre, de hombre a mujer, de adulto a joven. Más aún, su propio desarrollo, correlativamente a las transformaciones operadas, acabará transformando al individuo, a la sociedad, a la especie. Pisamos por fin el sólido terreno del *transformismo antropológico,* desdeñado, mal conocido o rechazado, tanto por el biologismo como por el antropologismo, que ha emergido a la luz del día durante estos últimos años gracias a las obras pioneras de investigadores marginales.

La caza en la sabana da habilidad y capacita al homínido, convirtiéndole en un ser capaz de interpretar un gran número de ambiguos y tenues *estímulos* sensoriales. Tales estímulos se convierten en señales, indicios, mensajes, y aquel que sólo era capaz de reconocer ya puede conocer. Pone frente a frente la inteligencia con lo más hábil y astuto que existe en la naturaleza, la lucha entre la presa y el depredador, con sus disimulos, maniobras y equivocaciones mutuas. Le obliga a encontarse frente a y competir con lo más peligroso que existe: el gran carnívoro. Estimula sus aptitudes estratégicas: atención, tenacidad,[1] combatividad, audacia, astucia, señuelo, trampa, acecho.

Sin duda alguna la larga aventura tiene sus orígenes en las

1. Quizá el defecto genético de la no-metabolización del ácido úrico aparecido en época muy temprana y su sobretasa tóxica para las células cerebrales parece desempeñar un cierto papel en la formación de este carácter tan extendido en la humanidad, la tenacidad llevada hasta límites extremos *(achievement).* Evidentemente, este defecto no podía por más que constituir una ventaja de orden selectivo teniendo en cuenta las condiciones y el grupo en que alcanzó difusión (C. Escoffier-Lambiotte, 1971).

depredaciones menores y esporádicas realizadas por los monos superiores omnívoros. Posteriormente, desde los primeros homínidos hasta llegar a *homo sapiens*, la práctica de la caza se convierte progresivamente en algo más básico, más organizado, más organizador. Pasa de la caza de pequeñas piezas a la caza media, de la caza furtiva y temerosa a la caza con lucha y con peligro, de la búsqueda de presas al azar a la búsqueda orientada según indicios, de la simple detección al rastreo perseverante, de la táctica improvisada a la estrategia experimentada, de las precauciones y los ardides a la ingeniosidad de la trampa y de la emboscada, de las armas groseras y polivalentes a las armas delicadas y especializadas.

La caza intensifica y da complejidad a la dialéctica pie-mano-cerebro-herramienta, que a su vez intensifica y hace compleja a la caza. Esta dialéctica entraña el desarrollo técnico que afina y diversifica el arma y la herramienta, a la vez que introduce mejoras en el acondicionamiento de los refugios. Entre 700 u 800.000 años antes de nuestra era empieza a utilizarse el fuego. El fuego no debe concebirse exclusivamente como una innovación que acrecienta el *savoir-faire* y hace posible la utilización técnica de materiales leñosos. Se trata en realidad de una adquisición de alcance multidimensional. La predigestión externa de los alimentos pasados por el fuego aligera el trabajo del aparato digestivo; a diferencia del carnívoro que se sume en un pesado sueño digestivo después de devorar a su presa, el homínido, dueño del fuego, tiene la posibilidad de hallarse activo y alerta después de haber comido; el fuego libera la vigilia y lo propio hace con el sueño, pues da seguridad tanto a la expedición nocturna de cazadores como a las mujeres y niños que han quedado en el refugio sedentario; el fuego crea el hogar, lugar de protección y refugio; el fuego permite al hombre dormir profundamente, a diferencia de los demás animales que deben descansar siempre en un estado dc alerta. Quizá el fuego haya incluso favorecido el incremento y la libertad de los sueños...

Por otro lado, la cocción favorece nuevas mutaciones hominizantes que tienden a reducir la mandíbula y la dentición, así como a liberar la caja craneana de parte de sus tareas mecánicas, con lo cual se favorece el crecimiento del volumen del cerebro. También completa y amplifica la dialéctica mano-herramienta que favorece el dessarrollo cerebral, tanto en el plano filogenético como en el de la praxis fenoménica.

Finalmente, el desarrollo de la caza y sus consecuencias desempeñan un papel transformador de primer orden en el terreno social, pues caminan al unísono con una sociogénesis que disocia el modelo social creado por el homínido del que caracteriza a las sociedades de los primates más avanzados y constituye un nuevo tipo de sociedad a la que a partir de ahora llamaremos paleosociedad.

2. LA SOCIOGÉNESIS

Mientras se acumulan los indicios anatómicos y tecnológicos que permiten seguir la evolución física de la especie y presumir un desarrollo mental que corroboren los perfeccionamientos de utensilios no poseemos el mínimo rastro directo en lo que concierne a la hominización. Hasta hace unos pocos años tan sólo teníamos a nuestra disposición ciertos indicios, muy tardíos, obtenidos a partir de las sociedades arcaicas de *homo sapiens* que han subsistido hasta nuestros días. Posteriormente, hemos visto enriquecido nuestro bagaje de datos al respecto con indicaciones cada vez más numerosas sobre las sociedades más avanzadas de primates, es decir, sobre una imagen de aquello que habría podido ser la sociedad de los pre-homínidos. Entre estos dos promontorios se extendía un inmenso vacío, pero entre estos dos polos sociales podemos intentar situar conjuntamente restos anatómicos, craneanos, tecnológicos y *cinegéticos,* como índices de organización social, de modo similar a como lo hace la paleontología natural que, a partir de fragmentos óseos, intenta reconstruir por presunción el organismo en función de las reglas organizativas del esquelto. En modo alguno se trata de reconstruir un esqueleto de sociedad a partir de un esqueleto de homínido. El objetivo perseguido es considerar el conjunto de restos fósiles, incluido el esqueleto del homínido, como indicios fragmentarios de una organización social. Estamos plenamente convencidos de que se abre ante la sociología prehistórica un rico porvenir en el que será capaz de reconstruir un conjunto de rasgos sociales a partir de una huella o un fragmento. En el momento actual la teoría sociológica se mueve aún en un terreno tan incierto y arbitrario que corremos el riesgo de vernos atrapados en la confusión o en el error. A pesar de todo, dado que tenemos a nuestra disposición una base compleja (la sociedad avanzada de los primates), que podemos calcular las consecuencias del traspaso ecológico de dicha sociedad a la sabana, que podemos intentar correlacionar los índices de complejidad cerebral, técnica y cinegética, que podemos imaginar las tensiones y aperturas que determina sobre la sociedad la organización colectiva de la caza y que finalmente, tal como veremos más adelante, la *aparición de una sociedad cuya complejidad implica la existencia de una cultura en su seno precede necesariamente a* sapiens (cf. p. 88 y ss.), podemos intentar el esbozo aproximado de la línea sociológica de formación y desarrollo de una sociedad de homínidos (paleosociedad). Este esquema «ideal» comporta lagunas, simplificaciones y errores, y en modo alguno nos permite situar en etapas cronológicas los diferentes desarrollos lógicos que abordaremos a continuación.

Las sociedades de los chimpancés que habitan los bosques se hallan débilmente centralizadas. La sociedad de los babuinos que habitan la sabana de Kalahari (De Vore) es una cuadrilla militarizada que se desplaza en masa bajo la dirección de un jefe sobre el que todos los miembros del grupo tienen centrada su atención; las hembras ocupan el centro de la formación y transportan a los niños sobre sus espaldas, mientras los machos adultos rodean al grupo, los más robustos situados en vanguardia y en retaguardia, los jóvenes en los flancos. La militarización es tanto más acusada por cuanto carecen de armas y la única que poseen es la defensa colectiva. El homínido no ha «escogido» este camino. ¿Quizá ha sido la herencia de una sociedad de bosque similar a la del chimpancé la que ha querido o podido mantener? ¿Acaso ha condicionado su opción el individualismo de un ser mucho más complejo que el babuino? O, con una herencia y un «individualismo» de estas características, ¿acaso habrá sido la necesidad de conciliar las expediciones de caza sin hembras con la autodefensa colectiva del grupo social? Sea como fuere, la estructura social de los primeros homínidos, tal como veremos de inmediato, ha debido ser a un mismo tiempo centralizada y descentralizada para permitir dispersión y reagrupamiento, praxis colectiva e iniciativa individual.

El desarrollo continuado de la caza implicará una reestructuración aún más profunda de la sociedad de los primates. Esta sociedad mantenía en el mismo espacio a machos y hembras, mientras que los jóvenes sólo se alejaban ligeramente del grupo. La sociedad del homínido separa ecológica, económica y culturalmente los sexos, que a partir de este momento se convierten en dos cuasi-sociedades en una. La unidad se verá asegurada por la hegemonía, no sólo social, sino también política, técnica y cultural de la bioclase masculina y por los nuevos modos de comunicación y organización que compensaban la disposición de los cazadores sobre el terreno y la división de la sociedad en dos núcleos diferenciados.

Mientras que la caza empuja a los hombres cada día más lejos, la maternidad confina a las mujeres en los refugios, a diferencia de lo que sucede en los grupos de babuinos en los que las hembras se trasladan con el grueso de la cuadrilla transportando a sus hijos sobre las espaldas. Los niños bimanos no pueden, a diferencia de los cuadrúmanos, colgarse de las espaldas de su madre, y la prolongación de la infancia obligará a las hembras a ocuparse, de una forma cada vez más absorbente, de los cuidados maternales. Las hembras, convertidas en sedentarias, se consagrarán a la búsqueda de forraje y a la recolección de frutos para satisfacer las necesidades vegetales del grupo. A partir de este momento toma cuerpo una dualidad ecológica y económica entre hombres y mujeres.

La clase dominante

Paralelamente, la casta dominante de machos se transforma en clase dominante de hombres. Entre los monos sociales, la intolerancia entre machos sólo podía ser dominada en y por la jerarquía del rango y por una cooperación estrictamente limitada a la defensa del grupo. La hominización operará un progreso radical al reprimir la intolerancia entre machos por medio de la solidaridad masculina y proyectando sobre la organización de la vida social una cooperación impulsada por las necesidades de la caza.

La cooperación cinegética implicará un constante aumento de la organización colectiva para la elección del terreno, la premeditación del ataque, la sincronización de los movimientos estratégicos, el desarrollo del programa de operaciones, preparado e improvisado a un mismo tiempo, y, finalmente, la distribución de las piezas cobradas. El reparto del botín, especialmente en aquellos casos en los que es muy escaso, o bien está constituido por piezas de un considerable tamaño, plantea una serie de problemas básicos que sólo podían ser resueltos mediante el establecimiento de *reglas de distribución*. Parece ser que es en este aspecto donde ha triunfado la solidaridad entre los hombres y de donde ha nacido un modelo colectivista en el que el producto de la caza, bien común, es inmediatamente repartido entre todos de forma más o menos igualitaria aunque, sin duda alguna, con una cierta prima en favor del jefe o de aquel que ha abatido la pieza.

A partir de este momento, los vínculos de la acción colectiva y las reglas de distribución se entremezclan con los lazos de amistad en una densa red de solidaridad «entre los hombres» (Tiger, 1971). Dos corrientes confluirán para constituir la nueva «confraternidad viril». De una parte, las intensas relaciones de hombre a hombre en el peligro, los padecimientos y triunfos vividos solidariamente. Por otra, el progreso del carácter de juvenilización (cf. p. 95 y ss.), que prolongará más allá de la adolescencia las amistades de juventud que ya encontramos presentes entre los chimpancés no adultos. A ello puede añadirse, como causa y efecto a la vez, las homosexualidades latentes o practicadas que conlleva la amistad. Así pues, solidaridad, cooperación, amistad y afecto ahogarán entre los hombres los caracteres de intolerancia y prevención que dominaban las sociedades de primates. La quisquillosa jerarquía del rango, que reabsorbía y canalizaba la intolerancia entre machos en los grupos de antropoides superiores, cede su sitio a una clase de «iguales». Ciertamente existen desigualdades entre los iguales, unas *de facto*, y otras casi podríamos decir que *de jure* (el jefe, los ancianos). No hay duda alguna de que las intolerancias sobreviven bajo la forma de antipatías, desavenencias y disputas; los antagonismos implican polémicas y las polémicas antagonismos, pero la autoridad colectiva está allí para calmar y resolver tales perturbaciones que no son más que núcleos esporádicos y eruptivos sobre un fondo sociológico dominado por la solidaridad de clase.[1]

Lo que emerge a través de la aventura cinegética de la hominización es una clase de hombres solidarios, mientras que las mujeres siguen siendo una «capa» social en la que la ayuda mutua se halla siempre subordinada a la fidelidad particular y esencial a los hijos y, eventualmente, al macho.

Surge, pues, una extraordinaria diferenciación sociológica, que se acrecienta hasta convertirse en una clara diferenciación cultural, entre la clase de los hombres y el grupo de las mujeres.

Lo masculino y lo femenino desarrollarán cada uno por su lado su propia sociabilidad, su propia cultura y su propia psicología, y la diferencia psicocultural agravará y dará una mayor complejidad a la diferencia fisioendocrina. Una mujer tierna, sedentaria, rutinaria y pacífica se opondrá al hombre cazador, nómada y explorador. Dos siluetas hacen su aparición en el marco de la sociedad homínida, la del hombre que se yergue empuñando las armas para enfrentarse al animal y la de la mujer reclinada sobre su hijo o para recolectar el vegetal.

De repente se establece una nueva dominación de clase desconocida entre los monos. Al disponer del monopolio de

1. El establecimiento de reglas concernientes a la distribución sexual, es decir, reglas referidas a mujeres y muchachas, aparecerá en época bastante avanzada y, por consiguiente, no será hasta época muy tardía cuando tales reglas actuarán como control social de la primera y profunda fuente de tensiones entre los machos. Como se verá más adelante (p. 186), la constitución de reglas sobre el matrimonio y la exogamia nos parecen una de las aportaciones características del *homo sapiens*. Así pues, no son las reglas del parentesco, sino las de distribución económica (de las que las reglas del parentesco no serían más que un desarrollo y generalización) las que constituyen la *primera ley socioantropológica*.

las armas y de la técnica para trabajar la piedra, del principio de organización colectiva y, en suma, del poder y del conocimiento, la clase de hombres se hace con el gobierno y el control de la sociedad e impone una dominación *política* sobre mujeres y jóvenes que aún hoy en día no ha dejado de ejercer. En las sociedades de primates los jóvenes y los subordinados se identificaban con las hembras, llegando incluso a presentar su trasero como signo de sumisión. En la sociedad de homínidos las hembras se convierten en menores sociales, políticos, económicos y culturales.

Sin lugar a dudas nos enfrentamos con el primer modelo de dominación de una clase sobre otra (Lévi-Strauss, 1967; Moscovici, 1972) y, desde un enfoque más profundo, del primer modelo de dominación de una clase sobre el conjunto de la sociedad, es decir, de la preconstitución de un poder político que se convertirá en Estado con la llegada de las sociedades históricas. Pero también nos hallamos ante la aparición del modelo de la relación hombre-mujer que, en sus rasgos fundamentales, ha continuado siendo reproducido desde aquea lejana época para arraigar con enorme fuerza en la infraestructura de las sociedades históricas hasta llegar a nuestros días.

Se nos aparece, pues, una primera modificación fundamental entre la sociedad primática y paleosociedad. La paleosociedad está menos jerarquizada, más colectivizada, pero a un mismo tiempo se halla mucho más dominada por su organización masculina y posee un mayor grado de complejidad derivado de la diferenciación masculino-femenino. La sociedad de los homínidos conserva, aunque modificándolo, el principio de dominación-jerarquía de la sociedad de los primates y aporta la novedad de un principio cooperativo-socialista de organización. Engels tenía razón al subrayar el carácter básico de este último, pero subestimó el carácter del otro principio indicado. En lo sucesivo, una vez asentados firmemente los dos principios fundamentales, sus combinaciones y sus conflictos marcarán toda la historia de la humanidad.

La juventud sin clase

El desarrollo del carácter juvenil condicionará de forma acusada el curso de la hominización. El tiempo biológico de la infancia y la adolescencia se acrecienta. Podría pensarse que este proceso favorece, no sólo la autonomía del grupo adolescente, tal como sucede entre los grupos más evolucionados de monos, sino también la aparición de una clase juvenil. Sin embargo, el nuevo contexto social no favorece precisamente la constitución de una tal clase. Por un lado, el cordón umbilical afectivo mantiene durante un período cada vez más prolongado a los menores de la tribu bajo la órbita materna. Por otra parte, y especialmente entre los machos jóvenes, el período de aprendizaje del uso de las armas, de las técnicas y de la organización social, tiene lugar bajo la vigilancia y control de los adultos. El aprendizaje que les culturaliza les sitúa bajo la dependencia de la clase dominante.

Además se crean una serie de vínculos personales entre jóvenes y adultos durante la caza, y quizá tales relaciones aparezcan de forma particular entre los hijos y el esposo de una misma mujer, hecho que bosquejaría la paternidad desde un punto de vista psicológico antes de que ésta llegara a ser reconocida sociológica y genitalmente.

Bien es cierto que se forman bandas y pandillas entre los jóvenes en función de sus afinidades, pero la «clase» de los jóvenes no llega a cuajar en ningún momento, atados como están de forma demasiado estrecha al universo materno durante sus primeros años de adolescencia, y a la clase de los adultos durante o en la última etapa de ésta. Los jóvenes, bajo el control de sus mayores, tan sólo pueden escoger entre la exclusión o la sumisión, pues en modo alguno les está permitida una marginalidad institucional. Acabamos pues de ver que la clase masculina adulta extiende su dominación general y su poder organizativo sobre el conjunto de la sociedad cercenando el proceso natural de la adolescencia para devolver a su ámbito infantil a los más jóvenes y colocar bajo su tutela a los restantes, separando a machos y hembras desde el inicio de la adolescencia y controlando a los jóvenes a través de los procesos de aprendizaje tecnológico, cinegético y sociológico,[2] mientras que, por su parte, las otras categorías biosociales no consiguen en momento alguno auto-organizarse en clases. Es una sociedad de clases en la que sólo existe una clase biosocial que ejerce su dominio sobre las demás capas biosociales.

La clase adolescente se ve anulada antes de nacer, pero no por ello las características juveniles desaparecen y dejan de progresar en la sociedad. Los jóvenes homínidos gozan de un período de tiempo notablemente más prolongado del que disponen los antropoides jóvenes para jugar, explorar y sentirse atraídos por la novedad. Asimilando los saberes adultos y las diversas formas de ponerlos en práctica pueden aportar modificaciones, perfeccionamientos e innovaciones, y con toda probabilidad han sido ellos quienes, jugando con piedras de sílex y sonidos, han encendido el primer fuego e inventado la palabra.

Así pues, la semisocialización de los jóvenes y sus relaciones con los adultos permiten a la sociedad beneficiarse directamente de las innovaciones y descubrimientos. Por otro lado, rasgos característicos de la adolescencia como son la amistad y el gusto por el juego y por todo lo nuevo, o en otros términos, la aptitud para la invención, se perpetúan de una forma cada vez más acusada durante la edad adulta, con lo cual la permanencia del carácter juvenil se convierte en un fenómeno antropológico. Los jóvenes son «integrados», «recuperados», pero sus virtudes, marginales entre los antropoides, impregnan ahora la nueva sociedad.

De la ecología a la economía

La organización de la paleosociedad según el esquema que acabamos de esbozar implica el surgimiento de una economía a partir de la relación ecológica.

Si la economía es el sistema organizador de la extracción

2. Y más tarde, con *sapiens* probablemente mágico-religioso (el "rito de iniciación", que tiene lugar entre los 10 y 14 años bajo el total control de los adultos, y que, al introducir al joven dentro del universo adulto en edad bastante temprana, consolida la dominación general de la clase masculina).

de recursos, su distribución y consumo, sin duda alguna las sociedades de primates carecen de ella: la extracción de recursos no se halla socialmente organizada, salvo en momentos esporádicos de caza colectiva, ni tampoco tecnológicamente determinada, y el consumo se efectúa al azar sin que existan otras reglas que la prioridad del jefe y el regalo amistoso, amoroso o servil.

Por el contrario, las sociedades de homínidos constituyen su economía organizando y modelando tecnológicamente sus dos praxis ecológicas de la caza y la recolección hasta transformarlas en prácticas económicas. Aparece, pues, una primera división del trabajo al hacerse efectiva la separación y delimitación socioeconómicas entre hombres y mujeres.

La práctica de la caza ya se halla altamente organizada. Al modo colectivo de «producción», es decir de búsqueda de caza, se suman una serie de reglas colectivas de distribución que, de hecho, afectan a los recursos básicos de toda la sociedad.[3] De ahí la sorprendente conjunción de una «sociedad de clase» primitiva que organiza un «comunismo» primitivo a partir de sus reglas internas de solidaridad.

La economía surge con las reglas de auto-organización de las sociedades vinculadas a una praxis ecológica (es decir, a la división institucional del trabajo, las reglas socializantes o «socialistas» de la distribución de los recursos, la reproducción del capital tecnológico a través de la fabricación de utensilios y el aprendizaje del saber y su utilización por parte de los jóvenes).

De este modo se esboza, mediante las reglas apuntadas, un primer sistema económico sin el que se derrumbarían la cohesión y la complejidad sociales... Tales reglas se limitan a mantener la complejidad organizativa adquirida, autorreproduciéndola de un modo permanente. Desde este enfoque la economía pasa a convertirse en un simple sector particularizado tendente a la producción de recursos y, apenas aún

3. Nada nos puede indicar con certeza si este modelo cooperativo/distributivo se reproduce asimismo en las tareas efectuadas por las mujeres, es decir, las recolecciones de granos, frutos y forrajes, o si por el contrario éstas se hallan sometidas a la iniciativa individual. Sin embargo, es posible que en un determinado momento el modelo de organización masculina se aplicara al conjunto constituido por todas las actividades económicas.

en un sistema especializado de producción de artefactos. La economía es bastante más que una organización de la supervivencia, puesto que, como puede comprobarse a través de las primeras sociedades australopitecas, es perfectamente posible subsistir sin ella, y es inmediato observar que su fundamento original no es en modo alguno la «producción» de recursos, que es preeconómico, sino la organización de la relación ecológico-social según un modo autoproductor de complejidad social. *Sin duda alguna es un modo de organización-producción de alta complejidad social a partir de un cierto nivel de complejidad.* La organización económica se nos aparece, por esta razón, como *cultura* en el sentido pleno del término, concepto que no tardaremos en definir.

El paleolenguaje

Sabemos en la actualidad que la constitución de un amplio repertorio de palabras y de una sintaxis elemental se hallan al alcance de la capacidad intelectiva del cerebro de un chimpancé lo mismo que el aprendizaje de una lógica susceptible de vincular agentes-acciones-atributos y de computar la identidad, la diferencia y la exclusión (Gardner, 1969 y en prensa; Premack, 1970 y en prensa). Lo que le falta al chimpancé es la complejidad social necesaria para la aparición de un lenguaje más rico que el formado por una serie de gestos mímicos y llamadas, a la vez que la aptitud glótica para emplear una vasta gama de sonidos.

La comunicación fonética se halla escasamente desarrollada en los primates, donde constituye un *call system* limitado al ámbito de una semiótica constituida por gestos y posturas. El hombre, desde el punto de vista vocal, se halla mucho más cerca de las aves y para poder crear el lenguaje ha precisado de:

1.º Un conjunto de mutaciones genéticas que, quizá por separado, quizá actuando a un mismo tiempo, hayan reestructurado la caja craneana dándole ciertas aptitudes acústicas, a la vez que han contribuido a desarrollar su cerebro y a adecuar un centro específico organizador del lenguaje *(¿homo erectus?)*

2.º Una creciente complejidad de la organización social que haya incrementado la necesidad de establecer comunicaciones entre sus miembros.

3.º Una interrelación e interacción entre estos dos órdenes de fenómenos.

Es lícito suponer que para los primeros homínidos un *call system* constituía un sistema de comunicación necesario y suficiente, de tal modo que con su repertorio de sonidos modulados podían comunicarse a distancia entre los matorrales y referirse de un modo elemental a las acciones, agentes, cualidades y objetos necesarios para su práctica social.

Con la eclosión de la paleosociedad, es decir, entre 800.000 y 500.000 años antes de nuestra era, se hace necesario un lenguaje a la vez más rico y más abierto.

«La caza colectiva, la distribución de los alimentos, el transporte de una siempre creciente variedad de objetos, son elementos que presionan la aparición de una organización social más compleja que sólo es posible con una comunicación más flexible» que la proporcionada por un *call system* (Hockett y Asher, 1964). Esto ya había sido anteriormente sugerido por Etkin (1954).

En efecto, el desarrollo de la caza conlleva la necesidad de designar una serie de objetos sumamente diversificados, lugares, plantas, animales, la señalización de numerosas coyunturas y acciones, la distinción entre múltiples cualidades. La estrategia cinegética comporta la constitución de secuencias lógicas de operaciones articuladas y modificables según los avatares de la precedente, situación que proporciona al lenguaje la cadena intelectual que permite la aparición del sintagma. Por otra parte, el desarrollo del lenguaje viene postulado por el conjunto de formas de comunicación que aparecen en el seno de una sociedad cada vez más compleja en la que van emergiendo una serie de reglas organizativas elaboradas por la clase dominante y por la necesidad de comunicarse entre las dos cuasisociedades y los tres universos, hombres-mujeres, mujeres-niños y jóvenes-adultos. Incluso es lícito pensar que tanto la relación madre-hijo como las relaciones a la vez lúdicas y de aprendizaje de los jóvenes constituyen otros dos focos de lenguaje que se enriquecen mutuamente.

Finalmente, no debe dejarse de lado lo concerniente al desarrollo de las relaciones interpersonales de amistad y de interés hacia otros individuos.[4] No es tan sólo una sociedad más compleja que precise intracomunicación; se trata asimismo de individuos más complejos y que necesitan comunicarse entre sí, que están creando la necesidad de hablar por hablar, es decir, simplemente de comunicarse, con lo cual, desde un enfoque plenamente macluhaniano, el medio se convierte en mensaje, e incluso en masaje (en el sentido de que las palabras cariñosas acaban sustituyendo o complementando al *grooming*). Así pues, el lenguaje viene postulado por la multiplicación de las relaciones internas y externas, colectivas e individuales. Partiendo de este punto de vista, ¿cómo debe haberse producido la aparición de un lenguaje fonético más rico que el representado por el *call system* y de qué tipo debió ser tal lenguaje?

Hockett y Asher han tenido la agudeza de imaginar un proceso en dos etapas que constituye el paso siguiente al *call system*, una vez éste se ha visto saturado y, por lo tanto, incapaz de crear nuevos sonidos perfectamente discernibles entre sí. En un estadio inicial, la presión ejercida por la complejidad social impulsa el tránsito desde un sistema cerrado a otro abierto que permita elaborar una serie de combinaciones de llamadas, gozando cada una de ellas de un conjunto de propiedades acústicas. Así pues, si se supone que las llamadas de un sistema cerrado, como el de las aves (que tal vez originariamente fueran imitadas por jóvenes «encantados»,[5] poseen un conjunto de propiedades acústicas, podemos imaginar, por ejemplo, un proceso como el siguiente: si una llamada ABCD significa alimento y una llamada EFGH significa peligro, ABGH, CD y EF pueden significar respectivamente

4. Es sugestiva en este aspecto la experiencia de Washoe. El aprendizaje de Washoe suponía una elevada complejidad social preexistente, así como un sistema de signos ya dado, pero también daba por supuesta la existencia de una relación de amistad con sus interlocutores y un interés de Washoe hacia su entorno o, en otros términos, *el tener cosas que decir a alguien.*

5. Sería magnífico abordar el problema de la antropología del canto, que sin duda tiene un origen vocal, pues el hecho de que se haya practicado en el seno de toda sociedad equivaldría a una especie de retorno permanente a las fuentes del lenguaje...

alimento y peligro, no-peligro y no-alimento. El sistema abierto permite, pues, multiplicar el número de «premorfemas» y establecer asociaciones entre ellos a fin de describir situaciones diversas.

Sin embargo, las posibilidades de combinación de este sistema abierto se hallan limitadas, y cuando aparece una nueva saturación acústica se hace necesario dar un nuevo salto evolutivo, es decir, construir un nuevo metasistema en el que los premorfemas dejen de ser *gestalt* para convertirse en unidades de sonido o fonemas que deberán combinarse para formar palabras y ordenarse según el principio lógico y jerárquico de la doble articulación.

Este sistema de doble articulación es tan extraordinario que ha podido decirse de él que es el lenguaje, y no el hombre, el que es único. Pero de hecho, por diferente que sea su naturaleza, sus funciones y sus rasgos específicos, el código genético también constituye un sistema de doble articulación, es decir, una jerarquía en la que todo subsistema constituye un repertorio de rasgos distintivos sin especificación alguna en sí mismos mediante los cuales es posible obtener un número infinito de enunciados por combinación. Ello no quiere decir que el cerebro humano haya transferido alquímicamente al nivel del lenguaje el sistema fundamental de la organización celular y organismica del ser vivo. (Por otro lado, lo contrario tampoco podría ser afirmado formalmente).

Quizá lo más exacto sea decir que el lenguaje humano, en tanto que sistema, puede reducirse a un tipo fundamental de organización desde el momento en que necesita la existencia conjunta de una estructura jerárquica con varios niveles (es decir, de una notable riqueza de complejidad) y de una *organización discursiva.* El lenguaje de doble articulación no tiene, pues, nada de milagroso, a no ser el milagro implícito en la constitución de todo metasistema. Quede claro que ello no implica que el lenguaje pierda su carácter de extraordinario, pues no hay duda alguna de que constituye el primer sistema discursivo altamente complejo que ha surgido al margen de la propia organización biótica y que con su aparición se abre el camino a una prodigiosa complejidad antropológica, cerebral, individual y social que está lejos de haber sido agotada o saturada...

¿Disponía el australopiteco del *call system* cerrado? ¿Disponía *Man 1470* de un sistema abierto? ¿Acaso ha sido el *homo erectus* quien ha inventado el sistema de doble articulación o ha debido esperarse a que lo estableciera alguno de sus sucesores? D'Aquili (D'Aquili, en Katz, en prensa) sostiene que la palabra le ha sido dada al *homo erectus*, cuyas huellas internas del cráneo nos muestran con toda claridad un desarrollo de la segunda circunvolución temporal, de la circunvolución frontal inferior y del lóbulo parietal inferior. Puesto que todas las sociedades arcaicas conocidas disponen de un lenguaje cuya complejidad estructural es idéntica a la del nuestro, en lo sucesivo será lícito suponer, no sólo que 500.000 años antes de *sapiens* ya había aparecido un paleolenguaje adecuado que aseguraba la intercomunicación entre los miembros de una sociedad bastante compleja, a la vez que les permitía acumular su cultura, sino que los desarrollos de la complejidad sociocultural y del cerebro humano después de *homo erectus* son factores que postulan la aparición del sistema de doble articulación en una época anterior a *homo sapiens*. En modo alguno se afirma que los aspectos gramaticales hubieran alcanzado su total desarrollo y, por otra parte, dicho lenguaje seguiría hallándose privado de la lógica de lo imaginario y de la de las ideas abstractas, es decir, de la posibilidad de formular mitos y teorías. Indiquemos, pues, que parece más sensato creer que ha sido el lenguaje el que ha creado al hombre y no al hombre al lenguaje, *a condición de especificar que ha sido el homínido quien ha creado el lenguaje.*

Desde este momento, el lenguaje no se limita a ser el instrumento de la comunicación y, más ampliamente, de la organización compleja de la sociedad, sino que también se convierte en el capital cultural portador del conjunto de saberes y actividades sociales. Desde este momento se cierra una nucleación cultural integrada en el sistema social.

El nacimiento de la cultura

Nos enfrentamos ahora con un concepto clave cuya definición siempre ha sido abordada, o bien desde un nivel excesivamente fundamental (oposición a la Naturaleza), o bien desde un enfoque excesivamente superestructural.

Tal como hemos visto anteriormente, en las sociedades de primates más evolucionados la complejidad social se perpetúa a partir de la combinación de disposiciones —entiéndase comportamientos innatos—, del juego de interrelaciones entre individuos y grupos (especialmente en lo que respecta a las relaciones de dominación-subordinación) y de aprendizaje miméticos en el seno de la sociedad. Estos aprendizajes pueden constituir emergencias protoculturales, que son secundarias en el sentido de que no modifican radicalmente la complejidad social surgida de la auto-organización «natural» de la que hemos venido hablando. Por el contrario, la mayor riqueza en complejidad que encontramos en la sociedad constituida por homínidos necesita para su mantenimiento y ulterior desarrollo, al menos a partir del *homo erectus,* de un conjunto de informaciones estructuradas según determinadas reglas, informaciones y reglas que no poseen un carácter genéticamente innato y que no pueden derivarse del simple juego proporcionado por las interacciones entre individuos y grupos. Dicho en otras palabras, *la cultura constituye un sistema generativo de elevada complejidad sin el cual dicha complejidad se derrumbaría para dejar su sitio a un nivel organizativo de inferior complejidad.*

En este sentido, para conseguir su autoperpetuación y, a un mismo tiempo, perpetuar la elevada complejidad social la cultura debe ser transmitida, enseñada y aprendida, es decir, reproducida en cada nuevo individuo, durante su período de aprendizaje (learning).

Efectivamente, cada niño macho se forma a través de un ciclo que le obliga a integrar culturalmente la sociedad a través de la cultura femenina (a través de su relación con su madre), de la cultura juvenil, estadio especial en la medida en que posee sus propias reglas, y de la cultura masculina adulta. Así pues, el sistema permite, durante los períodos de infancia y adolescencia, la reproducción del capital cultural y del modelo social, de forma completa para el hombre [6] y de

6. Al convertirse en adulto, el hombre "rechaza" la cultura femenina y la cultura juvenil que ha vivido, pero este rechazo no es necesariamente permanente y total. Así pues, quizá desde las sociedades

un modo parcial para la mujer, quien se encuentra culturalmente confinada y confirmada en su subordinación.

Debe distinguirse con claridad entre la *reproducción* de la cultura en cada individuo, mediante la cual la cultura se autoperpetúa o, mejor dicho, *se autoproduce permanentemente* (del mismo modo que un organismo biológico se autoperpetúa al autoproducirse a través de la reproducción de nuevas células que sustituyan a las ya muertas), de la *autorreproducción* de la cultura, consistente en la reproducción de una nueva sociedad a partir de una colonia de jóvenes formada ya culturalmente que se aparta de su antiguo grupo (de modo similar a la autorreproducción por fisiparidad de una bacteria). Es precisamente a través de este tipo de autorreproducción social como a partir de un tronco común emergen por escisión una serie de nuevos grupos sociales. La multiplicación de las sociedades altamente complejas tan sólo ha podido tener lugar a partir de una tal autorreproducción cultural, y de ahí que las sociedades de homínidos del *homo erectus* hayan podido extenderse a través del Mundo Antiguo manteniendo su elevado nivel de complejidad. Añadamos a modo de recordatorio que las variaciones susceptibles de permitir una diversificación cultural han podido producirse a través de dicha autorreproducción social y que como resultado de tales procesos de diversificación se han dado tanto regresiones como progresiones de la complejidad social.

Debemos tener muy claro que la cultura no se apoya sobre

---

de homínidos, y de una forma cada vez más acusada en las sociedades evolucionadas y modernas, vemos como surgen en el hombre una serie de aspectos característicos de mujeres y jóvenes. Nos encontramos con un ser de complejidad inestable, capaz de pasar de la dureza sin cuartel del cazador-guerrero a la dulzura, la bondad y la piedad características de la parte femenina-maternal que conserva en su ser (y este hecho actualiza la parte genético-endocrina femenina que tiene todo macho), Por nuestra parte, no albergamos la menor duda de que el hombre "se humaniza" al desarrollar su feminidad genética y cultural, así como las componentes del carácter juvenil, a lo largo de su vinda adulta. Por supuesto, esta humanización está lejos de haber cuajado en nuestros días, aunque aparece como una profunda necesidad cultural de nuestro desarrollo contemporáneo.

el vacío, sino sobre una primera complejidad precultural que es de la sociedad de los primates, desarrollada en las sociedades de los primeros homínidos. En tal estadio de desarrollo se observa la aparición de la técnica y de un primer lenguaje como producto de una evolución hacia una más elevada complejidad. Además, es necesario integrar la técnica en la economía social que emana de la ecología social, e integrar el lenguaje en la comunicación social que se hace compleja con la complejificación de la organización social. Así pues, los nuevos principios de organización y de economía deben ser considerados como culturales en el más profundo sentido del término, pues no son más que información organizadora o, si se quiere, reglas generativas. Desde el momento en que esta cultura se cierra sobre sí misma para convertirse en circuito autoproductor y autorreproductor (por transmisión y aprendizaje), pasa a ser, no sólo un producto altamente complejo, sino productora de alta complejidad. En su primer estadio la cultura no constituye la infraestructura de la sociedad, pero acaba *convirtiéndose en la infraestructura de la elevada complejidad social,* en el núcleo generador de la alta complejidad que caracteriza a las sociedades de homínidos y de hombres.

Como resultado de una prodigiosa morfogénesis emerge un aparato que se convierte automáticamente en morfogenético. La sociedad se transforma en un sistema fenoménico dotado de un aparato generador-regenerador: la cultura. Cuando vayan disminuyendo la intensidad y número de los comportamientos innatos en el *sapiens* la cultura tomará bajo su control y cuidado una serie de niveles de menor complejidad que en las sociedades de antropoides se autoproducían de forma fenoménica. Es lícito, pues, suponer que si se abandonan en una isla desierta los hijos de hombres, desnudos e ineducados, serían incapaces de reconstruir una sociedad de complejidad equivalente a la de los chimpancés.

En modo alguno queremos significar que la cultura reemplaza al código genético. Por el contrario, es el código del homínido desarrollado, y especialmente el de *sapiens,* el que produce un cerebro cuyas capacidades organizativas son cada vez más aptas para el desarrollo de la cultura, es decir, de la elevada complejidad social. Sin embargo, no hay duda de que a partir de un determinado momento la cultura constituye para la sociedad un centro epigenético dotado de relativa autonomía, tal como sucede con el propio cerebro del que es imposible disociarla, y que contiene en su seno información organizadora cuya riqueza irá en constante aumento. La cultura no es en modo alguno un sistema autosuficiente, pues necesita de un cerebro desarrollado, de un ser biológicamente muy evolucionado, y en este sentido cabe afirmar la imposibilidad de reducir el hombre a cultura. Pero la cultura es indispensable para producir el hombre, es decir, un individuo altamente complejo que se mueve en una sociedad de elevada complejidad, a partir de un bípedo desnudo cuya cabeza aumentará progresivamente de volumen.

La paleocultura es ya muy rica. Comporta usos y prohibiciones que corresponden a las reglas organizativas de la sociedad, una notable gama de conocimientos técnicos para fabricar utensilios y armas, una serie de conocimientos práctico-empíricos que dan lugar a la aparición de un conjunto de artes muy diferenciadas y sutiles, pues existe un arte de la trampa, de la detección de presas, del acecho, de la forma de dar muerte, del descuartizamiento, etc., para todos y cada uno de los tipos de caza, y, finalmente, una auténtica enciclopedia de conocimientos sobre el medio ambiente, el tiempo, las estaciones, los animales, las plantas, los peces, los afrodisíacos, las hierbas venenosas, curativas y comestibles (en suma, una medicina y, sin duda alguna, una cirugía), las formas de cocer los alimentos —equivalente a un recetario culinario— y los cuidados especiales que deben prodigarse a los recién nacidos. Existe pues, sin lugar a dudas, un considerable tesoro cultural femenino que, fructificando a lo largo de milenios, será de incalculable valor como elemento motriz del desarrollo de la civilización.

La paleocultura se verá enriquecida, cubierta y sobrepasada por los ulteriores desarrollos socioculturales, y la estructura de la base sociocultural, es decir, fenoménico-generativa, no sólo permanecerá, sino que irá adquiriendo una mayor complejidad. Por otro lado, la paleocultura seguirá perpetuando los principios organizativos básicos aún más allá de las condiciones originarias de la caza y de la sabana.

En consecuencia, tal como ha sucedido posteriormente

con determinadas sociedades arcaicas, es perfectamente posible que ciertas paleosociedades regresen a la vida de recolección en el bosque y que se liberen en mayor o menor grado de la caza sin que por ello pierdan las estructuras culturales complejas que anteriormente habían adquirido mientras constituían una sociedad de cazadores... Aún más general, una sociedad que ha adquirido una cierta complejidad en un medio dado y en función de una praxis concreta puede, gracias a su sistema cultural, conservar dicha complejidad en condiciones ecológicas y práxicas absolutamente nuevas.

Vemos, pues, que el sistema paleocultural ya es un sistema conservador (por la complejidad adquirida) que permite el desarrollo técnico, lingüístico y sociológico. Veremos más adelante cómo la cultura, a partir de un cierto estadio, se convierte en actor directo de la evolución hominizadora, incluyendo los aspectos biológicos. En efecto, la cultura constituye una estructura que acoge favorablemente toda mutación biológica que tienda hacia la complejificación del cerebro, especialmente cuando en un sector de vanguardia el cerebro se encuentra saturado y no puede tomar a su cargo un nuevo progreso organizativo. En consecuencia, todo salto cualitativo hacia adelante de la cultura y todo salto cualitativo hacia adelante del cerebro se favorecen mutuamente, y la evolución sociocultural desempeña un rol decisivo en el marco de la evolución biológica que conduce a *sapiens*.

3. EL NUDO GORDIANO DE LA HOMINIZACIÓN

Juvenilización cerebralizante y cerebralización juvenilizante

El desarrollo de la complejidad social exige, por parte del cerebro individual, un conocimiento cada vez más amplio y preciso del mundo exterior (medio ambiente) y del mundo interior (sociedad), una memoria cada vez más potente, múltiples posibilidades asociativas y aptitudes adecuadas para tomar decisiones y encontrar soluciones ante un gran número de situaciones diversas e imprevistas. Llega el momento en que el pequeño cerebro de los primeros homínidos, y después el del *homo erectus,* llegan al límite de sus potencialidades. A partir de él, la presión ejercida por un aumento de la complejidad social tan sólo tiene posibilidad de actuar a nivel de *filum,* con lo que favorecerá toda mutación que acreciente las potencialidades del cerebro. No sólo aumentará el número de neuronas pertenecientes al córtex superior, sino que se establecerán conexiones entre regiones cerebrales hasta entonces independientes y harán su aparición nuevos centros asociativos y organizadores. De hecho, el resultado global será una reorganización sistémica más compleja, a la que contribuirá precisamente el aumento del número de neuroras.

La presión ejercida por la complejidad social en favor del

crecimiento del cerebro que acabamos de dar por supuesta debe ser integrada en una concepción asimismo compleja y rica del desarrollo genético del propio cerebro. Desde los primeros homínidos hasta los últimos antecesores de *sapiens*, es necesario enfocar el desarrollo genético del cerebro a través de una dialéctica entre la presión de la complejidad y una, llamémosle, prima a la complejidad. Puede decirse, previa condición de que se disponga de un marco inicialmente ecológico que en una etapa posterior vaya adquiriendo progresivas connotaciones socioculturales hasta hacerse apto para acoger todo nuevo desarrollo de la complejidad cerebral, que siempre debe pagarse un cierto precio por un incremento de la capacidad cerebral, pero que a resultas de dicho incremento el grupo mutante se beneficiará de una prima de superioridad técnica, social, cultural e incluso ecológica. Existe otro grupo de fenómenos, como la cocción de los alimentos, que al tiempo que han creado condiciones favorables para que se produjera un ampliación de la caja craneana, cabe suponer hayan permitido también una reorganización cerebral adecuada al contexto sociocultural en el que se insertaba, y la constitución de un «excedente», prima de superioridad y reserva potencial de complejidad a un mismo tiempo. Así pues, puede acumularse una riqueza virtual a través del crecimiento del cerebro, ciertamente no necesaria dadas las condiciones existentes, pero que inevitablemente actuará como factor favorable en ulteriores desarrollos.

Parece lícito suponer la existencia de un juego oscilante entre, por un lado, las «demandas» de complejidad que el desarrollo sociocultural pueda efectuar sobre el cerebro y, por otro, un «manantial» de complejidad albergado en el cerebro gracias a que éste dispone de reservas en existencia o, lo que es lo mismo, no agotadas socioculturalmente, que puede enriquecer sin cesar a través de mutaciones afortunadas. El chimpancé, cuyas posibilidades cerebrales sobrepasaban en mucho sus necesidades sociales, se encontraba ya en este caso, y lo mismo cabe decir respecto a *homo sapiens*, cuyas aptitudes se hallan lejos de haber sido, no sólo agotadas, sino incluso actualizadas.

En lo concerniente a la hominización, parece ser que el cerebro ha ido siempre adelantado (aptitudes no explotadas) siempre atrasado (ausencia de dispositivos cada vez más útiles o necesarios para la prosecución del proceso), que en todo momento ha actuado como manantial-reserva de complejidad potencial, que constantemente alguna de sus partes se ha visto limitada, sobrecargada. Es precisamente en este juego donde aparecen las mutaciones genéticas que desarrollan el cerebro, acrecentando su capacidad productiva mucho más allá de las necesidades propias de cada etapa evolutiva, pero estableciendo, los dispositivos adecuados para atender tales necesidades.

De todos modos, la dialéctica de este desarrollo entre la mutación genética cerebralizante y la complejificación cultural sigue oscura, no sólo dada la extrema escasez de datos que permitan inducir las leyes del proceso, sino también porque la mutación genética en tanto que fenómeno creador sigue siendo misteriosa. Sin embargo todo parece indicarnos que tal dialéctica ha desempeñado una importante función y, si bien la evolución «natural» del cerebro del homínido ha producido y desarrollado la cultura, acto seguido ha sido la propia evolución cultural quien ha empujado o estimulado al homínido para que desarrollara su cerebro, es decir, se transformara en hombre. De este modo el cerebro ha pasado de los 500 cm^3 (antropoide) a los 600 y 800 cm^3 (primeros homínidos), en una etapa posterior a los 1.100 cm^3 *(homo erectus)*, para acabar alcanzando los 1.500 cm^3 *(homo sapiens neanderthalensis* y *homo sapiens sapiens)*.

Así pues, el proceso de cerebralización es ontogenético (es decir, un proceso en que la complejificación sociocultural estimula el pleno empleo de las aptitudes cerebrales) y filogenético (es decir, actúa por medio de mutaciones que producirán nuevas aptitudes las cuales, a no tardar, serán explotadas por la complejificación sociocultural).

En otros términos: si bien el desarrollo de la paleocultura ejerce una presión enorme en favor de la cerebralización (ontogenética y filogenética), la cerebralización aporta por su parte una prima de desarrollo a la complejidad sociocultural.

Los progresos de la cerebralización son inseparables de los de la juvenilización. La juvenilización corresponde a una disminución ontogenética, es decir, a la prolongación de los períodos biológicos de infancia y adolescencia, e incluso podría afirmarse que a una falta de conclusión ontogenética, es decir, la sustitución de los rasgos juveniles por los caracteres adultos. La prolongación de la infancia permite la prosecución del desarrollo organizativo del cerebro en estrecha y complementaria relación con los *estímulos* procedentes del mundo exterior y las incitaciones culturales, pues la lentitud del desarrollo ontogenético favorece el aprendizaje, el desarrollo intelectual, la transmisión cultural y una asimilación de lo aprendido (Dobzhansky, 1966, p. 229). El proceso que lleva al niño *sapiens* a aprender el lenguaje tiene lugar a lo largo de un período de plasticidad cultural que se acaba a los 7 años, hecho que nos indica que la complejidad sociocultural tiene necesidad absoluta de una infancia prolongada. Por su parte, ésta permite el arraigo en la futura vida adulta, no sólo de la primera nucleación familiar (relaciones entre hermanos, relaciones madre-hijos), sino también del universo afectivo del niño que, llevado sobre nuevos compañeros, tomará las formas de amistad, afecto o amor.

Vemos, pues, que la prolongación de la infancia se halla vinculada a la sociedad de forma multidimensional al permitir que se integren en el cerebro estructuras socioculturales fundamentales y que éstas admitan en su seno las estructuras fundamentales del cerebro a través del simultáneo desarrollo intelectual y afectivo del individuo.

La prolongación de la infancia favorece la complejidad social y se ve favorecida por ésta. La madre, que lleva a cabo una individualización de sus hijos cada vez más acusada, quiere «que sigan siendo niños» el mayor tiempo posible, y el prolongado mantenimiento de una alimentación infantil y de una envoltura placentaria de protección y de mimos retardan psicológicamente, y quizá a nivel endocrino, el desarrollo ontogenético.

Así pues, de forma a un mismo tiempo difusa y concreta, mediata e inmediata, la complejidad sociocultural presiona en favor de toda mutación genética que tienda a retardar el desarrollo ontogenético del niño (que en el *sapiens* necesitará trece años para llegar a su culminación). Del mismo modo que todo progreso en la cerebralización se traduce por una prolongación de la infancia, es probable que toda mutación genética que actúe a favor de una disminución del ritmo de crecimiento, es decir, que prolonga el período infantil, sea también una mutación cerebralizante que facilite el crecimiento en tamaño del cerebro. En efecto, cuanto mayor es el volumen del cerebro adulto, tanto más crece, no sólo cualitativamente, sino también cuantitativamente, después del nacimiento del individuo. El cerebro del chimpancé recién nacido tiene ya el 70 % del volumen de su dimensión adulta, mientras que en el caso del *sapiens* recién nacido sólo alcanza un 23 % de su tamaño definitivo (por otro lado, el desarrollo post-fetal no hace más que ofrecer ventajas a la maternidad, mientras que el ensanchamiento de la pelvis femenina no haría otra cosa que agravar la femineidad).

El proceso de evolución biológica del homínido es de carácter neoténico, es decir, el retardamiento del desarrollo ontogenético tiende a mantener rasgos infantiles o juveniles en el adulto, incluso a dejar el proceso inacabado en algunos casos. Este rejuvenecimiento que da al adulto ciertos caracteres del feto y del animal joven ha sido muy a menudo fecundo en la evolución biológica pues, al librar a la nueva especie de caracteres especializados que se vinculan a una adaptación particularizada a un medio ambiente dado e impulsar el concomitante desarrollo cerebral, ha permitido la actualización y progreso de aptitudes genéricas y de cualidades poliadaptativas. Desde el punto de vista corporal el hombre no es más que un feto de primate que ha llegado a la madurez sexual (Bolk, 1960, p. 5) y «con sus miembros pendáctiles, su completa dentición, sus molares cuadrituberculados y su aparato digestivo no especializado, se nos muestra en ciertos aspectos como un tipo primitivo dotado de caracteres generalizados que responde a una constitución mucho más simple que la de la mayor parte de los mamíferos. Unicamente ha evolucionado de un modo considerable su cerebro y su placenta» (Vandel, 1968, p. 232). Qué duda cabe que este proceso ya se hallaba en marcha entre los antropoides, pero su avance y desarrollo necesitan de la presión sociocultural inherente a la hominización.

El estado incompleto que entraña la hominización se nos muestra, no tanto en lo referente a los caracteres anatómicos o fisiológicos secundarios, sino en lo que respecta a la potencialidad virtual del cerebro. El adulto está cerebralmente inconcluso en el sentido de que el cerebro puede continuar aprendiendo, adaptarse a nuevas situaciones, adoptar nuevas estrategias o nuevas técnicas una vez ya ha transcurrido su infancia y jnventud. La juvenilización de la especie es una juvenilización cerebral o, lo que es lo mismo, la potencialidad de una inteligencia y una sensibilidad juveniles en el adulto o, incluso, en el viejo.

Ciertamente el carácter juvenil sigue siendo propio de los adolescentes, pero sus rasgos no se hallan estrictamente confinados a una clase adolescente: en una primera época, el adolescente sigue inmerso en el universo infantil para, en un segundo período, quedar semintegrado en el universo de los adultos. En consecuencia, durante un primer estadio la juvenilización contribuye a prolongar la infancia para, poco tiempo después, introducir el universo adulto en el marco del carácter juvenil (aprendizaje de la técnica, de la caza y de las reglas sociales), a la vez que impregnar a aquél con sus principales rasgos. Ya hemos dicho en páginas anteriores que los jóvenes aportan su inclinación por el juego, su afectividad y su curiosidad omnívora como principal bagaje cultural al hacer su entrada en la clase de los adultos, y que tales rasgos pueden ser integrados colectivamente (danzas, fiestas, juegos) o sobrevivir en determinados individuos, con lo que se consigue que el hombre maduro se mantenga joven en un cierto sentido, no fisiológicamente, sino de espíritu. A partir de aquí hablar de la clase de los adultos será impropio, pues nos estamos enfrentando a una clase masculina de jóvenes, de hombres maduros y de viejos en la que todos se considerarán jóvenes con respecto a los que *saben,* aquellos que en verdad han capitalizado la cultura y que ante situaciones inciertas o ambiguas son mucho más capaces de rememorar viejas soluciones ya experimentadas anteriormente que de imaginar otras nuevas.

Finalmente, indiquemos aquí una consecuencia juvenilizadora que, afectando al plano de la individualidad humana, se convertirá en capital para *sapiens.* Hemos indicado anteriormente que la juvenilización también trae consigo la persistencia de una afectividad infantil, primero entre los adolescentes, y luego entre los adultos. Como resultado, se irá desarrollando entre los individuos una emotividad y una sensibilidad cada vez más grandes, una creciente aptitud para sufrir, para sentirse invadido por fobias, repulsiones, aversiones que conducirán hasta el odio y, finalmente, una gran capacidad para amar, fuente de amistades, de arrebatos, de adoración, de devoción, de piedad.

Así pues, la juvenilización es un proceso a la vez general y múltiple, estrechamente asociado a la celebralización en todos y cada uno de sus aspectos, que afecta a la naturaleza genética de la especie, la naturaleza social de la cultura y la naturaleza afectiva e intelectual del individuo, asegurando unas mejores condiciones de autorreproducción y autodesarrollo socioculturales facilitando el desenvolvimiento a nivel individual, afectivo, intelectual y de invención, desde la cuna hasta, en algunos casos, la misma senectud.

La naturaleza cultural del hombre

Una vez se tiene en cuenta que los progresos socioculturales de los homínidos favorecen la cerebralización y la juvenilización, que éstas favorecen la complejificación sociocultural y que existe un circuito selectivo interrelacionado que impulsa el desarrollo de la complejidad a todos los niveles, ya sea en lo que afecta a la especie como en lo concerniente al individuo, la cultura o la sociedad, queda claro *el vínculo recíproco que existe entre los tres procesos de juvenilización, cerebralización y culturalización.*

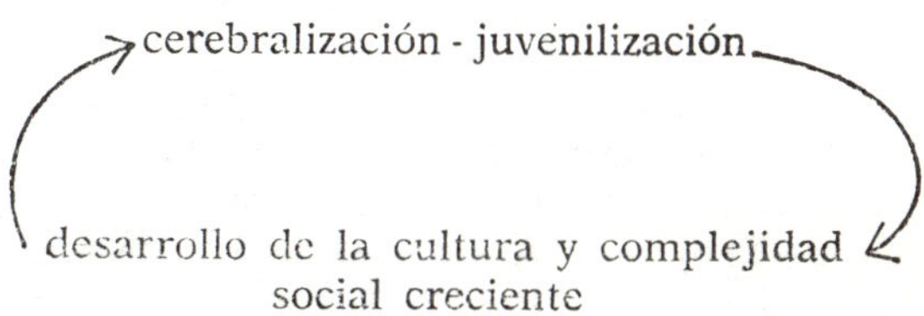

El progreso de la juvenilización trae consigo la regresión de los comportamientos estereotipados (instintivos) que estaban programados de forma innata, una extrema apertura frente al medio ambiente (natural y social) y la adquisición de una gran plasticidad y disponibilidad. El progreso de la cerebralización se corresponde con el desarrollo de las posibilidades asociativas del cerebro, con la constitución de estructuras organizativas o *capacidades,* no solamente lingüísticas (Chomsky), sino también operativamente lógicas, heurísticas e inventivas. El progreso de la culturalización comporta la multiplicación de las informaciones, de los conocimientos y del saber social, así como un notable incremento de las reglas de organización y de los modelos de conducta o, lo que es lo mismo, el establecimiento de una programación propiamente sociocultural.

La cultura se inserta complementariamente en la regresión de los instintos (programas genéticos) y la progresión de las capacidades organizativas, reforzada simultáneamente por dichas regresión (juvenilizante) y progresión (cerebralizante), necesaria para una y para otra. La cultura constituye un «tape-recorder», un capital organizativo, una matriz de información, apto para alimentar las capacidades cerebrales, orientar las estrategias heurísticas y programar los comportamientos sociales.

Nos enfrentamos, pues, con el aspecto biosociocultural de la hominización: las estructuras de organización cognoscitivas, lingüísticas y prácticas que emergen a través de los nuevos desarrollos del cerebro, son estructuras innatas que reemplazan los programas estereotipados o instintos. En lo sucesivo quedarán inscritas en la herencia genética, mientras que un gran número de comportamientos estereotipados desaparecerán, *pero dichas estructuras de organización sólo adquirirán un carácter operativo a partir de la educación sociocultural y en un medio social complejificado por la cultura.*

Se resuelve con ello una de las paradojas que tan estérilmente oponía las respectivas funciones de lo innato y lo adquirido en el hombre. De hecho, lo que se elabora a lo largo del período de hominización es la aptitud innata para adquirir y el dispositivo cultural que permite integrar lo adquirido. *Más aún, es la aptitud natural para la cultura y la aptitud cultural para desarrollar la naturaleza humana.*

No podemos, pues, escapar a la idea de una complementaridad original entre la adquisición de tales aptitudes naturales (las capacidades organizativas innatas) y la existencia de la cultura. En efecto, a partir de un cierto estadio la complejidad del cerebro y la complejidad sociocultural no pueden hacer más que encajar una en la otra y, por consiguiente, los desarrollos últimos de las potencias generativas del cerebro sólo pueden expresarse a partir de una complejidad fenoménica sociocultural. Dicho de otro modo, el cerebro de grandes dimensiones habría sido un handicap para un ser que no hubiera dispuesto de tal complejidad. Tal como dicen Hockett y Asher, para nuestros antepasados «el valor de la supervivencia de los cerebros de gran tamaño es evidente, *si y sólo si* ya han alcanzado *(achieved)* la esencia del lenguaje y de la cultura» (Hockett y Asher, 1964). Nuestro neocórtex, que ha crecido en interacción con la cultura, «es incapaz de dirigir nuestra conducta o de organizar nuestra experiencia, privado de la normativa que le proporciona un sistema de símbolos significantes» (Geertz, 1966). Privado de cultura, *sapiens* sería un débil mental con sólo capacidad para sobrevivir como un primate de los menos evolucionados, es decir, sin tan siquiera habilidad para reconstruir una sociedad de similar complejidad a la de los babuinos o los chimpancés.

Es, pues, evidente que el cerebro de grandes dimensiones que caracteriza al sapiens *no ha podido hacer su aparición y alcanzar el triunfo sin la formación de una cultura compleja, y es asombroso que haya podido pensarse de forma radicalmente opuesta durante tanto tiempo.*

Disociando evolución biológica y evolución cultural como si de dos cauces distintos se tratara, se nos hacen incomprensibles, no sólo los primeros pasos del proceso de hominización, *sino también la culminación del mismo.*

Su asociación fáctica nos muestra, de una parte, que el rol de la evolución biológica en el proceso social y en la elaboración cultural es mucho más amplio de lo que nunca llegó a pensarse *y, por otra, que la función de la cultura, insospechada aún en época muy reciente, es capital para impulsar la evolución biológica que lleva hasta* sapiens.

Cuando hace, quizá, cien mil años aparece *homo sapiens neanderthalensis* la integración es un hecho: *el hombre es un ser cultural por naturaleza porque es un ser natural por cultura.*

4. LA FALTA DE REALIZACIÓN FINAL

De repente se hunde el antiguo paradigma que oponía naturaleza a cultura. La evolución biológica y la evolución cultural son dos aspectos, dos polos de desarrollo interrelacionados e interferentes, del fenómeno global de hominización. La evolución biológica, partiendo de un primate inteligente y de su compleja sociedad, viene seguida por una morfogénesis técnico-sociocultural que reanuda y estimula una evolución juvenilizante y cerebralizante.

Del mismo modo que en el curso de un primer estadio prehistórico las potencialidades de un cerebro de pequeñas dimensiones, por otro lado débilmente explotadas hasta entonces en el bosque, permitían bajo el impulso de la vida en la sabana el desarrollo de una praxis que iba a desembocar en la constitución de una tecnología, de un nuevo tipo de sociedad y de un embrión de cultura, durante el estadio subsiguiente es el desarrollo de la complejidad sociocultural el que presiona para activar el desarrollo de la juvenilización y de la cerebralización. Pero éstas actúan en reciprocidad acelerando el desarrollo de la complejidad sociocultural, y a partir de este momento todo sucede como si la sociedad se comportara a modo de ecosistema social organizador y organizado que ejerce presión selectiva e integradora sobre las mutaciones genéticas y las adquisiciones ontogenéticas tendentes a acrecentar la complejidad. El rol del ecosistema natural no desaparece; por el contrario, el desarrollo de la complejidad social establece relaciones cada vez más amplias, profundas y complejas con el ecosistema natural. Toda economía social depende cada vez en mayor grado de la ecología, todo cambio ecológico repercute en la economía y hace que la modificación económica revierta sobre la sociedad toda. Pero la cultura adquiere una relativa autonomía o, lo que es lo mismo, es pefectamente posible que una cultura compleja elaborada en el marco de la sabana pueda mantener su complejidad al verse trasladada a un nuevo medio ambiente, incluso si éste es el antiguo bosque. El bípedo, con una gran cabeza que regresara al bosque ya no gozaría de la protección que le proporcionaban los árboles altos dada su incapacidad para trepar, pero, aun cuando decidiera abandonara la caza para dedicarse a la recolección, no perdería por ello su lenguaje, ni dejaría de aplicar los conocimientos técnicos adquiridos en una etapa anterior a nuevas funciones, con lo que, modificando *su* cultura, *la* conservaría. Así es como se desenvuelven las sociedades de *homo sapiens* y así es como lo hicieron, o pudieron haberlo hecho, cualquiera de las especies de homínidos.

Afirmar que la hominización es un proceso en el que se han interferido mutuamente las mutaciones genéticas, los desafíos e integraciones ecológicas, la praxis civilizadora de la caza, el desarrollo de la complejidad social y la constitución de la cultura, equivale a decir que se trata esencialmente de un proceso de interacciones e interferencias en el que toda variación en cualquiera de sus constituyentes actúa de inmediato sobre todos y cada uno de los demás para modificarlos de las más diversas formas. Dicho proceso parece contingente y aleatorio, pues tanto la variación del ecosistema como la mutación genética o la invención de una nueva técnica son sucesos que tienden a desorganizar el sistema establecido y que no obedecen a ningún plan previo de desarrollo. Sin embargo, si lo observamos globalmente, el proceso se nos muestra como una morfogénesis lógica. Este aspecto se debe ante todo a una ilusión óptica que hace olvidar las mutaciones sin resultado, los grupos sociales desaparecidos, las especies eliminadas por otras, el fabuloso despilfarro. Se olvida también que aquello a lo que denominamos evolución no es en modo alguno un *continuum*, sino un conjunto de modificaciones esporádicas superpuestas, enmarcadas por amplios períodos que, bajo la óptica evolutiva, reciben el nombre de estancamientos, pero que, de hecho, no son más que épocas de estabilidad. Ahora bien, una segunda mirada más atenta nos muestra la existencia de una lógica, no finalista, no teilhardiana, sino la lógica de la neguentropía, es decir, de la disposición propia del sistema auto-organizado complejo —de la vida en su sentido más amplio, englobando también al hombre y al espíritu— para utilizar las fuerzas desorganizadoras en orden a mantener y desarrollar su propia organización, para utilizar las variaciones aleatorias y los sucesos perturbadores para acrecentar la diversidad y la complejidad.

Decir que la morfogénesis hominizante es el producto de un proceso de interacciones e interferencias, equivale también a decir que aquello a lo que denominamos hombre debe ser contemplado como un sistema genético-cerebro-sociocultural, cuyos elementos integrantes, a saber, la especie, la sociedad y el individuo, ya conocemos desde hace tiempo, pero que no siempre conseguimos vincular entre sí. La tendencia general se inclina siempre a escotomizar dos de estos términos en provecho del tercero y parece que existan dificultades para considerarlos en su conjunto. A pesar de que cada uno de estos términos nos remita a los restantes, no es posible pensar o concebir a ninguno de ellos como fin de otro; hay un circuito sin principio ni fin en el que se insertan especie, sociedad e individuo, y hemos visto anteriormente que todo cuanto concierne a la complejidad de uno repercute en la de los restantes, que los desarrollos de la especie, la sociedad y el individuo están interrelacionados.

Pero, en esta totalidad, ¿cuál es el centro de vinculación entre el sistema genético, el individuo, el sistema cultural y la sociedad, o, en otros términos, cuál es el epicentro del sistema auto-organizativo total? Es el cerebro quien ocupa la posición crucial en todas las interrelaciones. En la dialéctica constructiva que hemos querido aprehender, la cerebralización se nos muestra como la clave de la auto-organización humana y el eje a cuyo alrededor gira el desarrollo que nos remite, tanto a la evolución biológica del homínido, como a la morfogénesis tecnosociocultural. El cerebro, plataforma giratoria biocultural, se convierte en el nudo gordiano de la antropología; el enorme cerebro de *sapiens* aparece como el punto de convergencia, de llegada, de partida y de divergencia de una formidable aventura.

En efecto, la culminación del proceso de hominización es a un mismo tiempo un punto de partida. El hombre que se realiza como *homo sapiens* es una especie juvenil e infantil; su genial cerebro es débil sin el apoyo del aparato cultural; todas sus aptitudes necesitan ser alimentadas por medio del biberón. La hominización culmina en la definitiva, radical y creadora falta de realización del hombre.

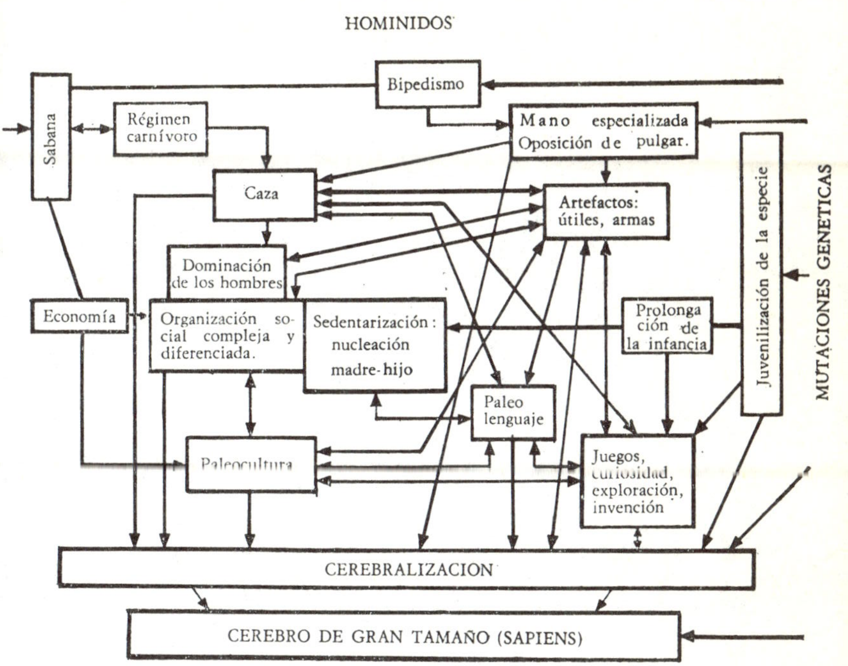

ESQUEMA 2

El presente esquema intenta ser, no un modelo, sino un antimodelo respecto a otros esquemas excesivamente lineales en los que se privilegia un solo factor, una sola dimensión, en el marco de una complejidad multidimensional. Por otra parte, nos limitaremos en él a indicar la necesidad de vincular lo que demasiado a menudo se conciben como entidades radicalmente separadas, a fin de que pueda contemplarse la hominización como una cadena de reacciones mutuas, un autodesarrollo que, de interacción en interacción, de *feedback* en *feedback*, acaba por cerrarse sobre sí mismo para formar un circuito, es decir, un nuevo sistema capaz de autorreproducirse a partir de sí mismo: el sistema sociocultural.

TERCERA PARTE

UN ANIMAL DOTADO DE SINRAZON

«O Ridicolissime heroe»

PASCAL

1. SAPIENS-DEMENS

La era de los cerebros de gran tamaño comienza con el hombre de Neanderthal, ya *sapiens,* que cede su sitio al hombre actual, último y único representante de la familia de los homínidos y del género hombre sobre la tierra. Cuando aparece *sapiens,* el hombre ya es *socius, faber, loquens.* La novedad *sapiens* que aporta al mundo no reside, tal como se había creído, en la sociedad, la técnica, la lógica o la cultura, sino en algo que hasta el presente venía siendo considerado como epifenoménico, o ridículamente promulgado como signo de espiritualidad: la sepultura y la pintura.

Lo que nos dice la sepultura

Las tumbas más antiguas que conocemos corresponden al hombre de Neanderthal[1] y nos dan razón de algo absolutamente distinto y bastante más complejo que una simple operación de cubrir con tierra los cadáveres para proteger a los vivos de la descomposición de aquellos, para lo que habría bastado con abandonarlos lejos de los lugares habitados o echarlos al agua. El muerto está colocado en posición fe-

1. Monte Carmelo (40.000 años), la Capilla de los Santos (entre 35.000 y 45.000 años), Monte Circeo (35.000 años).

tal (lo que nos sugiere la creencia en un ulterior nacimiento) y algunas veces acostado sobre un lecho de flores, como lo indican los restos de polen hallados en una sepultura neanderthaliana descubierta en el Irak (lo que nos sugiere la existencia de ceremonias funerarias). En algunos casos los huesos se hallan recubiertos por una capa de ocre (funerales después de la consumación canibalesca o segundos funerales una vez descompuesto el cadáver); los restos mortales están protegidos mediante piedras y, posteriormente, aparecen junto al muerto armas y alimentos (lo que nos sugiere la supervivencia del muerto bajo forma de espectro corporal con idénticas necesidades que los vivos).[2]

Los testimonios que nos proporciona la sepultura neanderthaliana significan, no sólo una irrupción de la muerte en la vida humana, sino la existencia de una serie de modificaciones antropológicas que han permitido y provocado tal irrupción.

1. *Una nueva conciencia*

Sin lugar a dudas, los hechos que acabamos de apuntar nos dan cuenta de un progreso en el conocimiento objetivo. La muerte ha dejado de ser simplemente concebida en tanto que hecho, tal como sucede entre los animales (quienes, además, saben «hacerse el muerto» para engañar al enemigo), o como una pérdida, desaparición o perjuicio irreparables (sentimientos que pueden ser compartidos por el mono, el elefante, el perro o el pájaro), al adquirirse plena consciencia de que también se trata del paso de un estado a otro.

Además, con toda probabilidad ya no se piensa en la muer-

2. La hipótesis de que exista una creencia en el renacimiento de los muertos o una supervivencia bajo la forma de espectro corpóreo (doble) nos viene sugerida por el hecho de que ambas son dos creencias básicas de toda la humanidad en cuanto concierne al más allá pues las encontramos, ya sea mezcladas entre sí, ya sea netamente diferenciadas, en todas las sociedades arcaicas conocidas y constituyen el fundamento de todas las creencias ulteriores (Morin, 1972). La hipótesis de las ceremonias funerarias nos viene igualmente sugerida por su universalidad, bajo las formas descritas, entre las poblaciones arcaicas.

te como en una «ley» de la naturaleza, sino como en una coerción casi inevitable que pesa sobre todos los seres vivos.

De todos modos, ya sea por la presencia de los muertos o por la de la idea de la muerte como algo distinto a un acontecimiento inmediato, se nos revela la existencia de un pensamiento entre el hombre de Neanderthal que no se halla totalmente investido por el carácter de presencia inmediata del acto, es decir, podemos descubrir la presencia del *tiempo* en el seno de su conciencia. El establecimiento de conexiones entre una conciencia de la transformación, una conciencia de las coerciones y una conciencia del tiempo indica la aparición de un mayor grado de complejidad y un salto cualitativo en el conocimiento consciente de *sapiens*.

2. *El mito y la magia*

La creencia en que a través de una transformación se alcaza una nueva vida en la que se mantiene la identidad del transformado (reencarnación o supervivencia del «doble») nos indica, por una parte, que existe una conciencia realista de la transformación, y, por otra, que hace su aparición en escena lo imaginario como una de las formas de percepción de la realidad y que el mito entra a formar parte de una nueva visión del mundo. Tanto lo imaginario como el mito se convertirán a un mismo tiempo en productos y coproductores del destino humano.

Del mismo modo que la tumba nos indica la presencia y la fuerza adquiridas por el mito, las exequias nos dan cuenta de la presencia y la fuerza de la magia. En efecto, las exequias son ritos que contribuyen a que se efectúe de forma adecuada el paso a la otra vida, protegiendo a los vivos tanto de las iras del muerto (de donde tal vez tome su origen el culto a los muertos) y de su descomposición (posiblemente derive ya de ahí el luto que aisla a los allegados del difunto). Así pues, aparece en *sapiens* todo un aparato mitológico-mágico que se moviliza con el objeto de afrontar la muerte.

3. *La brecha antropológica*

Todo parece indicarnos que la conciencia de la muerte que emerge en *sapiens* está constituida por la interacción entre una conciencia objetiva que reconoce la mortalidad y una conciencia subjetiva que afirma, si no la inmortalidad, sí como mínimo la existencia de una vida más allá de la muerte. Los ritos de la muerte dan cuenta de, lavan y exorcizan el trauma provocado por la idea de aniquilamiento. En todas las sociedades de *sapiens* conocidas, las exequias traducen a un mismo tiempo una crisis y su superación, de un lado la aflicción y la angustia, del otro la esperanza y el consuelo. Todo parece, pues, indicarnos que el *homo sapiens* siente el problema de la muerte como una catástrofe irremediable que le provocará una ansiedad específica, la angustia o el horror ante la muerte, y que la presencia de la muerte se convierte en un problema vivo, es decir, que modela su vida. Asimismo, parece claro que este hombre no sólo rehusa admitir la muerte, sino que la recusa, la supera y la resuelve a través del mito y de la magia.

Lo profundo y fundamental no es sólo la coexistencia de estas dos conciencias, sino su confusa unión en una doble conciencia a pesar de cuán variable pueda ser su combinación según los individuos y sociedades (llegándose al caso de una vida impregnada por la idea de la muerte), ninguna de ambas conciencias llega a anular verdaderamente a la otra y todo acontece como si el hombre fuera un sincero simulador ante sus propios ojos, un histérico, según la antigua definición clínica, que transforma en síntomas objetivos lo que proviene de su perturbación subjetiva.

Así pues, existe una brecha entre las visiones subjetiva y objetiva que la muerte abre hasta sus límites extremos y que será colmada de mitos y ritos de supervivencia que acabarán integrando la idea de la muerte. La dualidad entre sujeto y objeto aparece por primera vez en el pensamiento de *sapiens* y todas las futuras religiones y filosofías intentarán superar o profundizar a través de mil distintos caminos este irrompible vínculo, esta insuperable ruptura. De hecho, lo que hace el hombre en este estadio es ya disociar su destino del destino natural, si bien, en buena ley, se halla convencido de que su supervivencia obedece a las leyes naturales del desdoblamiento y de la metamorfosis. Aparecen, pues, acusadas interferencias entre una objetividad y una subjetividad más ricas, correspondientes una y otra a:

4. *Un progreso de la individualidad*

En efecto, se hace necesario que exista una fuerte presencia personal para que la individualidad de un muerto sobreviva entre los que ha abandonado; se hace necesario que los vínculos afectivos e intersubjetivos sean realmente intensos para que sigan ejerciendo su influencia aún más allá de la muerte. Para percatarse plenamente de la brecha mortal, confluencia entre la afirmación objetiva de la muerte y la afirmación subjetiva de la amortalidad individual, es necesario que se desarrolle este nuevo epicentro que es la conciencia de sí mismo.

Con la muerte, irrumpen a un mismo tiempo en el mundo de *sapienes* una verdad y una ilusión, una elucidación y un mito, una ansiedad y una seguridad, un conocimiento objetivo y una nueva subjetividad y, por encima de todo, el ambiguo lazo que une a éstas dos últimas. Nos hallamos, pues, ante un nuevo desarrollo de la individualidad y la aparición de una brecha antropológica.

La muerte neanderthaliana, constatada desde mucho tiempo atrás, pero vaciada totalmente de contenido antropológico por la visión unidimensional del hombre racional, constituye una formidable revelación acerca de la auténtica diferencia entre *sapiens* y sus predecesores que ilumina de forma permanente el carácter de la naturaleza humana al mostrarnos en qué modo la extraordinaria madeja de significaciones que hemos desenredado se halla, en último término, vinculada al desarrollo del cerebro del homínido y a la constitución del cerebro de *sapiens*.[3]

3. Por supuesto, los resultados no han aparecido de forma súbita y simultánea en el hombre de Neanderthal, y es muy posible que un buen número de rasgos se hallaran ya esbozados en el *homo erectus*.

Lo que nos dice la pintura

Puede suponerse que la utilización del ocre rojo por parte del hombre de Neanderthal no se limita al recubrimiento de las osamentas de los muertos, sino que también lo empleó para pintar su propio cuerpo y dibujar símbolos o signos sobre objetos diversos. De todas formas, es indiscutible que para el magdaleniense, tanto la pintura parietal, al ocre y al negro de manganeso, como el grabado sobre roca o hueso constituían artes sumamente desarrolladas y que empleó con regularidad para la elaboración de tales obras símbolos, signos y graffiti.

Durante mucho tiempo los investigadores se han limitado a admirar en tales fenómenos el nacimietno del arte, sin percatarse de que la información básica que nos proporcionan es la del segundo nacimiento del hombre, es decir, el nacimiento de *homo sapiens*.

En principio, el campo de expresión gráfica de la humanidad prehistórica es sumamente vasto y variado. En él conviven el signo convencional con el símbolo más o menos analógico, la representación extremadamente precisa de seres vivos con la de seres quiméricos o irreales. No se trata, pues, de interrogarnos acerca de un determinado arte, la pintura, sino de abordar el intento de esbozar un estudio grafológico de *sapiens*.

1. Por un lado el alarde gráfico constituye la adquisición de un nuevo modo de expresión y comunicación que equivale a una primera escritura. Ciertamente, no se trata aún del lenguaje escrito, pero sin lugar a dudas el signo ideográfico y

---

Dichos rasgos quizá han comenzado a cristalizar, de una parte, en función de un canibalismo alimentario, propio del hombre carnívoro, que se ha henchido de significaciones afectivas al consumir al pariente o al enemigo (apropiación de las virtudes del muerto), y, por otra, a partir de la doble preocupación contradictoria por desembarazarse del cadáver (descomposición) y de guardar junto a sí los restos de un allegado (conservación de las osamentas). Un tercer factor puede haber sido el regreso de los muertos a través de los sueños.

el símbolo pictográfico nos proporciona ya el lenguaje de lo escrito. Además, en la imagen «realista» se observa la aparición conjunta de formas concretas en extremo precisas y de lo que posteriormente se convertirá en modelo abstracto, *pattern* o tipo, hecho que nos revela la amplitud alcanzada por el desarrollo de las aptitudes lógico-empíricas con relación a las de los homínidos.

2. Por otra parte, el arte, es decir, la intención, habilidad, precisión e inventiva que ya los predecesores de *sapiens* habían desarrollado en todas sus actividades prácticas, y muy en especial en la caza, se aventura y desborda en un nuevo campo, el de los productos propios del espíritu (imágenes, símbolos, ideas), a los que daremos el nombre de *noológicos* a lo largo de nuestra exposición.

¿Cuál es el significado de este nuevo fenómeno? Generalmente se mantienen dos interpretaciones opuestas, una que reconoce pura y simplemente el surgimiento de una actividad artística y una vida estética que encuentran su finalidad en sí mismas, mientras que la otra integra el nuevo arte de formas en el contexto de una finalidad ritual y mágica. Desde nuestro punto de vista, se puede compaginar ambas interpretaciones, tanto más cuanto que hemos sostenido en otros trabajos (Morin, 1956, 1972) que los fenómenos mágicos son potencialmente estéticos, y viceversa.

3. Tal como nos ha revelado la sepultura, la magia hace su irrupción en el mundo de *sapiens*. Por otro lado, el estudio de las sociedades arcaicas nos muestra que la decoración, el adorno, la escultura y la pintura pueden poseer un valor de protección y de conminación a la buena suerte, a la vez que hallarse vinculadas a creencias mitológicas y operaciones rituales. Tal es el motivo por lo que se ha supuesto que las pinturas rupestres de animales que nos ha legado la prehistoria corresponden a ritos mágicos para preparar partidas de caza.

Para comprender esta magia debemos volver al tema del «doble» que ya habíamos enfocado a propósito de la muerte. La existencia del doble viene atestiguada por la sombra móvil que acompaña a todo hombre, por el desdoblamiento del yo en el sueño y por la imagen que se refleja en el agua. La imagen deja de ser una simple imagen, pues lleva en sí misma la presencia del doble del ser representado por ella con lo que, operando sobre la imagen, nos es dado actuar sobre dicho ser. Ésta es la acción propiamente mágica, el rito de evocación a través de la imagen, el rito de invocación a la imagen, el rito de posesión sobre la imagen (hechizo).

Partiendo de este punto de vista podemos captar el vínculo existente entre la imagen, lo imaginario, la magia y el rito.

La etología nos ha puesto de manifiesto la existencia de rituales entre animales que no son más que secuencias de comportamiento simbólico dirigidas a provocar una respuesta por parte de un receptor externo. En *homo sapiens,* el objetivo del ritual mágico es dirigirse, no sólo a seres exteriores y reales de los que se espera una respuesta, *sino también a las imágenes o símbolos* en los que se supone que de algún modo se localiza el doble del ser representado.

Para comprender con mayor profundidad en qué forma una imagen puede acceder a la existencia en tanto que «doble», es necesario comprender que para *sapiens* todo objeto tiene desde este momento una doble existencia. El signo, el graffiti y el dibujo adquieren a través de la palabra una existencia mental ajena a su propia presencia. El lenguaje ha abierto, pues, las puertas a la magia. Desde el momento en que toda cosa trae inmediatamente al pensamiento la palabra que sirve para nombrarla, la palabra nos trae al punto la imagen mental de la cosa que evoca y le confiere la presencia aún cuando se halle ausente.

En consecuencia, con *homo sapiens* el mundo exterior, los seres y objetos de su medio ambiente han adquirido una segunda existencia al margen de la propia percepción empírica, la existencia que les proporciona su presencia en el pensamiento bajo la forma de imágenes mentales, análogas a las imágenes que nos proporciona la percepción, pues no son otra cosa que tales imágenes rememoradas. Bajo tal esquema, todo significante, incluso el signo convencional, conllevará potencialmente la presencia del significado (imagen mental), y éste podrá ser confundido con el «referencial», es decir, con el objeto empírico designado. Evidentemente, son el dibujo y la pintura «realistas» los que llevan a un más alto grado de perfeccionamiento la adecuación entre el significante, por ejemplo un bisonte pintado, la imagen mental del bisonte rememorado y el bisonte empírico: el mito del doble opera la racionalización que permite explicar a un mismo tiempo la presencia y la ausencia del animal en la imagen. El ritual humano intentará, lo mismo que el ritual animal, dar cuerpo a un comportamiento que tenga como objetivo la obtención de respuestas adecuadas por parte del medio ambiente exterior, pero en este caso no directamente de objetos y seres, sino de sus dobles, es decir, de imágenes y símbolos. El hombre no se limitará a comerciar a través de los signos, los símbolos y las imágenes, sino que también comerciará *con ellos*, que a partir del presente estadio se han convertido en intermediarios que se interponen entre el sujeto y el medio ambiente y que participan y se alimentan de uno y otro. Signos, símbolos e imágenes constituyen una esfera noológica específica que circundará a modo de nube el progreso de la humanidad.

Empezamos a comprender qué sustrato precisaba la magia para hacer su aparición en *homo sapiens*. En principio, condición necesaria, pero no suficiente, era preciso que el lenguaje y la escritura pictográficas sostuvieran una doble existencia de los seres y las cosas. Pero también era necesario que algún mito confirmara y explicara la realidad animada, tanto de las imágenes mentales como de las materiales; este mito del doble, con toda probabilidad ha cristalizado al adqurirse la nueva conciencia de la muerte. Probablemente también era necesario (aunque en una etapa posterior esta condición deje de ser indispensable) que la imagen dibujada, grabada o pintada constituyera un sustrato material sobre el que operar mágicamente mediante gestos simbólicos, acciones mimadas, palabras y cánticos rituales dirigidos al *eidolon*. Con tales condiciones queda asegurada la comunicación entre la imagen-objeto y la cosa objetiva, y la magia puede alcanzar su pleno desarrollo mediante el empleo de las virtudes eficaces del ritual. En consecuencia, las pinturas de Lascaux y de Altamira no han sido «utilizadas» para llevar a cabo operaciones mágicas; son en sí mismas un elemento constitutivo de la magia. Tal como no tardaremos en ver, desde este nuevo enfoque se comprende mucho mejor que, si bien las imágenes no pueden verse exclusivamente confinadas a su función mágica, no por ello el universo de las imágenes contribuye de forma muy directa al desarrollo de la magia a través de su propia evolución.

Así pues, lo que nos revela el grafismo parietal es la conexión imaginaria con el mundo. Por un lado, la palabra, el signo, el símbolo y la figuración re—presentarán al pensamiento los seres y las cosas del mundo exterior aun cuando éstos se hallen ausentes y, en un cierto sentido, coadyuvarán a que tales seres y cosas adquieran un poder invasor. Por otro, serán las imágenes mentales las que invadirán el mundo exterior. Es en esta confusión y para superarla, por lo que son construidos mito y magia, es decir, una organización ideológica y práctica de la conexión imaginaria con el mundo. Descubrimos, pues, que imagen, mito, rito y magia son fenómenos fundamentales vinculados con la aparición del hombre imaginario. A partir de este momento, mitología y magia complementarán y se asociarán a todo lo humano, incluso a lo más biológico (muerte, nacimiento) o técnico (la caza, el trabajo). Acabarán por colonizar la muerte y arrancarla de la nada.

4. Sin embargo, la magia no agota la significación antropológica de lo que, bajo otro aspecto, también es la eflorescencia de un nuevo universo estético.

Pero ¿acaso es posible circunscribir y delimitar la estética? Tan pronto se nos muestra como el fruto más elaborado de la cultura, que alcanza su pleno desarrollo al marginarse de las finalidades mágico-religiosas, como a modo de una cualidad universal ligada a la exhuberancia de la vida misma, que despliega su esplendor en las floraciones vegetales o en los caparazones, gorgojeos, plumajes o adornos de las más variadas especies animales.

Aún teniendo en cuenta todo ello, intentaremos también, no oponer dos tipos de interpretación sino aunarlos. Tanto en el dominio biológico como en el antropológico es casi imposible aislar un fenómeno estético en estado «químicamente puro». Desde el punto de vista biológico, todo fenómeno estético se halla siempre conectado a una semiótica, es decir, formas y colores siempre forman parte de «mensajes» de incitación sexual, de intimidación, de amenaza, etc. Desde el ángulo antropológico, la estética se halla casi siempre vinculada a la magia y a la religión, y no es raro que sea utilizada como arma de seducción o de prestigio. La estética pura sólo alcanza un pleno desarrollo relativamente autónomo en los marcos culturales más evolucionados, si bien siempre de un modo incierto y frágil para obtener el placer a través de formas, colores, sonidos y palabras, para dar carta de naturaleza al arte por el arte.

Sin embargo, la estética de las formas vivas no permite que reduzcamos sus caracteres radicales a funciones eficaces, selectivas y adaptativas, y se nos muestra como algo inmanente al juego neguentrópico de la vida, combinación, diferenciación y proliferación inventiva de formas. Gracias a esto pueden fundirse los lujosos juegos de la vida y la cultura, el primero de ellos en su origen y el segundo en su plenitud.

En las especies vegetales o animales el fenómeno estético se halla inscrito genéticamente, es decir, el individuo es portador, no productor, de colores y formas. Pero el hombre aporta un nuevo carácter al fenómeno estético, ya que para *sapiens* se trata de una producción individual ejecutada mediante una técnica y un arte determinados y que le ha sido inspirada por su cerebro. Por consiguiente, el cerebro humano hace suyo un nuevo campo de competencias, pero no sólo emergerán en forma de obras figurativas representaciones de la imagen-percepción o de la imagen-recuerdo, sino que veremos surgir del cerebro humano una proliferación creativa de imágenes que adquirirán su expresión a través de la invención de nuevas formas y de seres fantasmagóricos. A la aparición en escena del hombre imaginario cabe asociar indisolublemente la del hombre que imagina.

Así pues, por un lado, el arte se ocupará de reproducir formas, mientras que por otro, las inventará. Reproducción e invención, repitámoslo una vez más, deben ser inscritas en el marco de la magia, de la religión y, de forma más generalizada, en el de las actividades sociales, pero tanto una como otra satisfarán un placer, una emoción, propiamente estéticos.

Podemos suponer, pues, que el *homo sapiens* prehistórico conoce y busca la satisfacción estética. A partir del momento en que toda cosa goza de una doble existencia, una objetiva vinculada a las operaciones prácticas y la otra subjetiva y a nivel mental, se halla en condiciones, sea de disociar, sea de combinar, de un lado el aspecto práctico y utilitario de las cosas y de otro la sensación agradable que pueden suscitarle sus formas. Pero no olvidemos que tal forma de actuar se hace posible sólo gracias a que la juvenilización humana del adulto se ha traducido en la pervivencia de una sensibilidad infantil y lúdica que ha ensanchado y enriquecido su afectividad.

Dichos ensanchamiento y enriquecimiento afectivos se manifestarán a su vez mediante una sensibilidad frente al juego de las formas reales o imaginarias, es decir, bajo el aspecto de sensibilidad estética.

La sensibilidad frente a las formas visuales sobrepasa ampliamente el terreno propiamente artístico de la pintura, el dibujo y la escultura para extenderse asimismo al ámbito de las formas naturales; la sensibilidad estética en general se expande más allá del campo de las formas visuales para abrirse a los olores y perfumes, a las formas sonoras (ritmos, música, canto) y a la expresión corporal (danza). Los chimpancés, en sus «carnavales», ya nos muestran indicios de un predescubrimiento, por su parte, del ritmo y de la danza, y parece sumamente probable que tanto el canto, como la música y la danza, encontrarán, no su origen, sino su completo desarrollo y culminación entre las sociedades de *sapiens*.

Podemos intentar esbozar, a través de la infinita diversidad de sus manifestaciones, el rasgo común que subyace a todo fenómeno estético. Sea contemplativa o activa, limitada a la imagen o desbordándola, concerniente de modo exclusivo al cerebro o entrando en acción todo el organismo (danza), la estética es una relación que se establece entre el ser humano y una cierta combinación de formas. Llegados a este punto podemos introducir por analogía, y quizá no sólo por analogía, el término resonancia, en cuanto fenómeno por el cual un sistema físico en vibración puede alcanzar una gran amplitud cuando la vibración excitadora se aproxima a la frecuencia natural de dicho sistema. Ciertamente, la sensibilidad estética es una aptitud para entrar en resonancia, en «armonía», en sincronía, con sonidos, olores, formas, imágenes y colores producidos en profusión, no sólo por el universo, sino también por el propio *homo sapiens.* Nos enfrentamos de nuevo con el gran misterio que conecta un rasgo físico fundamental propio de todo sistema vivo (el carácter oscilatorio de los sistemas metaestables), véase incluso la naturaleza ondulatoria de la *physis,* con lo que hay de más sutilmente «vibratorio» en el cerebro de *sapiens.* Es, pues, esta sensibilidad, cuyas fuentes son físicas y neguentrópicas, la que la cultura refinará y atrofiará a un mismo tiempo al escoger su opción entre extenderla a todos o limitarla a sus privilegiados. Pero no por ello dejamos de percibir que, de repente, la estética enmarca su desarrollo más allá de su raíz biológica, para convertirse en un rasgo fundamental de la sensibilidad y el arte de *homo sapiens.*

5. Así pues, de modo idéntico a cuanto hemos visto para el caso de la sepultura, la primera interrogación acerca de los signos e imágenes prehistóricas nos revela un conglomerado de significaciones antropológicas y verdaderamente fundamentales, y la grafología de tales signos hace desembocar nuestra investigación más allá del fenómeno gráfico considerado en sí mismo sobre la naturaleza original del *homo sapiens.*

Vemos surgir los elementos de un nuevo universo antropológico a través de los fenómenos mágicos, míticos, rituales y estéticos y, a un mismo tiempo, sepultura y pintura constituyen la culminación y perfeccionamiento a un nivel superior de una serie de aptitudes que venían desarrollándose a lo largo de todo el proceso de hominización.

Los múltiples rasgos que, por otro lado, serán divergentes y conocerán diferenciaciones muy marcadas según las culturas y los individuos, se hallan estrechamente asociados y combinados en sus orígenes. Todos ellos nos remiten, tanto a la naturaleza imaginaria e imaginativa de *homo sapiens,* como a la ambigua y turbia relación que se establece entre el cerebro humano y el medio ambiente.

La irrupción del error

Lo que de repente se convierte en problema crucial para *sapiens* es la incertidumbre y la ambigüedad que caracterizan la relación entre su cerebro y el medio ambiente. Esta incertidumbre tiene su origen en la regresión sufrida por los programas genéticos que regulaban los comportamientos humanos y la progresión de un conjunto de aptitudes heurísticas estratégicas (capacidades) para resolver los problemas de conocimiento y decisión. A partir de este momento se hace necesario interpretar los ambiguos mensajes que llegan al cerebro y reducir su incertidumbre a través de operaciones empírico-lógicas. Debe afrontarse la existencia de soluciones opuestas para un mismo problema o la de distintos comportamientos en vistas a una misma finalidad. Se hace necesario optar, escoger, decidir. En este sentido, el propio juego, que permite flexibilidad e inventiva, implica el riesgo del error, y el *homo sapiens* se ve condenado a operar según el método llamado precisamente «de ensayo y error», incluso y sobre todo si se mantiene fiel al método empírico-lógico.

Además, la zona de incertidumbre entre el cerebro y el medio ambiente es también la que existe entre la subjetividad y la objetividad, entre lo imaginario y lo real, y tal abismo se mantiene gracias a la pervivencia de la brecha antropológica causada por el fenómeno de la muerte y el desencadenamiento de la imaginación en la vida de vigilia. En esta zona es donde se desarrollan el mito y la magia, por donde circulan fantasmas y espectros, donde la palabra, el signo y la representación se imponen con la evidencia de la cosa y el rito exige la respuesta de un receptor-interlocutor imaginario. Es debido a la existencia de tal brecha (que, tal como veremos más adelante, es también apertura) *por lo que el reinado del sapiens viene acompañado de un incremento masivo del error en el seno del sistema vivo. Sapiens* ha inventado la ilusión, el desbordamiento de un universo fantasmagórico en el seno de la vida de vigilia, las extraordinarias relaciones que se entretejen entre lo imaginario y la percepción de lo real, todo aquello que, lo veremos más tarde, constituye a un mismo tiempo el manantial del que brotan las «verdades» ontológicas de *sapiens* y sus innumerables errores. De un modo más amplio y profundo, puede afirmarse que la incertidumbre de las relaciones entre el medio ambiente y el pensamiento, entre el sujeto y el objeto, entre lo real y lo imaginario (comprendida la incertidumbre acerca de la naturaleza de uno y otro) es la fuente permanente de los errores de *sapiens*. El error hace estragos en la relación de *sapiens* con un medio ambiente, en su relación consigo mismo, en la relación entre grupos y sociedades.

Ciertamente no pretendemos adoptar el punto de vista volteriano, según el cual la increíble proliferación de creencias humanas en el espacio y en el tiempo se nos aparece como una lamentable acumulación de errores, ni reducir a simples errores el mito o la religión, cuyas raíces cabe situarlas al margen tanto del error como de la verdad. Nos negamos a considerar como errores todo aquello que no goza del *approbatur* por parte del moderno sabio racionalista-empírico y nos guardaremos muy mucho de asignar un carácter ontológico a la noción de error, que tal como discutiremos posteriormente sólo goza de pleno sentido en el marco de unas relaciones sistémico-informacionales dadas. Nuestra impotencia para detentar un punto de vista ontológico y universal del concepto de verdad nos impide escapar a nosotros mismos del carácter incierto y errático que impregna totalmente la aventura de *sapiens*. Sin embargo, nuestro propósito será, precisamente en función de ello y de nuestra propia incertidumbre, descubrir la realidad del *errare humanum est*.

La ubris

Investigaciones recientes han establecido sin lugar a dudas que, tanto la sonrisa, como la risa y las lágrimas, son innatas en el hombre (Eibl-Eibesfeldt, 1970 y en prensa). Se trata de rasgos profundos y constitutivos de la naturaleza humana sobre los que las diversas culturas elaboraran sus diferentes semióticas sin anular nunca las significaciones antropológicas originarias. No sabríamos concretar si sonrisa, risa y lágrimas aparecieron en época anterior a *sapiens*, pero lo que con toda probabilidad es característico de éste es la intensidad e inestabilidad que adquieren alegría y tristeza. Risas y lágrimas son estados violentos, convulsivos, espasmódicos, rupturas, sacudidas, y por lo demás se entremezclan y permutan: se rie con lágrimas en los ojos y los sollozos pueden convertirse súbitamente en risas «dementes». El niño *sapiens* expresa lo que nunca el niño de cualquier otra especie había expresado con tal intensidad: debilidad, destreza inaudita en sus berridos e increíble satisfación en la feliz convulsión de todos sus miembros. Pasa brutalmente de la desesperación de los gritos a la sonrisa beatífica. *Sapiens* adulto es capaz de ahogar sus lágrimas, de contener su risa, pero no por ello desaparece en él la intensidad con que puede reír y llorar, y tal rasgo debe relacionarse con otras características psico-afectivas eruptivas, singularmente olvidadas en los estudios antropológicos racionalistas del *homo sapiens,* entre ellas su aptitud para el goce, el entusiasmo, el éxtasis, la rabia, el furor o el odio.

En primer lugar, si bien en este dominio nos encontramos con enormes diferencias individuales y tal vez incluso étnicas, el orgasmo de *sapiens* es, en general, mucho más violento y convulsivo que en cualquiera de los primates; la mujer, a diferencia de las hembras antropoides, goza de un placer sumamente profundo y espasmódico.

El placer perseguido por *sapiens,* no sólo en el orgasmo sino en los demás ámbitos, no puede ser reducido a un estado de satisfacción, o lo que es lo mismo, a la realización de un deseo, a la anulación de una tensión. Esto es válido también para aquellos estados de excitación integrales, más allá del simple placer, en los que incluso pueden rozarse los límites de la catalepsia o la epilepsia. Tanto en las sociedades arcaicas como en las sociedades históricas hay una búsqueda, a través de hierbas y/o licores, de danzas y/o ritos, de lo profano y/o lo sagrado, encaminada a la consecución de estados de entusiasmo, de paroxismo, de éxtasis, que en ciertas ocasiones parecen unir el desorden extremo del espasmo o la convulsión con el orden supremo en la plenitud de una integración con el otro, la comunidad o el universo. Tales estados parecen encaminados a purgar las ansiedades, a transformar en juegos y alegrías la violencia reprimida y acumulada, en delirios y estados beatíficos las alegrías. Estos estados extraordinarios, precarios, inciertos, aleatorios, y sin embargo fundamentales, son vividos por *sapiens* como sus estados óptimos o supremos. No es ahora nuestro objetivo elucidar la naturaleza de estos fenómenos, sino reconocer su importancia, que han dejado totalmente de lado los estudios de antropología tradicionales. Son escasos los investigadores que, como Georges Bataille (1949) y Roger Caillois (1950), se han percatado de que la «consumación», el vértigo o el exceso merecen un lugar destacado en la ciencia del hombre. Raros son aquellos que han reflexionado acerca del carácter sísmico del goce humano. Sin embargo, difícilmente puede concebirse una antropología fundamental que no se interese por la fiesta, la danza, la risa, las convulsiones, las lágrimas, la alegría, el entusiasmo, el éxtasis.

En todos estos rasgos, que tienen, por cierto, un origen homínico e incluso primático, pero que en los hombres con cerebro grande crecen, se intensifican, convergen y compiten, se observa que lo que caracteriza a *sapiens* no es una disminución de la afectividad en beneficio de la inteligencia sino, por el contrario, una verdadera erupción psicoafectiva e incluso, la aparición de la *ubris,* es decir, la desmesura.

Esta desmesura impregnará asimismo el terreno de las pasiones violentas, del asesinato, de la destrucción. A partir de Neanderthal se multiplican, no sólo los asesinatos, sino las matanzas y carnicerías. Se puede suponer que el crecimiento demográfico de la especie, al multiplicar los contactos entre sus individuos y, por consiguiente, los conflictos y rivalidades entre grupos, multiplica las ocasiones conflictivas, los combates. Por otra parte, la caza ha dado origen a las armas que permiten guerrear y matar. Pero las primeras carnicerías neanderthalenses y las que, aumentadas y corregidas, les seguirían en el tiempo, son los indicios de un control deficiente de la agresividad y de una *ubris* que se desatará en cóleras, odios y delirios. El *homo sapiens* se halla mucho más inclinado a los excesos que sus predecesores, y su reinado viene acompañado por un desbordamiento del onirismo, el eros, la afectividad y la violencia. Entre los primates el onirismo aún sigue circunscrito al terreno del sueño: entre los hombres prolifera bajo la forma de fantasmas, de lo imaginario, de la imaginación. Entre los primates el eros queda circunscrito al período del celo y en raras ocasiones escapa del marco de la sexualidad, mientras que en el hombre invade todas las estaciones, todas las partes del cuerpo, incluso sus fantasmas, llegando a impregnar sus actividades intelectuales más sublimes. La violencia, circunscrita entre los animales a la defensa y a la depredación en busca de subsistencia, se desborda en el hombre más allá de sus necesidades. La afectividad entre los primates, y especialmente entre los chimpancés, es ya desbordante, pero es el hombre quien le asigna un carácter eruptivo, inestable, intenso y desordenado.

La irrupción del desorden

El reinado de *sapiens* implica una masiva introducción del desorden en el mundo. Los sueños del hombre se diferencian ya de los de los animales a causa de su carácter desordenado. Jouvet (en prensa) nos muestra la extrema estereotipación de los sueños de los gatos, que se limitan a reproducir los grandes esquemas genéticos de la especie (80 % de sueños sobre depredación de pequeños animales, 10 % de sueños de defensa contra enemigos más potentes, 10 % de sueños sobre alimentos). El sueño humano, si bien polarizado y orientado por una serie de obsesiones permanentes, prolifera de forma enmarañada y carente de todo orden.

Por otro lado, todas las fuentes de desajuste ya citadas (regresión de los programas genéticos, ambigüedad entre lo real y lo imaginario), proliferaciones fantasmagóricas, inestabilidad psicoafectiva, *ubris*) constituyen por sí mismas otros tantos factores permanentes de desorden.

El orden se halla en la cultura, en la sociedad, y qué duda cabe que la regresión de los programas genéticos aparece estrechamente vinculada a la programación sociocultural, al sistema de normas y prohibiciones y a las reglas de organización de la sociedad que encauzan el desorden y saben darle asueto, en especial por medio de los días de fiesta. Pero a partir del momento en que nos introduzcamos en la era de las sociedades inestables, es decir, en la era histórica, veremos desencadenarse la *ubris* y el desorden, los antagonismos internos, las luchas por el poder, los conflictos exteriores, las destrucciones, suplicios, masacres y exterminios, hasta tal punto que el «ruido y la furia» constituyen uno de los más destacados rasgos de la historia humana. Por eso, los desórdenes históricos aparecen, a la vez, como la expresión y el resultado de un desorden sapiencial originario. Contrariamente a las creencias recibidas, hay menos desorden en la naturaleza que en la humanidad. El orden natural está mucho más controlado por la homeostasia, la regulación, la programación. En cambio el orden humano nace bajo el signo del desorden.

Sapiens-demens

A partir de entonces, aparece el semblante del hombre oculto bajo el emoliente y tranquilizador concepto de *sapiens*. Se trata de un ser con una afectividad intensa e inestable, que sonríe, ríe y llora, ansioso y angustiado, un ser egoísta, ebrio, estático, violento, furioso, amoroso, un ser invadido por la imaginación, un ser que conoce la existencia de la muerte y que no puede creer en ella, un ser que segrega la magia y el mito, un ser poseído por los espíritus y por los dioses, un ser que se alimenta de ilusiones y de quimeras, un ser subjetivo cuyas relaciones con el mundo objetivo son siempre inciertas, un ser expuesto al error, al yerro, un ser úbrico que genera desorden. Y puesto que llamamos locura a la conjunción de la ilusión, la desmesura, la inestabilidad, la incertidumbre entre lo real y lo imaginario, la confusión entre lo objetivo y lo subjetivo, el error y el desorden, nos sentimos compelidos a ver al *homo sapiens* como *homo demens*.

¿Cómo es posible que un tema como la locura humana, objeto de meditación de los filósofos de la antigüedad, de los sabios de oriente, de poetas de todas partes, de los moralistas clásicos, de Montaigne, de Pascal, de Rousseau, se haya volatilizado, no sólo en la ideología eufórica del humanismo que justificaba majestuosamente la conquista del mundo por parte del gran *sapiens*, sino también en el pensamiento de los antropólogos? El racionalismo humanista, que triunfa y expira en la etnología de Lucien Lévy-Bruhl, confina el delirio de *sapiens* a sus primeros pasos sobre la tierra como si se tratara de una debilidad infantil. Posteriormente, el neoetnologismo, colocándose en una postura opuesta de admiración hacia la maravillosa cordura del hombre arcaico, ha hecho recaer la locura sobre las espaldas del hombre contemporáneo, concebido como un miserable desviacionista. Sin embargo, tanto el uno como el otro tienen su sapiencia y su demencia...

Todo animal dotado de tales taras de enajenación habría sido, sin duda alguna, despiadadamente eliminado en un proceso de selección darwiniana. Tanto para el biologismo como para el antropologismo es del todo inconcebible que un animal que consagra tal cantidad de sus fuerzas a gozar y a embriagarse, que pierde tanto tiempo en enterrar a sus muertos, en ejecutar ritos, bailar, decorar, etc., un animal tan mal encajado en relación al medio ambiente y consigo mismo, haya podido, no sólo sobrevivir, sino alcanzar progresos técnicos, sociales e intelectuales decisivos en el marco del hostil universo de las duras y frías glaciaciones. *Sin embargo, todo nos inclina a pensar que el desencadenamiento del mundo de lo imaginario, las derivaciones mitológico-mágicas, las confusiones creadas por la subjetividad, los errores y la proliferación del desorden, lejos de representar un handicap para* homo sapiens *se hallan, por el contrario, estrechamente vinculados a sus prodigiosos descubrimientos:*

1. La rápida extensión demográfica y la colonización subsiguiente del planeta por parte de *homo*. El *homo erectus* tardó algunos centenares de miles de años en extenderse en el Mundo Antiguo, mientras que *sapiens* en unas pocas decenas de miles de años se extiende por toda la tierra.

2. La aceleración y creciente complejidad técnicas, ya plenamente sensibles desde el magdaleniense. Demos aquí, a título indicativo, una extrapolación debida a Leroi-Gourhan: «Si no hubiera aparecido el *sapiens*, nos es dado suponer que el punto de emergencia de la curva técnica del magdaleniense cabría situarlo entre doscientos y cuatrocientos mil años después de nuestra era, en lugar de cuando se produjo, diez mil años antes de ella» (Leroi-Gourhan, 1964, p. 195).

3. El desarrollo de un pensamiento empírico-lógico y un grandioso despliegue de las aptitudes intelectuales para la organización, el conocimiento, la invención y la creación.

4. La conformación de una sociedad más compleja que la paleosociedad, capacitada para convertirse en una unidad inmersa en el seno de un conjunto social más amplio, y la posterior constitución de las grandes sociedades, los estados y las ciudades.

Nos vemos, pues, conminados a buscar alguna relación consustancial entre el *homo faber* y el hombre mitológico; entre el pensamiento objetivo-técnico-lógico-empírico y el pensamiento subjetivo-fantasmagórico-mítico-mágico; entre el hombre racional, capacitado para autocontrolarse, para dudar, verificar, construir, organizar y llevar a término o culminar *(achievement)*, y por otro lado el hombre irracional, inconsciente, incontrolado, inmaduro, destructor, iluminado por quimeras, temerario; por último, entre la expansión conquistadora del *sapiens* y su sociedad cada vez más compleja y la proliferación de los desórdenes y desvaríos...

No podemos seguir imputando desórdenes y errores a las insuficiencias ingenuas ni a las incompetencias de la humanidad primitiva, reducidas en el orden y la verdad civilizadores. El proceso hasta hoy es inverso. Ya no es posible oponer sustancial y abstractamente razón y locura. Por el contrario, debemos superponer sobre el rostro serio, trabajador y aplicado de *homo sapiens* el semblante, a la vez otro e idéntico, de *homo demens*. El hombre es loco-cuerdo. La verdad humana trae consigo el error. El orden humano implica el desorden. Así pues, se trata de preguntarnos si los progresos de la complejidad, de la invención, de la inteligencia y de la sociedad se han producido *a pesar, con o a causa* del desorden, del error y del fantasma. Y nuestra respuesta es *a causa, con y a pesar de* a un mismo tiempo, pues la buena respuesta sólo puede ser compleja y contradictoria.

2. LA HIPERCOMPLEJIDAD

«He acabado por encontrar sagrado el desorden de mi espíritu.»

Rimbaud.

Intentaremos demostrar aquí que la creatividad, la originalidad y la eminencia de *homo sapiens* tienen el mismo origen que el desajuste, el vagabundeo y el desorden de *homo demens*, es decir, el prodigioso aumento de complejidad que aporta un cerebro de 1.500 cm^3, 10.000 millones de neuronas y 10^{14} de sinapsis.

Orden-desorden

Para concebirlo debemos centrarnos en la complejidad organizativa de los sistemas vivos, a los que podemos denominar autómatas naturales (von Neumann), sistemas autoproductores (Maturana) o sistemas auto-organizadores.

Una diferencia fundamental entre los organismos vivos, concebidos como máquinas naturales, y las máquinas artificiales construidas por el hombre, incluso las más refinadas, como por ejemplo los ordenadores, hace referencia al desorden, al «ruido», al error (cf. p. 28).

El desorden es todo fenómeno que, en relación al sistema considerado, parece obedecer al azar en lugar de sujetarse al determinismo implícito en dicho sistema, todo lo que no obedece a la estricta aplicación mecánica de las fuerzas según esquemas organizativos pre-fijados. El «ruido» es, en términos de comunicación, todo perturbación que altera o transtorna la transmisión de una información. El error es toda reproducción inexacta de una información recibida. Por lo que respecta a la máquina artificial, todo aquello que es desorden, ruido y error acrecienta la entropía del sistema, es decir, acarrea su degradación, su degeneración y su desorganización. La noción de entropía, desde el momento en que se establece conexión entre las de organización e información, queda vinculada, no sólo a la noción de desorden, sino también a las de ruido y de error (generadores de desorden).

Por su parte el organismo vivo funciona a pesar de y con el desorden, el ruido y el error, los cuales no entrañan necesariamente un aumento de la entropía del sistema, ni conducen forzosamente a la degeneración, sino que incluso pueden actuar como regeneradores (von Neumann, 1966). En otros términos, la máquina viva goza de una gran fiabilidad en su conjunto, si bien sus unidades constitutivas (las moléculas, y para lo sistemas multicelulares las células y los tejidos) son elementos poco fiables, es decir, fácilmente degradables. Sin embargo, esta paradoja se desvanece desde el mismo momento en que consideremos la organización del sistema vivo como un proceso de autoproducción permanente o *autopoiesis* (Maturana, 1972) o de *reorganización permanente* (Trincher, 1965; Atlan, 1972) que suprime o expulsa la entropía que continuamente se produce en el interior del sistema y da respuesta a los ataques desorganizadores procedentes del medio ambiente.

Estos principios organizativos de la vida son también los de la complejidad y es este fenómeno de reorganización permanente el que da a los sistemas vivos su flexibilidad y libertad en relación a las máquinas. Mientras que la máquina artificial debe hallarse perfectamente determinada y funcionalizada, el sistema auto-organizador es tanto más complejo cuanto menos estrictamente determinado, cuanto mayor es la autonomía relativa de la que gozan sus partes constitutivas, cuanto más difícil es, empírica y lógicamente, disociar sus complementariedades de las competencias y antagonismos, es decir, de un cierto tipo de «ruido».

El «ruido» está ligado no solo al funcionamiento sino también, a la evolución del sistema vivo. La mutación es un tipo de perturbación que puede ser equiparada a un «ruido» que se produce durante el proceso de duplicación en el momento en que es transmitido el mensaje genético. Dicho «ruido» provoca un «error» en la información emitida, error que debería entrañar cierta degeneración en el nuevo sistema vivo. Sin embargo, en ciertos casos, el «ruido» provoca una innovación y un enriquecimiento de la complejidad. El error, en tal caso, en vez de degradar la información la enriquece (Atlan, 1972). El «ruido», lejos de provocar un desorden fatal, suscita la aparición de un nuevo orden (von Foerster, 1962). El azar de la mutación, en vez de desorganizar el sistema, juega un papel organizador (Monod, 1971). Por asombrosos que sean tales procesos, por imperceptibles que se hagan al observador, no pueden ser concebidos de otra forma que como el desencadenamiento de un proceso desorganizador o «catastrófico» a causa del «ruido» (Thom, 1968) que promueve a su vez una reorganización sobre nuevas bases. En consecuencia, el cambio —la innovación— en el orden de lo vivo sólo puede ser concebido como el producto resultante de un desorden enriquecedor, puesto que se convierte en manantial de complejidad.

Los cambios evolutivos favorables sólo pueden tener lugar a partir de perturbaciones, «ruidos» o «errores», que no por ello dejan de ser a un mismo tiempo mortalmente peligrosos para toda autorreproducción o auto-organización.

Así pues, todo sistema vivo se ve amenazado por el desorden a la vez que se alimenta de él. Todo sistema vivo se ve parasitado por la entropía y a su vez la parasita.

Situemos ahora el análisis al nivel de los sistemas vivos altamente evolucionados, como es el caso de los mamíferos. El organismo se halla constituido por un número de células que puede llegar a los varios miles de millones y la organización de todo este conjunto está fundamentada en la especialización de sus elementos constitutivos (células y órganos), así como en la existencia de niveles jerárquicos en pirámide que tienen su cúspide en el sistema nervioso central y en el cerebro. La especialización y la jerarquía tienen el carácter de coacciones, de inhibiciones, que actúan sobre los diversos elementos constitutivos, de agentes limitadores del «ruido» y del desorden. Sin embargo, por automatizado que sea el funcionamiento del organismo, siempre tolera una cierta proporción de desorden; la proliferación de las células tiene lugar de forma incontrolada, hay penetraciones de virus enemigos en el interior del organismo, y es tan sólo a partir de un cierto umbral de desorden tolerable cuando se pone en movimiento el sistema inmunológico, «fuerza encargada del restablecimiento del orden» que rechaza el desorden interno y destruye al desorganizador venido del exterior mediante la producción de anticuerpos.

Si bien en el interior del organismo el desorden se mantiene dentro de ciertos límites estrictos, éste puede aumentar de forma considerable en la sede que rige la complejidad de conjunto de un sistema vivo: en el cerebro.

Cuanto más complejo es el cerebro, tanto más constituye un centro de competencia estratégico-heurística del comportamiento y de la acción, y está menos sometido a las rígidas coacciones de un programa genético de comportamiento y reacciona menos a los *estímulos* del medio ambiente con respuestas unívocas. Cuanto más complejas y aleatorias son sus relaciones con el sistema y el ecosistema, mayor aptitud posee para sacar provecho de los sucesos aleatorios, opera más a través de ensayos y errores, y, como veremos más adelante, su funcionamiento neuronal interno comporta asociaciones al azar, es decir, desorden.

Como hemos visto, la línea maestra que nos permite comprender el proceso de la hominización es la creciente complejidad del cerebro, que se manifiesta de un modo cuantitativo a través de su aumento de volumen. A nivel cualitativo dicho crecimiento nos viene dado por la progresión de las capacidades estratégicas/heurísticas/innovadoras y por el aumento del juego aleatorio de las asociaciones. La hipótesis que pretendemos desarrollar es que el enorme crecimiento de complejidad que se opera en el cerebro del *sapiens*, es decir, el paso de la hominización a la humanidad, corresponde a un nuevo salto cualitativo, el de la *hipercomplejidad*.

Distinguiremos entre hipercomplejidad y complejidad no mediante una frontera, sino a través de la acentuación de ciertas características, la atenuación de ciertas otras, acentuación y atenuación que modifican la configuración del conjunto, el cual a partir de este momento puede ser considerado como un sistema de nuevo tipo. *En este sentido, un sistema hipercomplejo es un sistema que disminuye las coacciones al aumentar sus aptitudes organizativas, en especial su capacidad para el cambio.* En consecuencia, respecto a un sistema de menor complejidad está más débilmente jerarquizado y especializado, menos centralizado, pero por el contrario está dominado por las competencias estratégicas y heurísticas, depende más rígidamente de las intercomunicaciones y, a consecuencia de todos estos rasgos, está más sometido al desorden, al «ruido», al error.

Es sabido que el último continente que aún le queda por descubrir al hombre es el propio hombre, y el centro de dicho continente, el cerebro, no sólo nos es desconocido, sino que se nos aparece como algo ininteligible. Las investigaciones desde los puntos de vista biofísico, bioquímico o bioeléctrico nos ofrecen fragmentos de conocimiento que aún no pueden ser ensamblados, a la vez que pecan todos ellos por insuficiencia de complejidad. Los análisis sinápticos son aún demasiado locales (Changeux, 1972); los globales aún son muy generales (Atlan, 1972). Los ordenadores, lejos de ofrecérsenos como modelo, tal como algunos habían llegado a creer, nos indican que lo esencial del funcionamiento cerebral les es absolutamente ajeno. El fabuloso prodigio de desorganización y reorganización de las miriadas de neuronas sigue desafiando nuestro entendimiento. En este estado de cosas, no vamos a considerar el enfoque anatómico: vamos a intentar hacer patentes los principios generales de la hipercomplejidad.

Ante todo, el cerebro de *sapiens* es policéntrico, sin que exista predominio de ninguno de sus centros; las relaciones entre sus diferentes regiones se establecen de forma débilmente jerarquizada mediante una serie de interacciones e interferencias, e incluso observamos la existencia de fenómenos de inversión de jerarquía; el córtex superior está escasamente especializado, salvo en lo que concierne a las localizaciones sensoriales, y las unidades constitutivas elementales (neuronas) están muy poco diferenciadas entre sí. Por último, la aparición masiva del desorden y la aleatoriedad está conectada, no sólo con los caracteres precedentemente enunciados, sino con la enorme población neuronal, que cuenta con tres o cuatro veces más de individuos que hombres hay sobre nuestro planeta.

Las aptitudes y el instinto hechos añicos

La regresión de los comportamientos genéticamente programados y la formación de aptitudes organizativas que caracterizan la evolución biológica hominizante alcanzan su plena realización, repitámoslo una vez más, en *sapiens*. Las «aptitudes», que aparecen como resultado del desarrollo de nuevas zonas corticales, de la constitución de nuevos centros cerebrales y del establecimiento de relaciones entre centros hasta entonces desconectados, son propiedades globales que tienen su origen en la reorganización y el aumento de complejidad del cerebro. Las aptitudes son heurísticas (capacitadas para encontrar una solución), estratégicas (capacitadas para combinar un conjunto de decisiones-elecciones en función de una finalidad), inventivas (con capacidad para efectuar nuevas combinaciones), susceptibles de programar, en pocas palabras, con capacidad para organizar orden a partir de «ruido», es decir, a partir de datos mentales heterogéneos, proliferantes y desordenados y de mensajes ambiguos transmitidos por los sentidos.

Dichas aptitudes son innatas en tanto que tienen su fundamento en una organización cerebral genéticamente determinada. Algunas de ellas constituyen de inmediato estructuras de organización de la percepción *a priori* (Mehler, en prensa), mientras que otras, a partir de un cierto estadio de la ontogénesis cerebral, conforman estructuras de organización del pensamiento y del lenguaje. Este último tipo necesita de la experiencia sensible para actualizarse, es decir, del rol co-organizador del medio ambiente y de la cultura.

Hemos visto con anterioridad que la constitución de aptitudes innatas y la regresión de los programas genéticos o «instintos» es indisociable de la preexistencia de un marco cultural que actúe, a un mismo tiempo, como sistema organizador y como medio ambiente. Vamos a intentar ahora darnos cuenta de que también son inseparables del «ruido» cerebral.

Recientes trabajos sobre etología infantil, especialmente los de Eibl-Eibesfeldt, e investigaciones como las de Mehler (en prensa) arrojan una primera luz sobre este problema. En efefcto tienden a revelarnos la existencia, hasta llegados los 3 ó 4 años, de un basamento precultural, es decir innato, de comportamientos, conocimientos y comunicaciones (Ropartz, 1972). Dicho basamento emerge de forma parcial desde el momento del nacimiento (por ejemplo, la tendencia del niño a ponerse todo objeto en la boca) y alcanza su máxima evidencia cuando los niños constituyen entre sí una sociedad espontánea, como se observa en las experiencias efectuadas por Montagner (en prensa) en guarderías infantiles, en las que las relaciones interindividuales vienen reguladas por posturas de solicitación y gestos de pacificación. Tales expresiones de comportamiento no existen en la sociedad adulta, por consiguiente no han podido ser aprendidas. Parece, pues, que se trata de comportamientos innatos y es probable que tengan su origen en un fondo paleohomínido anterior a la constitución del lenguaje articulado.

Ahora bien, a excepción de la sonrisa, la risa y las lágrimas, y quizá de algunos otros comportamientos como el gesto de tender la mano, el *eye-brow flash* y el ritual del «flirt» entre adolescentes (Eibl-Eibesfeldt), dicho basamento «instintivo» es engullido progresivamente a medida que toma entidad propia el desarrollo y la puesta en práctica de las aptitudes estratégicas/heurísticas y de la semiótica cultural, que son experimentadas conjuntamente con los primeros estadios de culturalización para acabar afirmándose de forma decisiva.

Parece lícito suponer que tales mensajes genéticos no han desaparecido de un modo absoluto, pero que han sido dejados de lado por la entrada en escena de las aptitudes y por la integración efectiva de una primera información cultural. Asimismo, podemos suponer, siguiendo las sugerencias que nos ha hecho Aldair Gomez en una conversación, que el mensaje «instintivo» se ve continuamente desmenuzado por las asociaciones neuronales aleatorias, es decir, por el «ruido» cerebral. Puesto que además, en este contexto la información cultural no puede ser más que un «ruido» «perturbador» respecto de la información genética, puede suponerse que en *homo sapiens* hay toda una parte «instintiva» que de un modo continuado está siendo hecha añicos.

A partir de este momento, es sobre y desde el «ruido de fondo», es decir, «de confluencias casuales de ideas, imágenes y recuerdos que forman el telón de fondo de nuestra vida interior y a los que se podría denominar el movimiento browniano de pensamiento» (Auger, 1966), que se construye el *logos* (discurso), la palabra, el pensamiento, la razón, la acción, en el primer y profundo sentido del término griego. Sin lugar a dudas, en ciertas ocasiones el logos puede verse ahogado por el ruido de fondo, pero sin él, el logos no es más que un molino sin agua.

Por otro lado, es fácil ver que las operaciones del cerebro se distinguen de las efectuadas por cualquier ordenador precisamente por el rol desempeñado por el «ruido» en aquellas. El ordenador tan sólo puede manipular con extrema rigurosidad datos que le hayan sido suministrados con precisión; disocia completamente su memoria del tratamiento de las informaciones. El cerebro de *sapiens* trabaja a partir de datos vagos o inciertos, los manipula más o menos globalmente sin demasiado rigor[1] y hace interferir rememoración y computación; además, mientras que los ordenadores analógicos y los ordenadores digitales han sido concebidos de forma totalmente independiente entre sí, el pensamiento humano combina ambos tipos de procesos de una forma aún desconocida para nosotros[2]. Los ordenadores digitales y analógicos se bloquean mutuamente, es decir, actúan como «ruido» el uno

1. Demasiado a menudo se olvida que el pensamiento es un *arte*, es decir, un juego de precisión e imprecisión, de confusión y de rigor.

2. Entre las innumerables lagunas de nuestro trabajo, la más importante es, a nuestros ojos, la concerniente a la naturaleza analógico-digital del funcionamiento del pensamiento (del desarrollo del logos). Desde hace largo tiempo estamos completamente persuadidos de que la ciencia se comporta de forma en extremo miope en lo referente al proceso y a la naturaleza de lo analógico y de que aún no dispone de instrumentos conceptuales adecuados para aprehenderla. Privilegia lo

respecto al otro. Por el contrario, en el cerebro de *sapiens* son imprescindibles ambos tipos de mecanismo, pues unas veces de forma heurística, siempre aleatoriamente, y a menudo cayendo en el error (aunque capacitado para autocorregirse), el cerebro humano trabaja en, con y para el «ruido», es decir, se adapta al «ruido» y lo adapta a su propia estructura hasta situar a un nivel superior, hipercomplejo, el principio del *order from noise* (von Foerster, 1962).

La loca y el hada de la casa

La innovación presupone o provoca una cierta desorganización o relajamiento de las tensiones, estrechamente vinculados con la acción de un principio reorganizador, en el seno

---

cuantificable, es decir, lo que puede ser referido a unidades discretas, discontinuas, "digitizables", en detrimento de lo que podría ser captado en el marco del *continuum*, la modulación, la ondulación, tanto en estado de estabilidad como en la metamorfosis. A pesar del estímulo proporcionado por las ideas de Bateson (1955), de Jackson (Watzlawick, Helmick-Beavin, Jackson, 1967) y de Wilden (1972), quienes han explorado estos problemas en el plano de la comunicación, aún no hemos conseguido establecer una base teórica aceptable en que enmarcar el conocimiento y el pensamiento, y, de modo más general, la auto-organización (de la que nos dan buenos ejemplos las homotipias y homocromias del mimetismo animal). Precedentemente nos hemos enfrentado con estos problemas (Morin, 1956 y 1972) en el dominio del antropocosmomorfismo propio de todo pensamiento mágico y en el de lo que denominamos las "proyecciones-identificaciones" afectivas (especialmente en el caso de la identificación mimética con el héroe del filme por parte del espectador), terrenos que, por otra parte, consideramos estrechamente vinculados. Sin embargo, en la actualidad el biconcepto proyección-identificación nos parece completamente insuficiente y presentimos que se debería intentar coordinar nuestras intuiciones aisladas sobre los aspectos ondulatorios del mundo físico, los fenómenos de resonancia (igualmente física, pero que debe ser expresable de algún modo en el plano psicoafectivo), los fenómenos de simpatía, de identificación, de mimesis y los caracteres analógicos, metafóricos y simuladores de los procesos cognoscitivos y discursivos.

Ello significa que nos falta, no sólo un contexto teórico, sino también un lienzo gigantesco sobre el que bocetar la hipercomplejidad cerebral. En el presente ensayo pretendemos abordar el segundo de los proyectos al fijar nuestra atención sobre una hipercomplejidad inseparable del desarrollo a la vez complementario, competitivo y antagónico de la forma de pensamietno analógico y del modo digital de la computación.

del sistema vivo en que aparece. La característica primordial de la hipercomplejidad es precisamente actuar como moderadora de las coacciones en un sistema que, de hecho, se encuentra en un cierto estado de desorden permanente a través del juego de las libres asociaciones aleatorias.

Es en base a este «ruido» y a partir de él como se forman las combinaciones del sueño y de la alucinación, a las que es posible considerar, ora como desorden que se organiza en función de múltiples *gradientes,* ora como la organización de un discurso que se desordena sin cesar y recomienza o diverge en cada ruptura. La invención permanente que caracteriza a los sueños se produce en el marco de este desorden organizador, de esta organización desordenada. En efecto, sueños y alucinaciones dan lugar de modo incesante a nuevas, extrañas y sorprendentes combinaciones, mezcla de coherencia e incoherencia, de la que equivocadamente, los analistas pretenden eliminar, tanto la incoherencia aleatoria, como la diversidad de líneas de fuerza que provocan la aparición de tales enjambres de imágenes. En este sentido, la creación en el seno del cerebro humano se hace permanente, el sueño es *poiesis,* poesía en el sentido originario y profundo del término, y, tal como dice poéticamente Roger Bastide, «puesto que se sigue soñando, aún no ha llegado a su consumación el proceso de creación» (R. Bastide, 1972, p. 47).

Pero la invención fantásmica y onírica no son más que eflorescencias fugitivas que de inmediato se reconvierten en residuos y «ruido», pues, tal como veremos en seguida, no pueden constituir por sí mismas la auténtica invención cerebral, aquella que, modificándolas, se integra en el marco del pensamiento organizado y el logos, y dependen de la intervención de las aptitudes heurísticas. No obstante, suministran a la creación lógica un flujo ya espasmódicamente creador.

El sueño es un gran misterio, pero un misterio de la complejidad. El sueño, que no es propio de todos los seres vivos, ha aparecido en el curso del proceso evolutivo una vez alcanzado un cierto nivel de complejidad y gracias al establecimiento de la homeotermia, que, liberando al organismo de las variaciones de temperatura del medio interno, ha traído consigo una serie de modificaciones en el sistema nervioso, centro del que han emergido los sueños, es decir, actividades cerebrales desvinculadas de las coerciones inmediatas del medio ambiente (Jouvet, en prensa). El sueño, del que puede detectarse y medirse su presencia a través del descanso, existe en los mamíferos, adquiere una mayor preponderancia en los primates, especialmente en el caso del hombre: 15 % del tiempo dedicado a descansar en el chimpancé y 24 % en el hombre (Gastaut y Bert, en prensa). Por otra parte, cabe añadir que en el hombre los sueños aparecen fuera del descanso nocturno bajo la forma de alucinaciones o «sueños de vigilia».

El sueño no es, pues, una actividad residual. Excita todas las neuronas cerebrales, incluso las de la motricidad, y la inmovilidad del individuo que está soñando puede ser mantenida gracias a la acción de un mecanismo inhibidor específico, el mismo que permite al individuo que está despierto mantener su alucinación mientras se dedica de forma automatizada a llevar a cabo las operaciones propias de la vida de vigilia. Tal como hemos visto anteriormente (cf. p. 130), los sueños de los gatos están extraordinariamente esterotipados. Jouvet ha emitido la hipótesis de que el juego desempeña una función de reprogramación genética que, en el seno del organismo desconectado de la experiencia fenoménica, reintegra a cada animal su personalidad específica. Así, por ejemplo, en sus sueños el gato doméstico deja de ser un mínino para convertirse de nuevo en un felino depredador. Puesto que el feto humano parece hallarse en estado de sueño paradójico mientras permanece en el vientre materno, Jouvet refuerza su hipótesis asignando al sueño una responsabilidad genética organizativa en la conformación del sitema nervioso. El hecho de que el recién nacido *sapiens* sueñe entre el 40 y el 70 % de su tiempo de descanso, frente al 4 a 5 % que se da para el chimpancé recién nacido, y que, por ejemplo, en los sueños del feto o del recién nacido ya se esboce la sonrisa, parecen confirmar la anterior hipótesis.

Indicación de incalculable valor es la que acabamos de exponer y nos confirma que el sueño, lejos de ser un epifenómeno, participa plenamente en el proceso de auto-organización. Nos gustaría saber cuál es la naturaleza de los sueños del feto o del recién nacido, es decir, si manifiestan el carácter estereotipado propio del sueño animal o si ya están marcados por el signo del desorden. Tal dilema nos enfrenta con el rasgo fundamental de *sapiens*: no sólo sueña durante una mayor cantidad de tiempo, sino que *en sus sueños irrumpe el desorden y los sueños entran en su vida.*

Si el sueño esterotipado del gato nos indica la presencia imperiosa del mensaje genético en la actividad onírica, el carácter desordenado del sueño humano nos muestra con claridad que, a este nivel, dicho mensaje «ha sido hecho añicos». Sin duda alguna el mensaje no desaparece, pero su permanencia es fragmentaria y fragmentada. Probablemente el mensaje onírico tiene un aspecto genético, en especial de «recordatorio» sexual, tesis que está en línea con la teoría de Freud, quien creyó haber desvelado la obsesión fundamental a cuyo alrededor se ordenaba el contenido de los sueños. Sin embargo, por nuestra parte nos inclinamos a creer que el juego aleatorio de imágenes y de fragmentos con sentido (semantemas) se encadena y toma forma, no en función de un solo gradiente obsesivo sino gracias a toda una serie de gradientes. No existe una única clave para descifrar los sueños, sino muchas, y la clave de todas las claves está, según nuestra opinión, en la intercomunicación general entre todo aquello que durante el estado de vigilia se halla más o menos compartimentado o separado en una prodigiosa mezcla de aspectos socioculturales, intelectuales, afectivos, genéticos, ambientales, de recuerdos ocultos, de anhelos insatisfechos, verdadero aquelarre de la hipercomplejidad neguentrópica.

En consecuencia, debe considerarse la proliferación onírico-alucinatoria, no como una vaga superestructura, sino como una infratextura neguentrópica, no como desechos o puros «ruidos» que sólo nos es dado oír cuando la máquina informacional duerme, sino como un aspecto capital del funcionamiento del cerebro de *sapiens* que conlleva un enorme despilfarro junto a un principio de creatividad.

Por lo demás, el surgimiento de una nueva idea siempre se ha visto vinculado, ya sea a una fulguración asociativa procedente de un acontecimiento fortuito o fortuitamente subrayado (la manzana de Newton) que toma la forma de una «inspiración» súbita, ya sea como el fruto de una alucinación o, incluso, de un sueño. El manantial de la creatividad durante la vigilia cabe buscarle en el seno de un juego aleatorio de infinitas y multifactorizadas combinaciones guiadas por gradientes obsesivos. En el marco de dicho juego la «capacidad» heurística cataliza y transmuta en mensajes, ideas o fórmulas aquello que hasta el momento no era más que un informe conjunto de ruidos malsonantes. Este es el auténtico significado del *brain storing*: despertar a la libre fantasía para atrapar la idea nueva. Así pues, lo que debemos hacer no es disociar la imagen onírica y la imaginación creativa, sino asociarlas, poner en estrecho contacto al hombre imaginario con el hombre que imagina (Laborit, 1970). La imaginación, «la loca de la casa», es a un mismo tiempo el hada de la casa en este juego ininterrumpido que nos lleva de la alucinación a la idea, de la afectividad a la praxis, de este juego que, por otro lado, ha sido el manantial del que han brotado innovaciones de todo orden para impulsar y enriquecer el proceso evolutivo de la humanidad.

La brecha y la apertura

Entre el cerebro humano y su medio ambiente existe un *information gap* que convertiría al hombre en el animal más desprotegido si éste no pudiera llenarlo, cuanto menos parcialmente, con la experiencia cultural y el aprendizaje personal *(learning)*. En efecto, no existe ni integración ni adecuación inmediata entre el cerebro y el medio ambiente, y la comunicación entre uno y otro es aleatoria, confusa, sometida permanentemente a la amenaza del error. *El cerebro no posee ningún mecanismo interno que le permita distinguir entre los* estímulos *externos y los* estímulos *internos*, es decir, entre el sueño y la vigilia, entre la alucinación y la percepción, entre lo imaginario y lo real, entre lo subjetivo y lo objetivo. No es posible eliminar en sí misma la ambigüedad que caracteriza a todos y cada uno de los mensajes que llegan al espíritu. Las ambigüedades sólo pueden ser resueltas por el pensamientos acudiendo a la colaboración conjunta del medio ambiente (la resistencia física del medio, la actividad motriz en el medio) y al control cortical (la memoria, la lógica). Una verificación de estas características no puede ser llevada a cabo inmediatamente, pues en los sueños no desaparece la resistencia del medio ni deja de hablarnos la memoria. Es imprescindible el paso de un determinado lapso de tiempo para poder verificar cualquier mensaje o, lo que es lo mismo, a fin de cuentas es siempre la *praxis* quien dará la respuesta y sus resultados entrarán a formar parte del caudal de saberes colectivos (la cultura). Sin embargo, ni siquiera la práctica y la cultura pueden disipar de forma absoluta la ilusión: una práctica milenaria de ritos y una transmisión milenaria de creencias no aporta certeza alguna sobre la existencia de los espíritus, el ilimitado poder de Dios o la eficacia operativa de la plegaria.

En cualquier caso, siempre queda una vasta zona de ambigüedad, una brecha insalvable entre el cerebro y el mundo fenoménico, una y otra colmadas por creencias, «dobles», espíritus, dioses, magias y sus herederas, las teorías racionalizadoras. Por otro lado, *sapiens* tiene como característica su capacidad para dudar de la existencia de espíritus y dioses, para separar las palabras de las cosas, para rechazar las teorías que se empeñan en mostrarnos el mundo como algo absoluta y radicalmente asimilable por nuestro entendimiento. Es decir, puede descubrir de hecho lo, en principio, indecidible y ambiguo para, finalmente, poner en entredicho la verdad establecida.

La ilusión, el desorden, el error y el «ruido» nunca dejarán de acompañar la actividad pensante de *sapiens,* este juego, esta artimaña, este esfuerzo que adquiere su pleno desarrollo en la zona de la ambigüedad y la brecha de la incertidumbre. La ideología y la mitología cicatrizan la brecha incesantemente, pero constantemente vuelve a resquebrajarse el conjunto por alguna de sus partes, abierto nuevamente por algún agente. Esta inconsistencia es la que a un mismo tiempo limita para siempre y abre indefinidamente la posibilidad de conocimiento. Actúa como límite porque ningún sistema de ideas o ninguna teoría podrá jamás alcanzar el estatuto de construcción completamente cerrada y acabada pues siempre encontraremos en ella alguna proposición inconsistente. Deja las puertas abiertas indefinidamente a la aventura espiritual porque el cerebro humano necesita del ecosistema, la cultura, la sociedad y la *praxis* para establecer sus verdades, hecho que le impulsa a buscar en y por la naturaleza, en y por la cultura, en y por la sociedad, en y por la práctica la solución a sus dudas. Sin embargo, en un nuevo sistema de ideas, encontrará en su seno la ambigüedad y la inconsistencia, con lo que se sentirá empujado a buscar y construir un metasistema. El espíritu humano, por no estar constitutivamente acabado, encerrará su conocimiento en un marco mitológico o ideológico (considerando como ideología toda teoría cerrada que encuentra justificación en sí misma) o, aun sabiéndose condenado a no alcanzar un conocimiento global y terminado en todos y cada uno de sus aspectos, se lanzará a la búsqueda errante en pos de la verdad.

El cerebro biúnico, triúnico y polifónico

El «logos» es el producto de una incierta dialéctica establecida entre el «ruido» y las aptitudes o capacidades. Dicha dialéctica deriva de la actividad de conjunto del sistema cerebral. Tampoco aquí, queremos ni podemos considerar el cerebro como un órgano; nuestro objetivo es intentar interpretarlo como un sistema. No queremos ni podemos examinar su funcionamiento, intentamos desentrañar los principios que rigen su hipercomplejidad. No podemos ni queremos llevar nuestras reflexiones al nivel de la investigación. Nuestro objetivo es intentar formular los problemas que las recientes investigaciones plantean a nuestra reflexión antropológica sobre la múltiple unidad de *sapiens-demens.*

El cerebro humano es biúnico por la dualidad de sus hemisferios que, simétricos entre los primates, se hallan diferenciados por ciertas localizaciones (por ejemplo, el centro de la expresión verbal se hallaría situado en el hemisferio izquierdo) en el caso de *sapiens*. Por el momento tan sólo podemos dejar correr nuestra imaginación en lo que hace referencia a dicha especialización, o mejor diríamos dialectización, cuyo exacto significado se nos escapa.

Por otro lado, la concepción triúnica del cerebro, propuesta por MacLean (1970) y reactivada por Laborit (1970), nos proporciona una base filogenética y organizativa adecuadas para entender los caracteres hipercomplejos que ya hemos apuntado anteriormente (poliintegración, policentrismo, débil jerarquización entre dos subconjuntos a la vez complementarios, en competencia y antagónicos).

Según MacLean, el tronco cerebral puede considerarse como la herencia recibida por los mamíferos del cerebro de los reptiles (paleocéfalo), el sistema límbico como la herencia del adelanto cerebral alcanzado por los primeros mamíferos (mesocéfalo) y el córtex asociativo (neocéfalo) como el desarrollo específico alcanzado por los mamíferos superiores y los primates, que se verá coronado por la enorme masa neocortical de *sapiens*. MacLean sugiere que el «paleocéfalo» sería la sede de la procreación, la depredación, el instinto de territorio y la gregariedad, el «mesocéfalo» la de los fenómenos afectivos y el «neocéfalo» la de las operaciones lógicas.

La concepción triúnica puede ser observada como un esquema carente de complejidad si consideramos que el cerebro humano se halla formado por tres estratos cerebrales superpuestos (postura que no adopta MacLean) en cada uno de los cuales se localizan fenómenos globales (tendencia que sigue dicho autor de vez en cuando). También nos cabe la posibilidad de considerar los subconjuntos indicados como herencias filogenéticas, atrofiadas o modificadas a causa de las sucesivas reorganizaciones efectuadas en el transcurso del proceso evolutivo, pero aún perfectamente delimitadas gracias a una serie de rasgos, entre los que se puede englobar, los de origen bioquímico. En este sentido, en el caso de que haya funciones localmente delimitadas en el ámbito de tal o tal otro subconjunto, no sabríamos cómo someterlas a un auténtico análisis fuera del marco proporcionado por las interacciones e interferencias del conjunto total. En pocas palabras, el misterio de la triunicidad debe buscarse en el «uno en tres» y no en el «tres en uno», ni en «tres cerebros», sino en tres subsistemas de una máquina policéntrica. En consecuencia, las interrelaciones débilmente jerarquizadas que se dan entre los tres subconjuntos nos permite situar la paradoja *sapiens-demens*, el juego permanente y combinatorio entre la operación lógica, la pulsión afectiva y los instintos vitales elementales, a caballo entre la regulación y el desajuste.

Del lado de *sapiens* encontramos el control y la regulación de la afectividad al nivel del córtex superior. Leroi-Gourhan, sin enmarcarse en modo alguno dentro del esquema concebido por MacLean, admira la sabiduría de la ordenación que ha insertado «el dispositivo de regulación prefontal... entre el córtex de la motricidad técnica y el del desencadenamiento afectivo» y considera «que no es posible imaginar al servicio de la inteligencia... un instrumental más adecuado para el desarrollo de las manifestaciones afectivas y motrices que el que posee el córtex prefrontal» (Leroi-Gourhan, 1964, p. 186). Del lado de *demens*, ignorado por Leroi-Gourhan, encontramos un conjunto triúnico débilmente jerarquizado cuyo dispositivo de regulación puede verse fácilmente desajustado bajo la presión afectiva y cuya motricidad técnica puede ser puesta al servicio de fuerzas delirantes. Puesto que existe una regresión del control genético programado y la vigilancia ejercida por el córtex superior es débil e inestable, queda abierta de par en par la puerta para la *ubris* afectiva, que puede servirse además de la maravillosa máquina lógica del cerebro para racionalizar, justificar y organizar sus maniobras y propósitos. El «poder» puede trasladarse incluso hasta la parte «heredada del reptil», hecho catastrófico en ciertos casos, como por ejemplo en los estados de pánico en los que la propia voluntad de supervivencia es la que precipita hacia la muerte o en aquellos casos en que ante un brusco cambio de circunstancias, aún a despecho de las enormes aptitudes adaptativas o heurísticas de las que goza el cerebro hipercomplejo, el gregarismo, el miedo o la locura, no sólo inhiben toda posible reacción resolutiva o de adaptación, sino que traen consigo regresiones, fracasos o desastres.

El principio y el horizonte de la locura

Podemos comprender ahora la demencia de *sapiens* si tomamos en consideración:

1.º la ambigüedad e indecisión fundamental que rigen la relación entre lo que pasa en su interior (subjetividad, imaginario) y lo que pasa en su exterior (objetividad, realidad),

2.º el retroceso y las interferencias sufridas por el programa genético a causa del aumento del «ruido» y de las capacidades,

3.º la débil estabilidad del sistema triúnico,

4.º la debilidad de aquello que ya es un epifenómeno sin haber llegado a convertirse en epicentro, la conciencia, es decir, este fenómeno en que el sujeto se objetiva como objeto, en que el objeto es percibido a través de sus adherencias subjetivas y donde el pensamiento se esfuerza por controlar la relación entre lo real y lo imaginario.

La principal fuente de la «locura» de *sapiens* se halla, evidentemente, en la confusión que le lleva a considerar lo imaginario como realidad, lo subjetivo como objetivo. Dicha confusión puede conducir a una racionalización delirante, en el sentido clínico del término, en la que se hallan estrechamente vinculados el exceso de lógica, que justifica, enmascara y organiza las pulsiones inconscientes y los intereses subjetivos, y el exceso de afectividad. Cuando la debilidad mental no proporciona el suficiente discernimiento, el origen de esta locura de *sapiens* se ubica en la orgía semántica que genera sentido allí donde sólo existe ambigüedad e incertidumbre.

Pero por encima de todo, la demencia de *sapiens* culmina y se desencadena cuando en y bajo el juego pulsional se produce la ausencia simultánea de los cuatro controles fundamentales; el control del medio ambiente (ecosistema), el control genético, el control cortical y el control sociocultural (que desempeña un rol capital en la inhibición de la *ubris* y la demencia de *sapiens*). Tal como hemos visto anteriormente, cada uno de dichos controles tiene su «brecha», su carencia, su indecisión y su ambigüedad propias. Puesto que las fuerzas pulsionales se hallan escasamente sometidas al control genético, programador o inhibidor, que, correlativamente, el control ejercido por el medio ambiente es tardío e inseguro, que el control regulador del córtex puede verse bloqueado a causa de un sometimiento a las fuerzas pulsionales y que el propio control sociocultural se halla a merced de las fuerzas de la locura en los casos de histeria colectiva, represiones masivas, sacrificios humanos, chivos emisarios, guerras, etc., *el delirio está, pues, en la conjunción entre la invasión de las fuerzas pulsionales incontroladas y su racio-*

nalización y aprovechamiento a través del aparato lógico-organizativo y/o del aparato social-organizativo.

En consecuencia, la satisfacción del odio, *ubris* agresiva no controlada genéticamente (a diferencia de lo que sucede con la agresividad animal), será racionalizada mediante la idea de «hacer justicia», castigar, eliminar a un malhechor, y adquirirá un carácter operativo, a través de las técnicas de ajusticiamiento y de tortura. Así, en pleno siglo XX, la ciencia y la lógica actúan al servicio de las fuerzas de la destrucción y como guías de la civilización a un mismo tiempo (Michel Serres, 1972).

En el hombre surgen sin cesar delirios que destruyen la hipercomplejidad de su cerebro y es esta horrible demencia la que llena de terror a Koestler (1968), quien ve en la inestabilidad triúnica una carencia constitucional y se aflige porque el poder jerárquico escapa al control de la razón neocortical. Pero este «defecto de fabricación» es la otra cara —demencial— de la virtud innata —genial— del trisistema que, precisamente por el hecho de no hallarse verdaderamente jerarquizado, puede actuar de forma auténticamente dialéctica, es decir, permitir que el logos se vea irrigado de forma constante por las fuerzas profundas de la afectividad, los sueños, las angustias, los deseos, etc., con lo que el cerebro de *sapiens* se convierte en un auténtico sistema hipercomplejo.

El talento de la especie

El talento de *sapiens* está en la intercomunicación entre lo imaginario y lo real, lo lógico y lo afectivo, lo especulativo y lo existencial, lo consciente y lo inconsciente, el sujeto y el objeto[3], de ahí todos los extravíos, confusiones, errores, vagabundeos y demencias, pero también, y en virtud de unos mismos principios y operando sobre los mismos elementos,

3. Recordemos que lo imaginario posee su propia realidad y que lo que nosotros denominamos realidad se halla siempre impregnado de afectividad y de imaginación, que el sujeto goza siempre de una existencia objetiva, pero que la objetividad sólo puede ser concebida por un sujeto. Todo ello para que no caiga en el olvido que no encontramos, de una parte, el reino de la objetividad y de lo real, que puede ser *aislado* por completo de la subjetividad y de lo imaginario, y de la otra

todos los conocimientos en profundidad (en los que se combinan la explicación lógica, la intuición y aquello a lo que Max Weber llamaba comprehensión), todas las sublimaciones e invenciones nacidas del deseo.

La demencia de *sapiens* es la insuficiencia y la ruptura de los controles, pero el talento de *sapiens* es también no hallarse totalmente prisionero de los mismos, ni del de lo «real» (el medio ambiente), ni del de la lógica (el neocórtex), ni del del código genético, ni del de la cultura o de la sociedad. El talento de *sapiens* reside en controlar todos y cada uno de los controles.

El talento de *sapiens* se halla en la brecha de lo incontrolable por la que merodea la locura, en la sima de la incertidumbre y de la indecisión donde se investiga, se descubre, se crea. Está en la conexión que se establece entre el desorden eloístico de las profundidades inconscientes y esta sorprendente y frágil aparición que es la conciencia.

La extrema conciencia de *sapiens* bordea, desafía, se aventura y se sumerge en el delirio y la locura. La demencia es el precio de la sapiencia. Es en este sentido en el que reproducimos las palabras de Lacan: «La esencia del hombre, no solamente no puede ser comprendida al margen de la locura, sino que dejaría de ser tal si no llevara en sí misma la locura como límite de su libertad» (Lacan, 1972).

La integración antropológica

El cerebro es un centro organizador del conocimiento, del comportamiento y de la acción. Es en tales dominios donde se manifiesta su aptitud para operar a partir del áleas —el suceso[4]— y para producirlo, es decir, para crear opciones y decisiones.

---

las ilusiones de lo imaginario y de la subjetividad. Existe oposición entre ambos términos pero, inevitablemente, se hallan abiertos uno para el otro de forma compleja, es decir, completamente, competitiva y antagónica a un mismo tiempo.

4. Sobre tal problema capital no queremos repetir en estas páginas el pensamiento expuesto en nuestros dos artículos sobre el Suceso, a los que remitimos al lector: "El retorno del Suceso" y "El Suceso-esfinge" en *Communications 18*, 1972.

Aún más, debemos considerar el cerebro, no sólo como el centro organizador del organismo individual propiamente dicho, sino como el centro federativo-integrador entre las diversas esferas cuya interrelación constituye el universo antropológico: la esfera ecosistémica, la genética, la cultural y social, y, qué duda cabe, la esfera fenotípica del organismo individual.

Ahora bien, las intensas intercomunicaciones y la débil jerarquización triúnicas nos indican que los órdenes psicológico sociocultural y biológico no pueden ser considerados como compartimentos estancos superpuestos jerárquicamente. Existen estrechas y asombrosas conexiones entre aquellos caracteres que pueden parecer más irreductibles y alejados entre sí, por ejemplo, entre lo que parece más estrictamente genético —la sexualidad— y las actividades superiores del espíritu, pasando, que duda cabe, por la afectividad (amor). La gran contribución de Freud, tan frecuentemente mal interpretado, tanto por los defensores como por los detractores del psicoanálisis, es haber descubierto el poder de la sexualidad para invadir por completo todas las actividades mentales, incluso los sueños y la creación intelectual, desviándolas, transformándolas, metamorfoseándolas para, a un mismo tiempo, desviarse, transformarse y metamorfosearse, es decir, sublimarse a sí misma. Pero, inversamente, es necesario constatar la contrainvasión del córtex superior sobre el sexo para someterlo a través de sus coacciones, sus excitaciones e inhibiciones.

¡Cómo es posible no percatarse de que lo más biológico —el sexo, la muerte— es a un mismo tiempo lo que está más impregnado de símbolos, de cultura! Nuestras más elementales actividades biológicas, comer, beber, defecar, se hallan estrechamente vinculadas a normas, prohibiciones, valores, símbolos, mitos y ritos, es decir, a lo más específicamente cultural que existe. *Podemos, pues, considerar que es el sistema único federativamente integrado del cerebro de* sapiens *el que permite la integración federativa de lo biológico, lo cultural y lo espiritual (elementos a la vez complementarios, en competencia y antagónicos, cuyo nivel de integración será muy diferente según los individuos, culturas y momentos)* en un sistema único bio-psico-sociocultural.

Asimismo, los principios de invención y evolución propios del cerebro de *sapiens* se exteriorizan y traducen, no sólo en la evolución de la personalidad o el pensamiento del individuo, sino también en la evolución técnico-cultural y la creciente complejificación de la organización social. Nos enfrentamos, pues, con otra característica básica del cerebro vinculada con la precedente: la proyección de su poder evolutivo sobre todas las esferas de la praxis antropo-social. En consecuencia, es inmediato constatar que la evolución social no se reduce a una secuencia de cambios suscitados por las perturbaciones exteriores, sino que también abarca la proyección de la evolutividad cerebral de *sapiens*. Cuando el proceso evolutivo se ha afincado en el campo de la historia, de ello hace tan sólo unos pocos miles de años, lo que se proyecta sobre el mundo es el desorden generador de entropía y, a un mismo tiempo, de complejidad. El «ruido» *(noise)* cerebral se ha proyectado en ruido y furia históricos *(sound and fury)*. Dicho ruido, que lleva consigo despilfarro, destrucción y creación, se halla conectado con los desarrollos de todo orden que adquieren un carácter histórico. A partir de tal estadio la evolución histórica ha tomado un rumbo errático e inconstante, a menudo regresivo y demencial. La historia no es otro cosa que el vínculo aleatorio, complementario, competitivo y antagonista que relaciona el desorden con el proceso de complejificación.

3. EL HOMBRE GENÉRICO

«Pero, ¿qué quimera es el hombre? ¡Qué novedad, qué monstruo, qué caos, qué sujeto de contradicciones, qué prodigio! Juez de todas las cosas, imbécil gusano de tierra; depositario de la verdad, cloaca de la incertidumbre y el error; gloria y hez del universo. ¿Quién desenmarañará este embrollo?»

PASCAL

Como hemos visto, la hipercomplejidad cerebral se halla estrechamente relacionada, no sólo con la irrupción del desorden y del error, sino también con la *ubris*, la inestabilidad pulsional, la hiperafectividad y, sin duda alguna, la aptitud para entusiasmarse y extasiarse (incluyendo el éxtasis producido por el orgasmo).

Pero nuestro análisis de la dialéctica *sapiens-demens* sería de todo punto insuficiente si dejáramos de lado la flor de la hipercomplejidad, es decir, la conciencia.

La conciencia

Aquello que ilumina permanece siempre en la penumbra. La conciencia es algo global y borroso y no puede ser aislada del conjunto de aptitudes y actividades superiores del espíritu de *sapiens*. En cierto modo es la resultante de sus interrelaciones, interacciones e interferencias. Nace de su confluencia y es la propia confluencia.

La conciencia levanta el vuelo a partir del punto en que confluyen mito y magia, en la brecha que se abre entre sujeto y objeto, en la franja de interferencia donde se recubren mutuamente lo imaginario y lo real. Las raíces de la conciencia son el reconocimiento de esta brecha y de esta franja. La conciencia nace a través de una doble dialectización del sujeto y del objeto, de la verdad y del error.

El fenómeno de conciencia es a un mismo tiempo extremadamente subjetivo, pues lleva muy arraigada la presencia afectiva del yo individual, y extremadamente objetivo, pues se esfuerza por considerar objetivamente, no sólo el medio ambiente exterior (el mundo), sino también el yo subjetivo. Dicho de otro modo, el yo se autoconsidera como sujeto y objeto de conocimiento e implica su propia existencia subjetiva en el análisis que lleva a cabo del medio ambiente objetivo.

Ante todo, este fenómeno presupone una aptitud para la reflexión, en el sentido de desdoblamiento, gracias a la cual el conocimiento se observa a sí mismo y llega a convertirse en un objeto más de conocimiento. Tal aptitud no ha podido aparecer antes de que las ideas y nociones fueran objetivadas mediante palabras y signos, es decir, antes de la constitución de sistemas cognoscitivos. Cuando un sistema cognoscitivo tropieza con problemas, dificultades o paradojas para él insuperables, el sujeto pensante siempre goza de la posibilidad eventual de tomar como objeto de examen, estudio o verificación el sistema que empleaba como marco de referencia o, en el caso de que fuera necesario, de elaborar un metasistema que le sirva de nuevo punto de mira. Este proceso puede desencadenarse en el momento mismo en que la mente del *sapiens* descubre las contradicciones, paradojas e incertidumbres fundamentales que alberga la dualidad sujeto-objeto y las interferencias creadoras de confusionismo que existen entre lo real y lo imaginario. Tal movimiento hacia un segundo, un tercero, un enésimo grado de conocimiento segrega y alimenta la conciencia, que alberga en su seno tanto al objeto del conocimiento como al propio conocimiento convertido en objeto. En el proceso que acabamos de indicar el yo, al ofrecerse como objeto de estudio y de análisis, se yergue sobre sí mismo y experimenta una sensación cada vez más acusada de estar actuando como sujeto. (Éste es precisamente el proceso antropológico que nos ofrece Montaigne a través de sus *Essais*). En tales condiciones, la conciencia se encuentra implicada en el juego cada vez más y más complejo de la verdad y el error.

Una vez más, volvemos a enfrentarnos con la ambigüedad de los signos percibidos por el cerebro de *sapiens* y los mensajes que se incuban en su interior. La ambigüedad puede provenir simplemente del carácter incompleto, polisémico o no descodificable que posea la información que le llega desde el medio ambiente o, de un modo más amplio, de toda incertidumbre surgida entre «ruido» e información. Pero también puede tener su origen, como hemos visto, en el hecho de que en el cerebro de *sapiens* no hay nada que nos permita distinguir directamente lo que es sueño o alucinación de lo que es auténtica percepción. Más profunda aún que las anteriores es la ambigüedad que nace, una vez se han constituido sistemas cognoscitivos, de la relación entre el *pattern* mental y la realidad exterior a la que lo aplicamos. El *pattern* se embebe de realidad y la realidad exterior se encuentra modelada por el *pattern*. Los problemas que piden una urgente toma de conciencia surgen precisamente cuando nos enfrentamos con datos, sucesos o ideas irreconociliables con el *pattern* (y del que se cree que es un fiel «reflejo» de la realidad. La conciencia no es sólo la investigación constructiva en busca de un grado superior de conocimiento, es el replanteamiento de lo verdadero y de lo falso.

Hay casos de ambigüedad que pueden ser resueltos con un débil grado de conciencia recurriendo al método experimental del ensayo y el error. Supongamos que el medio ambiente transmite un mensaje incompleto o polisémico, por ejemplo un crujido cercano en el follaje. Este signo ambiguo, que quizá anuncia peligro (un depredador), suerte (una presa) o simplemente «ruido» (una rama que ha caído), puede ser elucidado, ya sea aguzando la atención de los sentidos, ya sea reconociendo con detalle el territorio sospechoso. Hay otros casos de ambigüedad o incertidumbre que sólo pueden ser resueltos mediante un elevado grado de conocimiento. Por ejemplo, un eclipse de sol, ¿es un accidente en la bóveda celeste, una advertencia o un castigo? La incertidumbre sólo puede ser barrida mediante una explicación mitológica, a la espera de que los progresos en el conocimiento astronómico permitan resolverla.

Ahora bien, el grado de conciencia más elevado cabe situarlo en un nivel mucho más profundo de ambigüedad, es decir, en un nivel en que la relación entre verdad y error se haga sumamente compleja.

Tal como hemos visto, cuando un sistema evoluciona, lo que era «error» para la antigua organización se convierte en «verdad» para la nueva, o viceversa. La conciencia descubre la relatividad de la verdad y el error al considerar la diversidad e incompatibilidad de ideas o creencias a través del espacio y el tiempo, y es a partir de este punto cuando empieza a dudar de su propio sistema de pensamiento. Tal como ya indicaba admirablemente Hegel en su novela-folletín filosófico, la duda y el escepticismo son principios fundamentales de la conciencia y gozan de capital importancia en todo proceso de tránsito desde un sistema cognoscitivo a un metasistema. Una vez concebido el metasistema la conciencia pasará a considerar como error absoluto aquello que parecía constituir una evidencia factual en el sistema criticado (por ejemplo la rotación del sol alrededor de la tierra) y como verdad absoluta lo que cree que es el auténtico *hecho* (la rotación de la tierra alrededor del sol), uniendo la fuerza de la certeza objetiva a la de la toma de postura subjetiva para librar el «combate en defensa de la verdad». La conciencia se vuelve más y más crítica, más y más sensible a la relatividad de verdades y errores, pero también más radicalmente segura de las *verdades* que ha descubierto y sobre las que se apoya su progreso, cada vez menos capacitada para admitir como verdad aquello que anteriormente ha tachado de error.

Así pues, la conciencia no elimina el error, no «posee» la verdad, pero sitúa el problema de la verdad a un nivel mucho más complejo, profundo y crucial. Oscila entre dos polos, uno en el que tanto verdad como error se ven relativizados y del que surgen la duda y el nihilismo, mientras que en el otro el combate por la verdad se lleva al extremo absoluto y se rechaza el error hasta llegar a la intransigencia o incluso al sacrificio.

En resumen, no podemos reducir la conciencia a un sólo principio, a un único elemento, es necesario que haya actualización y conjunción de las más altas posibilidades del cerebro de *sapiens* para que pueda modelarse por y en esta actualización y esta conjunción.

Por otro lado, todo lo que caracteriza a la conciencia también puede revertir en la formación de una falsa conciencia. Un segundo nivel de conocimiento puede comportar un error más grave que el que ha eliminado, y el juego subjetivo-objetivo puede extraviarse en una falsa toma de conciencia; la iluminación proporcionada por la verdad, la denuncia del error mantenido y la convicción de haber alcanzado un estadio superior de conciencia tal vez no sean más que vanas ilusiones. En ningún momento puede la conciencia albergar la certeza de que ha superado la ambigüedad y la incertidumbre. Del mismo modo que no hay en el cerebro humano ningún dispositivo interno que permita distinguir entre la visión alucinadora y la percepción visual, tampoco la conciencia goza de dispositivo alguno que distinga entre la «verdadera» y la falsa conciencia. Así pues, también la conciencia se ve obligada a remitirse a la práctica, a la experiencia, a la naturaleza y a la sociedad para autoverificar todas y cada una de sus conclusiones.

Si consideramos, pues, que la conciencia es «flor» de la hipercomplejidad, no raíz de las actividades del espíritu, e incierta y frágil resultante que se desvanece desde el mismo momento en que se ve privada de uno de los diversos elementos constitutivos de la interferencia que la conforma, la conciencia no es más que un epifenómeno. En efecto, es un resplandor vacilante sometido sin cesar a los embates del flujo pasional, recubierto bien por el mito bien por la racionalización, y su existencia depende del pleno empleo y completo desarrollo de la hipercomplejidad.

Sin embargo, desde otro ángulo, la conciencia puede ser observada como algo mucho más profundo que un simple epifenómeno. Como toda emergencia, es decir, como toda unidad global que resulta de las interrelaciones entre sus partes constitutivas, se halla dotada de cualidades originales y de una relativa autonomía. Alimenta los elementos que a su vez la nutren e intervienen sobre las aptitudes y actividades que le dan vida para estimularlas, desarrollarlas y, de este modo, trabajar en favor de su autodesarrollo. En este sentido, se convierte en auto-organizadora y aspira a constituirse en epicentro del cerebro que, tal como se ha visto es ya el epicentro del universo antropológico. En efecto, la conciencia acrecienta sus aptitudes verificadoras al desarrollarse, adquiere un cierto poder de control y estimula las superaciones evolutivas, es decir, la elaboración de metasistemas y metaorganizaciones. Tales capacidades y poderes los extiende, no sólo al campo del conocimiento, sino también al de la decisión, la acción y el comportamiento.

Así pues, la conciencia puede desarrollarse, y a lo largo de este proceso tiende a constituir un nuevo centro de control con respecto a las actividades cerebrales. Pero no debemos olvidarnos de su fragilidad e inseguridad, que la llevan a oscilar de forma muy diversa, según los particulares momentos, condiciones e individuos, entre su carácter epifenoménico y su carácter epicéntrico.

La conciencia aparece en la prehistoria de *sapiens*, como nos lo testimonia aquello a lo que precisamente hemos querido denominar la conciencia de la muerte. Conciencia puesto que es a un mismo tiempo y correlativamente subjetiva y objetiva, pero que se ha visto dominada, rechazada y circunscrita por el mito y la magia de la supervivencia y/o la reencarnación. La conciencia conoce un nuevo nacimiento, un nuevo desarrollo en el marco de las civilizaciones urbanas evolucionadas, ya dentro de las sociedades históricas, pero se trata de un desarrollo sumamente inestable en sí mismo. La conciencia no es la luz que ilumna el espíritu y el mundo, pero sí es el destello, el relámpago, que lanza sus rayos sobre la brecha, la incertidumbre, el horizonte. No aporta ninguna solución permanente o *sui generis*, pero se nos muestra como indispensable para la verdadera expansión de la hipercomplejidad, es decir, de las posibilidades potenciales del *sapiens*. Así pues, los progresos de la conciencia se hallan vinculados al pleno empleo de la hipercomplejidad y, si bien dependen de la cada vez más alta complejidad social, a partir de un cierto umbral y cada vez más intensamente y con mayor frecuencia, los progresos de esta última pasarán a depender *también* del desarrollo de las conciencias individuales. Cuanto mayor sea la complejidad social, más necesaria se hará la conciencia. Es imposible imaginar hoy una nueva sociedad, una nueva evolución, una nueva revolución, sin que la conciencia lleve a cabo un progreso decisivo, es decir constituirse en nuevo epicentro de la aventura humana.

La ansiedad

Existe una ansiedad animal relacionada con el estado de alerta que se pone de manifiesto al menor signo de peligro. Parece ser que en el hombre el estado de alerta es menor que entre los primates (Gastaut) y que la ansiedad propiamente humana está menos conectada con un peligro inmediato que con el surgimiento de la conciencia.

La ansiedad, lo mismo que la conciencia, presupone un pensamiento que no se limite a ejercer sus funciones sobre el comportamiento y el medio ambiente inmediatos, sino que sea apto para observar de forma global, y a un mismo tiempo a través de sus coordenadas temporales, largas secuencias de fenómenos.

A partir de este estadio la distanciación espacial hará aparecer como «ajeno» al mundo circundante (de ahí, por contrapartida, la tendencia mitológica a reintegrar el hombre al seno del mundo). La distanciación temporal presentará al tiempo como un proceso irreversible y hará descubrir el carácter incierto que posee el porvenir. La angustiosa conciencia de esta doble distanciación coincide con la conciencia de la muerte, que la sobredetermina y profundiza. Existe conciencia de la muerte cuando hay conocimiento de la muerte como fenómeno objetivo previsible (aunque el momento de su llegada sea a un mismo tiempo imprevisible) y una toma de conciencia subjetiva de tal fenómeno. Dicha conciencia existe en todas las sociedades arcaicas conocidas, y creemos que emerge con Neanderthal. La precocidad con que el niño toma conciencia de la muerte y de la ansiedad antropológica nos confirma su carácter fundamental. En efecto, el *stress* y el sentimiento trágico de la muerte surgen aproximadamente entre los 6 y 8 años junto con la vinculación establecida entre là idea de la muerte y la pérdida de la individualidad (Anthony, 1940).

El mito, la magia, la religión, las relaciones afectivas, las adhesiones al cuerpo social colectivo y, qué duda cabe, todas las actividades de la vida cotidiana remedian esta doble brecha de la muerte y la incertidumbre. Pero la ansiedad humana, siempre contenida pero nunca aniquilada, se verá acrecentada por el desarrollo sociocultural de *sapiens* que, tal como veremos, conlleva necesariamente una serie de prohibiciones y represiones. El temor al castigo y la interiorización de la culpabilidad (tanto si existe transgresión efectiva como si sólo es imaginaria) se afianzarán desde los primeros tiempos de la infancia, y la aparición del padre como represor-protector sociofamiliar ejercerá su poderoso influjo sobre esta ansiedad interior (el psicoanálisis ha querido reducir la angustia a una sola fuente, y no precisamente la más importante).

Finalmente, la ansiedad se halla vinculada a la propia hipercomplejidad cerebral.[1] La permanente desorganización-reorganización, el siempre renovado juego de los antagonismos internos, los desórdenes y las crisis, la débil estabilidad de cada uno de estos últimos estados y la extrema sensibilidad frente a los *áleas* exteriores hacen que un sistema como

1. Por otra parte, parece ser que la ansiedad del *sapiens* está relacionada con un exceso de ácido láctico en el cerebro debido a una deficiencia genética propiamente humana. El darwinismo pensará de inmediato que la no-degradación del ácido láctico ha aportado como consecuencia una ventaja de orden selectivo para el *homo sapiens*. Por nuestra parte, nos hallamos mucho más interesados en subrayar hasta qué punto dicha carencia favorece la hipercomplejidad y a considerar como, lo que a un nivel menos complejo puede ser considerado un defecto, un exceso y un error, contribuye a acrecentar la alta complejidad de un sistema auto-organizador.

éste no pueda conocer estados óptimos sino de un modo frágil e incierto. (La «paz de espíritu» duradera sólo se encuentra por casualidad y, por consiguiente, tenderá a buscar el estado óptimo en la intensidad y el paroxismo fugitivo. Tales hechos nos indican que, hasta el momento presente, el desarrollo de la civilización no ha comportado más que un correlativo crecimiento de la ansiedad y de la persecución de la felicidad).

Producto de la hipercomplejidad, la ansiedad es también productora. Ella será quien estimule la curiosidad y la búsqueda, errante en todos los sentidos, de la verdad que pueda darle explicaciones, de la certeza que se le muestra esquiva, de la felicidad a la que tiene derecho. Dicha investigación tomará una amplitud insospechada y, a un mismo tiempo, alimentará las crisis y se verá sostenida por ellas, estimulará y dará sustento a los mitos, magias y religiones que contrapesan la gran separación existente entre la subjetividad y el mundo, la gran incertidumbre del tiempo, la gran angustia de la muerte. Encontrará su refugio en las dogmáticas racionalizaciones que someten el mundo al dominio del espíritu, pero no por esto la ansiedad dejará de carcomer las soluciones que le propugnan sus ansias, ni de trabajar subterráneamente para rebasarlas.

El animal en crisis

¿Qué es una crisis? Un acrecentamiento del desorden y de la incertidumbre en el seno de un sistema (individual o social). Dicho desorden está provocado por, o le provoca, el bloqueo de dispositivos organizadores, especialmente los de carácter regulador (*feedback* negativos), determinando, por una parte, rígidas coacciones, y por otra, el desbloqueo de virtualidades hasta entonces inhibidas. Estas últimas se desarrollan de forma desmesurada *(ubris)*, de tal modo que las diferencias se transforman en oposiciones y los complementos en antagonismos.

«Normalmente» la máquina hipercompleja funciona al borde de la crisis, ya que funciona con desorden y al límite del desorden, que sus dispositivos de control o sus capacidades pueden verse bloqueados por perturbaciones de origen externo o interno, que ofrece escasa resistencia a la *ubris* psicoafectiva y que, finalmente y por encima de todo se ve a menudo enfrentada a *double-binds* (Bateson, 1960), es decir, a órdenes terminantes contradictorias entre sí o a alternativas cuyos términos son idénticamente deseables o repulsivos.

La crisis puede resolverse por una vuelta *in statu quo ante,* pero lo característico del sistema hipercomplejo en crisis es lanzarse a la búsqueda de nuevas soluciones, que tanto pueden ser imaginarias o mitológicas como prácticas y creadoras. Así pues, potencialmente la crisis es generadora de ilusiones y/o actividades inventivas. De un modo más amplio, puede afirmarse que la crisis es manantial de progreso (nueva solución, más allá de las contradicciones o *double-binds* que acreciente la complejidad del sistema) o/y manantial de regresión (solución, más acá de las contradicciones, que lleve el sistema a un estado de menor complejidad).

Sapiens, «tejido de contradicciones», es un animal en crisis; es, a un mismo tiempo, el manantial de sus fracasos, sus éxitos, sus inventos y su neurosis fundamental.

La neurosis de la humanidad

La neurosis es una noción que se ha visto excesivamente circunscrita —exorcisada— al universo cerrado de la psiquiatría, mientras que su definición tiene pleno valor referida a la naturaleza humana en general. La neurosis no es sólo una consecuencia, sino también una respuesta a la incertidumbre, la angustia, la amenaza, o el conflicto, y tal respuesta de carácter mágico-ritual establece un compromiso entre el cerebro y la realidad exterior.

En este sentido, *homo sapiens* ha creado un nuevo ritual respecto al rito animal.

Tal como han mostrado Tinbergen y Lorenz, en la vida animal el rito es un comportamiento comunicativo, algunas veces de carácter mimético-simbólico, que transmite un mensaje con el fin de obtener una respuesta. En condiciones perturbadoras, especialmente en las de *double-bind* (por ejemplo, concomitancia entre una fuerte atracción y una fuerte repulsión), el animal reacciona poniendo a prueba o repitiendo determinados comportamientos «rituales», pero desfasados y sin respuesta.

El rito humano se desarrollará en estas dos direcciones. De una parte el ritual de la comunicación social, donde cada uno se verá obligado a representar su «rol» según su «status» en situaciones dadas, cada una de las cuales comportará sus propias normas y etiquetas (habrá, como entre los animales, ritos de cortejo, de subordinación, de acogida, de apaciguamiento, de amistad, etc.). Por otra, nos enfrentaremos con los ritos «patológicos» individuales que cada uno inventará, pondrá a prueba o reproducirá para sobreponerse, o para calmar sus propias crisis.

Pero la introducción del mito y la magia hará que se desarrolle un nuevo tipo de rito en una tercera dirección para responder a la incertidumbre, la angustia y la crisis del *homo sapiens.*

El rito es por su propia naturaleza una respuesta frente al desorden, al que exorcisa construyendo una rígida secuencia de operaciones verbales y gestuales que adquieren el minucioso aspecto de un programa. Pero por encima de ello, el rito se integra en el orden racionalizador del mito y va dirigido a poderes mitológicos (espíritus, dioses) con el fin de obtener una respuesta o provocar el acontecimiento que proporcionará protección, seguridad o solución. No cabe duda de que la respuesta siempre aparece. Como mínimo viene a través del sentimiento de seguridad o de protección que resultan de la práctica del rito, y en ciertos casos se manifiesta a través del comportamiento favorable del medio ambiente (lluvia, caza, cosecha, éxito, etc.) o de una solución psicosomática (curación de una enfermedad, expulsión de los malos espíritus).

La práctica mágica consiste en poner en resonancia el mito y el rito, del que no debe subestimarse la eficacia misteriosa. La magia arcaica puede ser considerada como el conjunto articulado de una visión mitológica del mundo y un sistema ritual que funciona frente a toda amenaza de entropía, tanto en el exterior como en el interior del espíritu humano, ya sea en el individuo o en la sociedad, y, especialmente, contra y sobre la entropía final y fatal de la muerte. La religión, fenómeno histórico surgido del desarrollo institucional y mitológico de la magia, debe ser considerada como una realización mitológico-ritual en torno a lós dioses, y nos es dado englobar la magia en la fórmula freudiana que caracteriza a la religión como «neurosis obsesiva de la humanidad» (Freud, 1932).

Uno de los rasgos más notables del compromiso neurótico mágico-religioso es que se establece, no sólo con la realidad exterior (el medio ambiente, el mundo), sino también con la realidad interior. No se trata de un simple compromiso entre el mito y lo real, es también un compromiso con la *realidad mitológica.*

En este punto nos vemos obligados a decir dos palabras sobre un fenómeno de capital importancia, a saber, la existencia *viva* de seres noológicos, ideas, símbolos, espíritus y dioses que gozan, no sólo de una realidad subjetiva, sino de una cierta autonomía objetiva. Productos del cerebro, se convierten en seres vivos de un nuevo tipo (P. Auger, 1966; J. Monod, 1971) y los cerebros, en tanto que sistemas débilmente controlados, se comportan como aprendices de brujo respecto a ellos o, mejor dicho, constituyen ecosistemas nutricios sin los que no podrían vivir. Como muy bien dice Pierre Auger, «las ideas se reproducen en el medio ambiente constituido por los cerebros humanos» (Auger, 1966, pp. 98-99). De entre los seres que viven en la brecha de ambigüedad que existe entre el sujeto y el objeto, los espíritus, los espectros, los genios y los dioses gozan de un grado de existencia superior, biomorfo, antropomorfo. Es evidente que existen los dioses, que hablan, actúan, ordenan y exigen, que se sobreponen a nosotros y que, en el trance de posesión, hablan a través de nuestras bocas. Sólo una vez que han muerto empezamos a dudar de que jamás hayan existido. (Por lo demás, no todos han muerto, y nuevos dioses ideológicos, exigentes, salvadores o destructores, han venido a ocupar un lugar entre nosotros).

Así pues, magia y religión constituyen formas de asegurar relaciones de intercambio, de compromiso, de seguridad y de ayuda mutua con las potencias y seres mitológicos que no existirían sin nosotros, pero que controlan nuestros actos. Dominado y explotado por sus dioses y sus genios, *sapiens* intenta a su vez aprisionarlos y utilizarlos en su propio beneficio. Les sirve, les alimenta, les ofrece sacrificios, les canta alabanzas y les dirige sus plegarias, para que, en contrapartida, le aseguren sustento, éxito, protección, victoria e inmortalidad.

El mito, el rito, la magia y la religión garantizan un compromiso, no sólo con el medio ambiente exterior, sino también con las potencias noológicas, un *compromiso interno, en el interior del espíritu humano,* con sus propios fantasmas, su propio desorden, su propia *ubris,* sus propias contradicciones, su propia naturaleza en crisis.

Con *homo sapiens,* la cultura engloba e institucionaliza mitología, magia, rito y religión. Paralelamente toma a su cargo el compromiso antropológico de la neurosis, liberando a los individuos (al menos en un principio o desde un punto de vista estadístico) de la errabunda y angustiosa búsqueda de un compromiso, y ofreciéndoles los *patterns* adaptativos de seguridad y purificación.

Homo sapiens ha pagado un precio fabuloso por el compromiso exterior e interior que le procura la magia, al que da nombre el rito más generalmente extendido, más arraigado y arcaico que existe, el *sacrificio.* El sacrificio constituye el más revelador de los universales neuróticos del comportamiento humano (Morin, 1971). Desde el mayor sacrificio al sacrificio cotidiano, a través de la inmolación del hijo querido, de la virgen inocente, del más bello animal, del desviado o del pecador, *sapiens,* no sólo ha querido atraer la fortuna sino que ha pretendido exorcisar el desorden y la incertidumbre, no sólo los externos, sino también las potencias prodigiosas del desorden e incertidumbre ontológicas que su cerebro ha hecho surgir en el mundo.

Magia, mito y rito son respuestas neuróticas básicas a las incertidumbres ansiosas, a los desórdenes críticos, a los desbordamientos y parasitismos noológicos que suscita la hipercomplejidad, y constituyen elementos primordiales de la arquecultura del *sapiens.* La formidable colonización de la vida humana llevada a cabo por el mito, la magia y la religión, testimonian la amplitud y profundidad de la crisis a la que se ve sometido el *homo sapiens,* así como la amplitud y la profundidad de una solución neurótica sin la que la humanidad no hubiera logrado sobrevivir. La formulación de T. S.

Eliot aún no ha perdido un ápice de su verdad: «*Human kind cannot bear very much reality*» (el género humano no puede soportar demasiada realidad).

En rodaje

Ciertamente *homo sapiens* es una quimera, un monstruo, un caos, un sujeto de contradicciones, un prodigio, juez de todas las cosas, imbécil gusano de tierra, depositario de la verdad, cloaca de la incertidumbre y el error, gloria y hez del universo... ¿Hemos conseguido desenmarañar este embrollo?[2] No, pero hemos sido capaces de reconocerlo, enfrentarnos a él y proponer su inteligibilidad a través de una observación de los principios organizativos, los problemas, las dificultades, los desajustes, las adaptaciones y los éxitos de la hipercompleja máquina que constituye el cerebro de *homo sapiens*. Todo aquello que se nos mostraba contradictorio, irreductible y diverso sigue siéndolo, pero a un mismo tiempo hemos encontrado su unidad. Del mismo modo que un caleidoscopio nos presenta imágenes que pueden variar infinitamente según el movimiento que le imprimamos, la máquina hipercompleja nos muestra, a tenor de sus diversas desorganizaciones-reorganizaciones, una multiplicidad de aspectos o «estados» heterogéneos.

Sin embargo, tales estados no comportan un pleno empleo de la hipercomplejidad. En un extremo encontramos los que son testimonio de su excelencia, y en el opuesto los que dan razón de sus fracasos.

El estado de mayor perfección es aquel en que el juego entre el orden y el desorden es organizador, flexible, inventivo y creador y en el que la interferencia de las cualidades cerebrales superiores constituye un epicentro consciente.

En el polo opuesto, el estado de demencia viene provocado por la irrupción de pulsaciones incontraladas genética, cortical y ambientalmente, que al desencadenarse se sirven del aparato operativo-racionalizador y, eventualmente, de los aparatos socioculturales. Las demencias constituyen profun-

2. Véase la cita de Pascal que encabeza el presente capítulo.

dos y graves fracasos de la hipercomplejidad, y es en este marco donde cabe situar el problema de las violencias destructivas y de las agresividades delirantes, antes que en el de la agresión animal, regida por rígidas normas de comportamiento (desencadenamiento unívoco, blanco determinado).

Entre estos estados límites, los estados «úbricos», «críticos», «neuróticos», ya sea desembocando sobre uno u otro, ya sea dando lugar a términos medios.

Como hemos visto hasta la saciedad, sería erróneo, no sólo delinear nítidas fronteras entre tales estados, sino oponerlos entre sí de forma absoluta. El estado de mayor perfección navega al borde de la crisis, de la *ubris*, de la neurosis. No es un estado optimizable, en el sentido de que pudiera ser «regulado» de forma más favorable para que el talento de *sapiens* se desplegara en y por eliminación de todo riesgo de crisis, de error, de desorden y de locura. En otros términos, la propia máquina hipercompleja no puede ser optimizada ya que lo «mejor» contiene como ingrediente aquello que en cualquier momento puede degradarla y corromperla.

¿Quiere ello decir que el hombre está condenado por siempre jamás a las marejadas de demencia y que, si bien éstas son un testimonio de un fallo local o temporal de la hipercomplejidad, se hallan ineluctablemente vinculadas a él? Aquí debe distinguirse entre, de una parte, la optimización, y, de otra, el perfeccionamiento y el desarrollo, como también habrá que distinguir entre demencia y locura. La no-optimización significa que no estamos en condiciones de proporcionar una regla ideal, una norma preconcebida, un esquema racionalizador, que asegure el pleno empleo permanente de la hipercomplejidad. Pero en modo alguno significa que se hayan agotado ya todas las posiciones ni que el desarrollo de las mismas no vaya a modificar y enriquecer la máquina hipercompleja, que a partir de este estadio podrá, no sólo reducir sus estados «neuróticos» y disminuir los riesgos de regresión, sino también quizá eliminar las demencias.

No debemos olvidar que la más complicada de las máquinas que existe sobre la tierra no tiene más que entre 50.000 y 100.000 años de edad. Por consiguiente se halla en sus comienzos, en sus primeros ensayos y errores, está en rodaje, sujeta a recalentamientos fatales y obligada a trabajar muy por debajo de su capacidad real. Aún no ha tenido la oportunidad de elaborar, tanto en la esfera sociocultural como en la individual, las formas superiores de organización que competen a sus auténticas posibilidades. La sociedad, tal como la conocemos nosotros, ¿es una realización culminada, o simplemente un bosquejo? La conciencia, apenas surgida, ¿debe seguir en su actual estado de atrofia por siempre jamás o, por el contrario, logrará desarrollarse como nuevo centro epigenético? ¿Acaso una nueva sociedad, una nueva conciencia, no podrían constituirse en los controles decisivos que encauzarán las marejadas destructoras? A partir de ahora deberemos distinguir entre la locura ontológica de *sapiens-demens* y las demencias, cuyo carácter hemos circunscrito con toda la exactitud posible. La locura, es decir, no sólo *ubris*, desorden y neurosis, sino también la parte irracionalizable de la existencia, se ubica necesariamente en las más profundas raíces y en el futuro horizonte de *sapiens*. Por su lado, las demencias quizá sólo se hallen vinculadas a los bárbaros inicios de la hipercomplejidad, en los cuales seguimos sumergidos aún en nuestros días.

Einstein decía que sólo un escaso porcentaje del espíritu humano había sido utilizado hasta hoy, que traduciéndolo a nuestro lenguaje sería equivalente a afirmar que la hipercomplejidad antropológica —individual, social, cultural— está aún muy lejos de haber alcanzado su pleno desarrollo. *La hipercomplejidad no puede ser optimizada, sino que está subdesarrollada y se la puede desarrollar.* La definición del hombre que proponemos es, evidentemente, una definición abierta.

La naturaleza humana

¿Qué es el hombre? Ser vivo, animal, vertebrado, mamífero, primate, homínido, y también algo más. Este algo, llamado *homo sapiens*, escapa, no sólo a una definición esquemática, sino también a una definición compleja. No basta con concebir que el ser humano se expresa a través y por su afectividad, hay que concebir así mismo que la locura es un problema central del hombre, y no solamente su exceso y su actividad residual. Es necesario que intentemos comprender

—y nos hallamos tan sólo en los primeros pasos— el inaudito rol, funcional y disfuncional, de la irracionalidad en el seno de la racionalidad (e inversamente). Es necesario que entendamos que, del mismo modo que el microfísico utiliza nociones lógicamente contradictorias y complementariamente necesarias para comprender la naturaleza de los fenómenos que observa, para comprender el hombre precisamos ineludiblemente ensamblar nociones contradictorias en nuestro entendimiento. De este modo orden y desorden son antagónicos y complementarios en la auto-organización y en el devenir antropológico. Verdad y error son antagónicos y complementarios en el vagabundeo humano.

Debemos ligar al hombre razonable *(sapiens)* con el hombre loco *(demens)*, el hombre productor, el hombre técnico, el hombre constructor, el hombre ansioso, el hombre egoísta, el hombre en éxtasis, el hombre que canta y baila, el hombre inestable, el hombre subjetivo, el hombre imaginario, el hombre mitológico, el hombre en crisis, el hombre neurótico, el hombre erótico, el hombre úbrico, el hombre destructor, el hombre consciente, el hombre inconsciente, el hombre mágico, el hombre racional, en un rostro de múltiples caras en el que el homínido se transforma definitivamente en hombre.

Todos estos rasgos se dispersan, se agrupan, se reagrupan, según los individuos, las sociedades y las situaciones, para acrecentar la increíble diversidad de la humanidad. Esta diversidad no puede ser comprendida partiendo de un principio simple de unidad; su base no puede estar en una vaga plasticidad modelada por los medios ambientes y las culturas. Sólo puede hallarse en la unidad de un sistema hipercomplejo. Dicha unidad es el conjunto de principios generadores —entre los que no hemos olvidado el principio biogenético primario— a partir de los cuales se efectúan todos los enmarañados desarrollos por los que pasa el *homo sapiens*. Es equivalente a lo que Marx englobaba bajo la noción de *hombre genérico* y que, para nosotros, se confunde con la noción de naturaleza humana.

CUARTA PARTE

LA ARQUESOCIEDAD

Hemos dado el nombre de paleosociedad a la sociedad formada antes de *sapiens*. Denominaremos arquesociedad a la característica de la prehistoria sapiencial. El término *arkhe* significa principio, fundamento, origen. El lector no ignora que para nosotros no es el *homo sapiens* quien ha fundado la sociedad, ni siquiera el homínido o el primate, sino que ésta se ha visto reestructurada en cada nuevo proceso de complejificación. En consecuencia, para nosotros la arquesociedad no es el fundamento último, pero sí es un nuevo fundamento, un nuevo surgimiento, un segundo nacimiento de la sociedad humana, si bien es el primer nacimiento de la sociedad sapiencial, o, lo que es lo mismo, el modelo fundamental de todas las sociedades sapienciales prehistóricas.

Algunas indicaciones suplementarias se hacen necesarias. Creemos que, de una parte, la paleosociedad, lejos de disolverse, se integra en el seno de la arquesociedad a modo de paleoestructura, mientras que por otra las líneas maestras de la arqueosociedad han sido elaboradas con anterioridad a *sapiens*. No sabríamos delimitar una brusca ruptura en el proceso que engloba a un mismo tiempo como formas interaccionantes la complejificación del cerebro y la complejificación social. Antes bien parece lógico pensar que el acrecentamiento de la complejidad cerebral que tiene lugar en el *homo sapiens* se traducirá en:

a) una complejificación microsocial (individuo, familia), macrosocial (apertura hacia el exterior a través de la exogamia, intercambios, alianzas) y del sistema de comunicaciones,

b) una nucleación cultural a partir del mito y la magia.

Para concebir la paleosociedad no nos limitábamos a reflexiones sobre los datos sumamente fragmentarios e imprecisos que nos proporcionaba la arqueología del homínido. Necesitábamos también, en base a los recientes descubrimientos efectuados sobre las sociedades de antropoides y la etnografía de las sociedades arcaicas actuales, postular la existencia de algo que hubiese evolucionado fuera y a través del campo delimitado por unas y otras. Para concebir la arquesociedad tomaremos como marco de referencia los rasgos comunes a las últimas sociedades arcaicas observadas en estos dos últimos siglos. La antropología social tradicional estudiaba tales sociedades como si fueran primitivas, a pesar de que paulatinamente se fuera dando cuenta de que nada teníān de primitivo, con lo que centraba su estudio en algo cuya significación le era cada vez más desconocida. Desde nuestro punto de vista la noción de primitivismo carece de todo sentido pues se diluye en la vasta cadena de la hominización, que a su vez se encadena a una evolución social de los primates. Así pues el primitivismo se pierde en la primaticidad. Por otro lado, lo que sí existe es un arcaísmo, es decir, una matriz que conforma todas las sociedades sapienciales prehistóricas, entendiendo por tales todas aquellas que se han multiplicado y perpetuado, con determinadas variaciones pero sin transformarse en lo fundamental, antes de saltar hechas añicos ante el empuje de las sociedades históricas.

La prodigiosa diáspora que ha permitido la extensión de *homo sapiens* sobre la totalidad del planeta en algunas decenas de miles de años es la de la arquesociedad, que se ha visto acompañada por una extraordinaria diversificación de razas, etnias, culturas, lenguas, mitos y dioses. Han aparecido sociedades duras y sociedades flexibles, sociedades doblegadas por el peso de la necesidad y otras que satisfacían sus necesidades sin dificultad, sociedades en las que dominaba la caza y otras basadas en la recolección de hierbas y frutos (algunas incluso preagrícolas o que han adoptado la agricultura tomando como modelo sociedades históricas próximas), sociedades agresivas y sociedades pasivas, sociedades caracterizadas por su rígida normativa y sociedades poco coercitivas, sociedades con una etiqueta minuciosa y sociedades de gran espontaneidad, sociedades con una muerte agobiante y sociedades con una muerte liviana, sociedades poseídas por los espíritus y sociedades que han jugado con ellos, sociedades más dedicadas a los dioses y sociedades primordialmente consagradas a los hombres, sociedades duramente opresivas con la mujer y sociedades en las que la mujer apenas es inferior, sociedades lujuriosas y sociedades castas, sociedades «dominadas por Apolo» y sociedades «dionisíacas».

A pesar de tan extrema diversidad, en todas ellas se mantiene un mismo molde organizativo, la estructura jerárquica paleosocial. Todas están basadas en un sistema en el que la cultura constituye el elemento generativo, todas emplean un lenguaje de doble articulación, todas conocen reglas de parentesco, matrimonio y exogamia, ritos, mitos, magia, ceremonias de la muerte y de la vida, creencias en otra vida, arte, danza, canto... Esta unidad fundamental es tan notable que nos inclina a pensar, con Hockett y Asher, que con anterioridad a la diáspora tuvo lugar una revolución humana (nosotros diríamos sapiencial) que otorgó a la arquesociedad una «prima selectiva», precisamente la que permitió la diáspora.

1. LA RAMIFICACIÓN Y LA APERTURA DE LA SOCIEDAD

La nucleación familiar

A diferencia de las aves y de otras muchas especies, en la sociedad primática la pareja no constituye la unidad fundamental. No encontramos aún familia en las sociedades de monos y antropoides, y allí donde aquella aparece lo que se halla ausente es la sociedad. Vemos, pues, que la familia no se articula con la sociedad y que ésta no es lo bastante compleja como para integrarla.

La hominización ha estrechado los lazos entre madre e hijos, entre mujer y hombre, y ha acercado el hombre al niño. Se constituye, pues, en la paleosociedad la constelación que posteriormente se transformará en núcleo familiar.

La intimidad entre hombre y mujer se ha visto favorecida por una serie de procesos de distintos orígenes que han interferido entre sí. El acrecentamietno de la individualización y el desarrollo de las relaciones afectivas interindividuales, así como el mantenimietno entre los adultos de la capacidad infantil para amar, han repercutido sobre las relaciones entre hombre y mujer, acentuadas y fortificadas por la incidencia de la erotización generalizada y de la sexualización permanente.

Sin duda alguna ha sido la verticalización del homínido la que ha hecho posible, desde el punto de vista anatómico la cópula frontal y, afirman Hockett y Asher con un rápido salto imaginativo, «su inmediata explotación» (Hockett y Asher, 1964). Con el amor frente a frente se han desarrollado en el curso de la evolución genética que lleva a *sapiens*, atractivos erógenos tales como los labios prominentes, los senos hinchados, el pene grueso y largo, sin que por ello se haya debido sacrificar la parte posterior del cuerpo pues las nalgas, macizas y carnosas, significan una intensa atracción tanto para la vista como para la mano. La erotización del rostro, aliándose con el acrecentamiento de su individualización, convertirán a la pareja en un ser atractivo y fascinante.

El orgasmo femenino, casi inexistente entre los antropoides, hace su aparición y transfigura el sentido de la relación sexual para la mujer. Entre todos los primates, son los humanos los que poseen el orgasmo más prolongado e intenso, espasmódico y oceánico que arranca gritos de éxtasis.

Sin duda alguna también es en el curso de la hominización cuando la actividad y la atracción sexuales dejan de hallarse limitadas a las épocas de celo para convertirse en permanentes. En lo sucesivo, el *carácter permanente* del eros, su *generalización* a todo el cuerpo y su *intensificación* extática en el espasmo afianzarán el cuerpo a cuerpo entre hombre y mujer.

El hombre y la mujer que se aman se hallan uno «en brazos» del otro y, como sugieren Hockett y Asher *(ibid.)*, la similitud entre el abrazo de un amante y el de un niño ha podido contribuir a extender las caricias maternales al juego amoroso.

Finalmente, hombre y mujer se hallarán frente a frente en la copulación, la conversación, la cohabitación y, por encima del centro de atracción/relación constituido por las partes sexuales, el rostro se erigirá en nueva zona de atración/relación, especialmente a través de esta fabulosa boca que es a un mismo tiempo el órgano de la palabra, del comer, del respirar, del besar. (Y llegará el momento en que los amantes implicarán simbólicamente en el boca a boca el beso original de la madre a su hijo, el comerse recíproco, el intercambio de alma —gracias a la arcaica identificación del alma con el aliento—, el contacto cuasi vaginal de los labios y la penetración peniforme de la lengua.)

Así pues, sexualidad, erotismo y ternura se coagularán y combinarán y su síntesis sublime será el amor. Un espeso trenzado de vínculos y atracciones se constituirá en la base psicoafectiva de la pareja mientras que, por otra parte, encontrará su base social en el matrimonio. A partir de este momento amor, pareja y matrimonio se convertirán en términos complementarios, pero también concurrentes y antagónicos y aparecerá una nueva complejidad a nivel interindividual, fuente de alegrías, tristezas, exaltaciones, dramas, dichas y desesperaciones.

La intimidad y la proximidad afectiva entre hombre y mujer contribuirán al acercamiento entre aquél y el niño. Mucho antes de que sea reconocida la paternidad genética aparece la paternidad psicológica, que emerge desde el mismo instante en que la autoridad protectora y posesiva de la clase masculina se individualiza y se convierte en allegada e íntima para el niño, es decir, cuando junto a la mujer hay un hombre próximo e íntimo.

La paternidad titubea entre el hermano de la madre[1] (tío que puede ser considerado como padre) y el compañero de la madre (padre que puede ser considerado como tío).

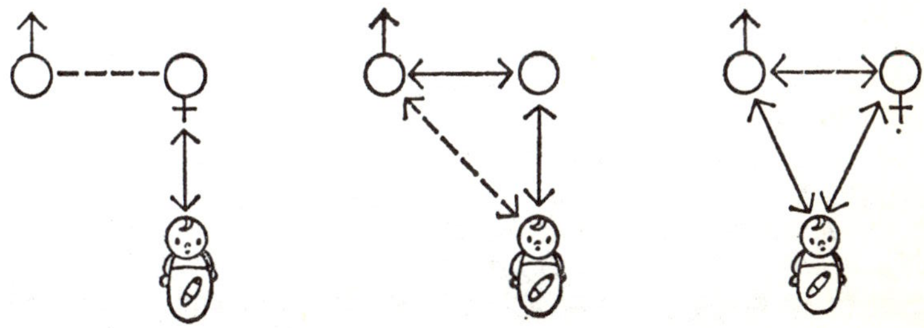

1. Pues paralelamente al estrechamiento de los vínculos amorosos ha existido el mantenimiento y fortalecimiento de los lazos entre hermanos y hermanas de tal modo que, a lo largo del período de hominización, el hermano se ha convertido en el protector "natural" de su hermana de forma cada vez más acusada.

Más pronto o más tarde, según creemos nosotros, después de *sapiens*, el hermano paternizado se convertirá en tío, mientras que el esposo-tío se convertirá en padre y desde el mismo momento en que sea reconocido como progenitor la paternidad quedará definitivamente entronizada.

De este modo se conforma el primer núcleo familiar. La paternidad amplía la relación nuclear madre-hijo al introducir al hombre en su marco, mientras que paralelamente, integra el principio de jerarquización masculina en el nuevo núcleo padre/madre/hijo [2]. Creemos pues que el gran fenómeno que prepara la hominización, convertida en una realidad por *sapiens*, no es el «asesinato del padre», sino su nacimiento.

Dicho acontecimiento fundacional tiene como mínimo un rasgo común con el fantástico «asesinato del padre» freudiano introduce la *ambigüedad* en el mundo del niño. El padre es a un mismo tiempo protector y usurpador (al tomar para sí una parte de la ternura maternal), sostén y enemigo (al reprimir con su autoridad los deseos infantiles). El sentido ambiguo de la figura del padre se esclarece repentinamente desde el punto de vista sociológico: *el padre aporta la complejidad, es decir la contradicción interna en la microestructura que se ha creado: la familia.*

Por último no basta con que se instituya la relación padre-madre-hijo para que la familia se constituya. Es necesario que, una vez convertido en adulto, el vástago siga siendo hijo o hija de sus padres y que éstos continúen actuando como tales hasta el momento de su muerte. Este es un aspecto de capital importancia sociológica en el proceso de juvenilización de la especie *sapiens*, que al mantener a lo largo de toda la vida las relaciones afectivas surgidas en la infancia permite a una estructura biológica, inicialmente ligada a la reproducción y posteriormente a la infancia, *convertirse a través de una metamorfosis en una microestructura social permanente que se autoperpetuará y autorreproducirá* [3].

2. Mi formulación difiere un poco de la de Moscovici, para quien "la solución ha consistido en transformar en jerárquicas las relaciones nucleares de la madre para con sus hijos y nucleares las relaciones jerárquicas del progenitor para con su prole" (Moscovici, 1972, p. 242).

3. En la arquesociedad la familia sólo acaba de dar sus primeros

La apertura sociológica

La familia es un subsistema abierto al sistema social. El padre-esposo pertenece a la clase de los hombres, la madre al grupo de las mujeres y el hijo, a partir de una cierta edad, al grupo de los jóvenes no iniciados. Por medio de esta apertura la familia podrá articularse en la sociedad a través de la organización de las relaciones de parentesco y de la reglamentación de la sexualidad que, con la institución de la exogamia, quedarán vinculadas a una nueva apertura de la propia sociedad sobre otras sociedades aliadas, con la subsiguiente elaboración de una metasistema macrosocial. Así pues, el surgimiento de una estructura familiar dotada de complejidad interna y articulada a la sociedad se inserta en una reorganización general que acrecienta de forma decisiva, y a todos los niveles, la complejidad social.

Es necesario ligar estrechamente dicho proceso de complejificación con el de extensión y profundizamiento del poder de la clase masculina.

En efecto, este poder de clase tiene la ventaja de someter a una regla objetiva todo cuanto pudiera convertirse en fuente de conflictos entre sus miembros y, por idénticas razones, aporta a la sociedad reglas generales de organización. Dicha reglamentación es muy probable que tuviera sus comienzos, tal como hemos visto anteriormente, con el reparto de los productos de la caza, extendiéndose a otros dominios distintos. No hay duda alguna de que el dominio más reacio a la reglamentación era el de la sexualidad, abierto a la concurrencia, es decir, a la libre elección, de los individuos dominantes. Sería difícil pronunciarse a favor o en contra de una progre-

---

pasos y su desarrollo proseguirá por diversos avatares a través de la dislocación de dicha sociedad y de la formación de las sociedades rurales, pastoriles, urbanas, mientras que en el momento actual asistimos a una nueva transformación. Su carácter de micromedio cultural infantil, hormigueante de contradicciones y de ambigüedades profundas entre la ternura y la sexualidad, familiaridades excesivas y privaciones, fantasmas y realidad, marcará de una forma cada vez más endeleble la personalidad, extremo que la teoría freudiana había percibido en toda su profundidad, pero ante el que se había limitado a reducirlo a una sola dimensión, la genital.

siva modelación de normas al respecto en el curso del período de hominización. En todo caso, lo que parece sumamente probable es que tanto el problema de la distribución de las mujeres como, y de un modo más amplio, el de la reglamentación de la sexualidad, se vieran activados, no sólo en la medida en que la clase masculina desarrollaba su poder organizativo, sino también por imperativos del carácter invasor y permanente que adquiría la sexualidad y del riesgo que presentaba la elección de compañero por parte de la mujer, protestando contra la dominación masculina original, como secuela inmediata del desarrollo del erotismo y del orgasmo femenino. Sea como fuere, lo cierto es que la reorganización tuvo efecto bajo y por la autoridad de la clase masculina, mientras que la noción de padre adquirirá en lo sucesivo plena legitimidad y dará carta de naturaleza a una autoridad paterna pretendidamente natural. Un mismo sistema articulado de reglas determina las normas del reparto de las mujeres, del matrimonio, del control de la sexualidad que, tal como veremos más adelante, serán extendidas a los ámbitos de la alianza y el intercambio. El matrimonio crea una barrera inhibidora a toda sexualidad desarrollada fuera del marco de la pareja; la prohibición del incesto la crea ante toda sexualidad intrafamiliar, convirtiéndose en uno de los pilares de la exogamia y adjudicando a las hijas el carácter de bienes de intercambio.

Así pues, al control biológico que regulaba los períodos de deseo y a la libre concurrencia biológica que entregaba las hembras a los jefes, les suceden la reglamentación sociológica que distingue entre deseos lícitos e ilícitos y que distribuye las hembras según principios independientes de los individuos. La clase masculina confirma su cohesión y dominio al reglamentar el terreno primordial en que se desarrollan las tensiones entre los primates, la zona de las relaciones sexuales.

Paralelamente, confirma y desarrolla su autoridad sobre los jóvenes, en la familia a través de la paternidad, en la sociedad por medio de la iniciación (cf. p. 196). La clase masculina culmina su promoción de clase dominante a *clase dirigente*, mejora su cohesión y desarrolla la complejidad social. La desigualdad entre los hombres se ve atenuada, se amplía la desigualdad global entre lo masculino y lo femenino, aunque compensada por la integración individual de los hombres en el seno de la familia y la dependencia afectiva de aquellos para con los «suyos».

Tal como ya hemos sugerido, la institucionalización de la familia y la reglamentación de la sexualidad suscitarán en cada individuo, niño o adulto, macho o hembra, un hormigueo de problemas subyacentes (demasiado olvidados por la antropología, pero desvelados con amplitud por el psicoanálisis) que, de un modo subterráneo, aumentara de forma extraordinaria la complejidad de la vida afectiva y las relaciones humanas. La reglamentación de la sexualidad favorecerá el trabajo subterráneo de un *eros*, en otra época sin fronteras ni frenos biológicos, instituirá una incierta lucha entre sentimientos familiares y setimientos libidinosos, establecerá una dualidad entre el matrimonio y el deseo, suscitará nuevas y múltiples contradicciones que, a su vez, al crear redes clandestinas de amores prohibidos y secretos laberintos de deseos ilícitos, acrecentarán la complejidad social y repercutirán sobre la hipercomplejidad cerebral. Muchas vidas se verán fulminadas, martirizadas o transfiguradas por intensos deseos, amores dementes, encuentros furtivos. A partir de este momento cada vida se hará doble, con su parte a la vista de todos y su parte sumergida; cada sociedad vivirá una doble vida, la oficial y la soterrada.

Así pues vemos cómo se opera en todos los frentes una revolución organizativa en la que el nuevo orden será el sustento de nuevas fuentes de desorden, que a su vez se convertirá en elemento constitutivo de aquel. La revolución que instituye la arquesociedad parece pues estrechamente vinculada a la cada vez mayor complejidad del cerebro de *sapiens*, es decir, al surgimiento de más amplias y complicadas aptitudes organizativas.

La complejificación multidimensional que impulsa la aparición de una nueva microestructura (familia, nuevas relaciones erótico-afectivas) es asimismo el motor del surgimiento de una macroestructura que hace saltar por los aires el cuadro cerrado de la paleosociedad, a la vez que da nuevos horizontes y enriquece la esfera demográfica de la organización social.

Las sociedades de homínidos no debían sobrepasar unas pocas decenas de individuos y no se hallaban orgánicamente vinculadas entre sí. A fin de que se institucionalicen relaciones orgánicas entre diversos grupos es necesario suponer que se trata de colonias surgidas de un mismo tronco, con un mismo lenguaje, un sistema cultural idéntico y cuyo parentesco se halle consolidado y sacralizado mitológicamente por referencia a un ancestro común. Cabe también imaginar que el desarrollo de la complejidad social en sociedades vecinas que practican la caza mayor conlleva delimitaciones de territorio, cooperaciones mutuas e intercambio de servicios, así como relaciones amistosas. La exogamia ha debido aparecer bajo tales condiciones de prealianza y de intercambios preeconómicos como un sistema de reglas que institucionalizan en intercambio de mujeres, y de alianzas permanentes entre grupos. De pronto la exogamia convierte en orgánica la vinculación entre grupos y se convierte en el modelo, en la armadura de un nuevo sistema conectador y articulador, a traves del cual se desarrollarán los intercambios de bienes, informaciones y acuerdos de todo tipo. La exogamía se nos muestra, pues, como la clave organizativa de la apertura sociológica y de los vínculos confederativos entre dos o más sociedades. La unidad social cerrada se transforma en un sistema social abierto. El metasistema que emerge a partir de los sistemas abiertos tiende a convertirse en «tribu», mientras que la sociedad cada vez más abierta tiende a convertirse en subsistema o «clan».

Lévi-Strauss es quien mejor ha delimitado y explicado el carácter de necesidades organizativas que connota a la exogamia y a la prohibición del incesto. Ha sabido ver con toda claridad el rol de integración y cohesión social que representan: «El único medio de mantener el grupo como grupo» (Lévi-Strauss, 1949, p. 349). (Quede claro que dicha cohesión sólo tiene sentido a partir de un cierto estadio de desarrollo de la complejidad). *Pero no debe olvidarse que también es necesario interpretarlas en el sentido de una apertura del sistema social hacia una metaorganización federativa*[4].

4. Inversamente, el contraefecto inhibidor de la organización abierta, la prohibición del incesto, constituirá la primera gran represión cultural con consecuencias existenciales, psicológicas y sociales profundas.

La modificación bioantroposocial

Por otro lado, la exogamia aporta una modificación de considerable alcance al devenir biológico de la humanidad. Las reglas del matrimonio, que en principio asignan a todo hombre el derecho de fecundar (mientras que entre los primates muchos machos carecían de él), favorecen una mezcla genética que acrecienta la variedad de los genotipos individuales. La exogamia transpone dicha mezcla a un nivel más amplio, el demográfico, determinando las diferencias cada vez mayores entre los individuos. Sin embargo, a un mismo tiempo frena la cladogénesis de grupo y, de hecho, *detiene, en beneficio de un proceso de diversificación étnica e individual, el proceso de evolución biológica que, hasta llegar a* sapiens, *había regido la aparición de nuevas especies*. En efecto, desaparecen las posibilidades para un macho alfa —mutante de tener descendencia procedente de un embarazo generalizado de las hembras del grupo, en especial de sus propias hijas, que permita la creación de un nuevo grupo biológico-social al cabo de dos generaciones. En otras palabras, la mutación biológica individual no dispone ya de un pequeño grupo cerrado donde fortalecer su diferenciación y del que puedan surgir nuevas mutaciones que acrecienten aún más la diferencia hasta que se convierte en especie[5]. La exogamia favorece aislamientos más amplios que los tolerados por las pequeñas paleosociedades. Sin duda alguna tales individuos aislados se diferenciarán genéticamente entre sí y la diáspora, al proyectar a *sapiens* en condiciones ecológicas, extremamente diversas, favorecerá la diferenciación de las razas, suponiendo que este término tenga algún sentido (Ruffié), y, posteriormente, el de las etnias, a lo largo de los milenios prehistóricos. Así pues, la exogamia ha favorecido la diferenciación étnica y el desarrollo de las singularidades individuales, a la vez que ha impedido que la especie humana

5. La evolución genética, que en principio se ve acelerada cuando una especie se divide en poblaciones semiaisladas que comparten esporádicamente su material genético, se ve frenada cuando se dan las condiciones inversas (S. Wright, 1967).

se desgajara en otras varias. La especie humana, a través y a despecho de las diferencias raciales y étnicas, ha mantenido su unidad durante el proceso de diáspora que le ha llevado a ocupar toda la superficie del planeta gracias a la arquesociedad.

Esta nueva dialéctica de la relación naturaleza/cultura trae consigo una auténtica reorganización de las relaciones entre las esferas biogenética, fenotípica (el individuo) y sociocultural. La sociedad interviene cada vez más en el proceso biológico de la reproducción, que ha dejado ya de efectuarse al azar o según las estrictas relaciones de dominación existentes entre los individuos, pero sufre nuevas tensiones e impulsos sociales que contribuirán al desarrollo de la individualidad. (En la actualidad, entre los grupos más arcaicos y aislados, se observan mayores diferencias de individuo a individuo que entre los distintos grupos, etnias o razas).

Al mismo tiempo que se opera una división zonal de la sociedad cada vez más ceñida a los dominios del sexo y la reproducción, éste, culturalizado, proporciona a la sociedad un lenguaje organizativo. El parentesco ya no es sólo la relación madre-hijo, o las relaciones esposa-esposo, padre-hijo, hermano-hermana, sino que se convierte en el código cultural organizativo que asegurará la vinculación/alianza entre individuo/pareja/familia/clan/tribu. Esta pseudopanbiologización de la sociedad a través del parentesco es, a un mismo tiempo, una panculturalización de la relación biorreproductora en la que la sociedad utiliza un modelo biológico de organización transformándolo y transfiriéndolo. En efecto, la nueva organización social se fundará a partir de este momento en el *nombre* (paterno, del que más tarde derivará el personal) y el *no* (la prohibición del incesto). La sociedad será concebida como un grupo fraterno, surgido de una sustancia materna a la que se debe amor, y guiada por una justa autoridad paterna. La familia se convierte en el mito de la sociedad, y la relación del individuo para con la sociedad adquiere un carácter infantil. El mito biofamiliar introduce un profundo sentimiento de comunidad en el interior del clan, de parentesco en relación a otros clanes con los que se está vinculado a través de un ancestro común. Una vez se haya sobrepasado la etapa de la arquesociedad este mito podrá ser extendido a la tribu, la etnia, la nación o Madre-Patria, a la que sus «hijos» deben amor y obediencia...

En consecuencia, la «Sagrada Familia» se convierte en la base comunitaria mítica de la sociedad real, *al tiempo que el parentesco lleva a cabo la concatenación biosociocultural entre micro y macroestructuras sociales,* es decir, unifica, ensamblándolos entre sí, los elementos de una organización convertida en algo cada vez más complejo.

La arquesociedad es evidentemente mucho más compleja que la sociedad de los homínidos. El crecimiento de complejidad no se da tan sólo en la organización social propiamente dicha, que se ramifica, complica y articula micro y macroestructuralmente, a la vez que alimenta una vida subterránea y clandestina, sino que también se nos muestra en una nueva relación mucho más compleja entre las esferas biológica, sociológica e individual, nueva relación que no se limita a reorganizar en profundidad la sociedad humana, sino que repercute en el devenir de la especie toda.

2. LA CULTURA

En el marco de la arquesociedad el rol generador de la cultura se verá acrecentado por el desarrollo de las reglas organizativas, la multiplicación y complejificación de los conocimientos técnicos y la complejificación del lenguaje.

En lo concerniente al lenguaje todo nos lleva a creer que éste, en tanto que sistema de doble articulación, ya es patrimonio de los antecesores de *sapiens*, pero es con su aparición con lo que probablemente se lleva a cabo un salto cualitativo y cuantitativo decisivo bajo la presión que comporta la intensificación de microcomunicaciones (relaciones interindividuales y familiares) y de macrocomunicaciones (en la sociedad y en las relaciones entre sociedades). De hecho las lenguas de las sociedades menos evolucionadas que conocemos poseen una complejidad estructural equivalente a la de nuestras lenguas modernas. Pero el carácter peculiar de la arquecultura es mucho más que el desarrollo de una cultura que ya había emergido en el período homínida. Se trata de una nucleación noológica nueva, estrechamente vinculada a la aparición del mito y de la magia entre *sapiens*.

La integración sociocultural

Todo parece comportarse como si una prodigiosa proliferación de mitos, ritos y magia parasitara cual yedra el ya sumamente complejo edificio social, pero también actúa como si constituyera el cemento integrador que se filtrara a través de todas sus hendiduras. El cerebro de *sapiens* parece comportarse como si frente a cualquier cosa o situación segregara ya una explicación, una legitimación, en la que se mezclan inextricablemente una lógica ordenadora, una sutilidad interpretativa inaudita, profundas intuiciones y arbitrarios fantasmas. Parece asimismo como si el mito y la magia instituyeran este compromiso «neurótico», es decir, adaptativo, entre, por un lado, la curiosidad/ansiedad de *sapiens,* sus contradicciones internas, y, por otro, las realidades exteriores del mundo y las realidades organizativas de la sociedad.

En efecto, la mitología arcaica integra noológicamente en el mundo tanto a la sociedad como al hombre. Establece correspondencias analógicas entre el universo ecosistémico y el universo antropológico, el cual, aunque sea de un modo fragmentario e incompleto, aparece como un microsistema integrado en el macrocosmos (Morin, 1971). La organización del espacio-tiempo social se moldea en base al espacio-tiempo cósmico. La sociedad debe ocuparse del orden del mundo lo mismo que el orden del mundo debe ocuparse de la vida social. Los ritos constituyen las técnicas de armonización. Así pues, el ciclo práctico de actividades se integra en un ciclo cosmomitológico. Las ceremonias y las fiestas marcan el compás del proceso y conllevan, a un mismo tiempo, la gran comunicación con el todo y la gran comunión entre todos. Además, la fiesta libera las pulsiones inhibidas, expulsa catárticamente a las fuerzas del desorden e incluso deja que de un modo temporal sometan bajo su dominio al orden social, con lo cual este último se ve fortalecido. La complejidad social, a través de un relajamiento controlado del control, se sirve periódica y rítmicamente de las tendencias a la desorganización para transmutarlas en fuerzas regeneradoras.

Por lo demás, es en base a ello que la recreación social es vivida mitológicamente como una re-creación del mundo. La fiesta, lejos de apartar provisionalmente a *sapiens* de su propio camino, revela, traduce y alimenta su naturaleza úbrica y extática.

Paralelamente, mito, rito y magia rematan la integración interna de la sociedad al envolver, preceder y acompañar a las actividades prácticas, las operaciones de funcionamiento, orientación y represión, así como al ciclo vital del individuo desde su nacimiento hasta su muerte. Lejos de eliminar las maneras técnicas ni de hacerse eliminar por ellas, las maneras mágicas las completan y salvaguardan.

Magia, mito y rito sacralizan las reglas de organización de la sociedad y precisamente por ello refuerzan la dominación de la clase masculina al proveerla de una justifciación transcendente. Por lo demás, es la clase masculina quien ocupa los lugares clave en la estructura mágico-religiosa, monopolizando el comercio con los espíritus que asustan a mujeres y niños. Las mujeres no se hallan absolutamente desarmadas desde el punto de vista mágico, pues el poder masculino debe respetar y honrar al principio femenino de fecundidad, tanto dentro del orden cósmico como en el socioantropológico, reservándose para sí el control de los espíritus de la organización, la depredación y la guerra. Sin embargo, en lo concerniente a los jóvenes, el control mágico es mucho más absoluto y adquiere su manifestación externa en el rito de iniciación, a través de la cual la clase masculina adulta divide en dos partes sociológicas el *continuum* biológico de la adolescencia, con lo que provoca una escisión que imposibilita la constitución de una clase juvenil y ejerce un absoluto control sobre el derecho de admisión en el universo de los adultos. Esta operación se lleva a cabo por medio de una serie de pruebas y torturas que culminan en una ceremonia de muerte-renacimiento en la que el muchacho se convierte en hombre y adquiere un nuevo nombre y una nueva personalidad. Así pues, el poder de clase se consolida y enmascara en una grandiosa operación mítico-cosmólgica en la que intervienen los espíritus y los dioses.

En este caso, como en los restantes, magia, mito y rito se hallan dotados de una tal credibilidad, de una tal fuerza de convicción en sus exhortaciones y prohibiciones, se hallan tan profundamente interiorizados, que convierten en accesorios, y muchas veces incluso en inútiles, la represión o la punición, y el sistema no echa mano de coerción física alguna.

La identidad sociocultural

La identidad individual y colectiva se afirma, no a través de la pertenencia a determinado grupo como sucedía entre los primates, sino por y en el conjunto de hilos noológicos que atan al individuo con su parentela real y mítica y que proporcionan a la cultura su identidad singular. El nombre vincula la identidad individual a una filiación sociocultural al establecer, a un mismo tiempo, la diferencia y la pertenencia, pues se es «hijo», no sólo de los propios progenitores, sino vástago del antepasado, hijo de la sociedad. El mito da sostén al recuerdo, al culto, a la presencia del antepasado, es decir, actúa como soporte de la identidad colectivo-individual. Este tema del antepasado, de los orígenes, de la genealogía, es renovado de forma obsesiva a través de símbolos, tatuajes, emblemas, ornamentos, ritos, ceremonias y fiestas.

Por otro lado, la identidad social se verá acrecentada y reforzada por la confrontación con otras sociedades que, si bien gozan de una organización de base similar, se diferencian por el lenguaje, los mitos genealógico y cósmico, los espíritus, los dioses, los símbolos, los emblemas, los ornamentos, los ritos y la magia, es decir, por los caracteres noológicos. Es así como la esfera noológica de la cultura define la identidad de cada individuo y la de cada sociedad, no sólo en función de su propio rostro, sino por oposición con el de toda cultura foránea.

El código cultural

La cultura lleva en su seno un doble capital. De una parte un capital técnico cognoscitivo —compuesto por los saberes y las formas de utilizarlos— que puede ser transmitido, en principio, a toda la sociedad. De otra, un capital específico que constituye los rasgos de su identidad original y sustenta una comunidad determinada por referencia a *sus* antepasados, *sus* muertos, *sus* tradiciones.

El conjunto constituye el sistema generativo de una sociedad sapiencial que, a través de reglas, normas, prohibiciones, cuasi-programas y estrategias, controla la existencia fenoménica de la sociedad con el fin de asegurar el mantenimiento de la complejidad social. Dicho sistema se autoperpetúa en el curso de la sucesión de generaciones al reproducirse en todos y cada uno de los individuos.

Desde el mismo momento de su nacimiento todo individuo recibe la *herencia cultural* que asegura su formación, orientación y desarrollo como ente social. La herencia cultural no se limita a superponerse a la *herencia genética*, sino que se combina con ésta y determina los estímulos e inhibiciones que contribuyen a todas y cada una de las ontogénesis individuales, y modela la expresión genética en el fenotipo humano. Cada cultura, gracias a sus *imprintings* precoces, sus tabús, sus imperativos, su sistema educativo, su régimen alimenticio, los conocimientos que requiere para sus prácticas, sus modelos de comportamiento en el ecosistema, en la sociedad, entre individuos, etc., rechaza, inhibe, favorece o sobredetermina la actualización de tal o cual aptitud o rasgo psicoafectivo, proyecta presiones multiformes sobre el conjunto del funcionamiento cerebral, ejerce incluso efectos endocrinos propios y, de este modo, interviene como coorganizadora y controladora del conjunto de la personalidad.

En este sentido, la teoría culturalista de los «modelos de cultura» como determinantes de una «personalidad de base» tiene su parte de verdad, siempre a condición de que sea adecuadamente restringida, relativizada e insertada en un marco de análisis dialéctico.

En efecto, la herencia cultural ofrece el modelo de una personalidad «ideal» y favorece estadísticamente la aparición de rasgos en consonancia con ella. Sin embargo, la herencia genética se resiste a cualquier maniobra reduccionista, de tal forma que las combinaciones resultantes de la interacción entre herencia cultural y herencia genética alcanzan una enorme diversidad. Como resultado del proceso siempre aparecerá una minoría de desviados, que en el caso de ser tolerados y respetados contribuirán a aumentar la complejidad social, pero que no tendrán acción alguna sobre ella cuando se les reprima o elimine.

De hecho, la combinación entre herencia genética y herencia cultural tiene lugar de forma simultáneamente complementaria, competitiva y antagónica, y es por ello por lo que tiende a crear una nueva complejidad individual introduciendo en cada individuo una dualidad más o menos bien integrada entre su personalidad social —su «personaje»— y su persona subjetiva. Pero, a un mismo tiempo, el «modelo» cultural, el tipo ideal de personalidad, tiende a reducir la variedad individual y, por encima de todo, los efectos sociales de dicha variedad; en este sentido, inhibe las posibilidades de complejificación.

En todos estos casos, la interacción entre herencia genética y herencia cultural hace más compleja y ahonda aún más la integración bio-psicosocial impulsada por la arquesociedad. Toda personalidad es el producto de la interferencia de dos principios generativos, el biológico y el cultural (sin olvidar la interferencia complementaria, competitiva y antagónica entre los sucesos singulares de la propia historia de cada individuo), siendo este un fenómeno antropológico clave que no aprecian en su justo valor los cultivadores de las disciplinas situadas a ambos lados de la barrera. La antropología cultural siempre se ha limitado a observar al hombre concreto como un ente modelado plásticamente por la cultura, enfoque que le ha llevado finalmente al *cul-de-sac* de una personalidad fundamental despojada de toda base genética. Por su parte la biología ha ignorado durante largo tiempo el rol desempeñado por la cultura como elemento activo que actúa sobre el *stock* hereditario, determinando una serie de presiones selectivas sobre el genotipo y el fenotipo.

De hecho, el sistema cultural no suplanta al sistema genético, sino que es la herencia cultural quien, asegurando la integración del individuo en una sociedad particular, complementa la herencia genética y asegura la perpetuación de la sociedad.

El sistema cultural, en tanto que sistema generativo, asegura la autoperpetuación de la complejidad de una sociedad, es decir, su autoproducción y autorreorganización permanentes. Dicha autoproducción permanente es un importante factor en la determinación de la *reproducción* más o menos parcial del sistema cultural en cada individuo. Sin embargo, a pesar de que se haya percatado perfectamente de cual es el nudo del problema, ciertos autores cometen el error de denominar reproducción social, ya sea a aquello que es autoproducción (autorreorganización) social, ya sea a lo que no es más que reproducción cultural en los individuos. Por el contrario, puede hablarse de reproducción social siempre que una colonia se desgaja de la sociedad madre para constituirse autónomamente según el mismo sistema cultural. Este último proceso de reproducción social es el que ha permitido la multiplicación de la arquesociedad a partir de un tronco común, es decir, la diáspora de la humanidad (volveremos sobre este problema en breve).

En tanto que sistema generativo, es necesario considerar que la cultura constituye un cuasi-código cultural, es decir, una especie de equivalente sociológico de lo que es el código genético para los seres vivos. El «código cultural» vela por la integridad y la identidad del sistema social y asegura su autoperpetuación o reproducción invariable protegiéndolo de la incertidumbre, lo aleatorio, la confusión y el desorden.

Sin embargo, aún siendo el encargado de mantener la invariabilidad, en el momento de la autorreproducción el código genético puede verse modificado bajo los efectos de una perturbación aleatoria. El código cultural puede modificarse, no sólo durante el proceso de autorreproducción social (formación de nuevas colonias), sino también durante el proceso permanente de autoproducción bajo el efecto de sucesos ciertamente aleatorios, pero directamente surgidos de la experiencia fenoménica de la sociedad. Tales sucesos pueden tener su origen en modificaciones del ecosistema natural que repercuten sobre la práctica social, suscitan nuevas costumbres, nuevas reglas, y, muy probablemente, nuevas técnicas y nuevos mitos. También pueden tener su origen en contactos con sociedades vecinas, a través de los cuales una cultura puede integrar técnicas, productos de uso o de consumo, ideas, etc., procedentes de una cultura foránea. Por último, pueden surgir de la vida misma de la sociedad, donde una desviación individual introduce nuevos patrones de conducta que llegan a extenderse hasta convertirse en costumbre o una nueva invención acaba siendo integrada en su capital cultural.

Con tales premisas es pues fácil comprender, tanto el mantenimiento de la unidad organizativa fundamental *de la* arquesociedad, como la extraordinaria diversificación *de las* arquesociedades. La multiplicación diaspórica sobre la superficie del globo terráqueo que ha llevado al hombre a ocupar los más diversos nichos ecológicos, las deformaciones y transformaciones en la transmisión de los innumerables mensajes culturales que aportan los «ruidos», y las diferentes innovaciones técnicas y noológicas, han hecho derivar unas culturas de otras y han permitido su diferenciación mutua. Los lenguajes de los diferentes grupos se han hecho cada vez más ininteligibles unos para con otros, los mitos, creencias y símbolos han seguido los más complejos e intrincados caminos, las reglas de organización se han diversificado, relajándose aquí y aumentando su rigidez allá, los modelos de personalidad han tomado vías divergentes, de tal forma que parece que las sociedades han llegado hasta tal punto de heterogeneidad que muy a menudo el hombre de una cultura se siente miembro de una especie diferente a su congénere de otra distinta a la suya, convertido, sea en un dios que se venera, sea en una bestia que debe abatirse.

A pesar de todo, las arquesociedades han conservado la misma organización de base, por diferentes que hayan sido sus procesos de desarrollo o el nivel alcanzado como consecuencia de los mismos.

Este tipo de sociedad ha mostrado una extraordinaria estabilidad en todo el planeta durante decenas de miles de años y, tal como veremos más adelante, las sociedades históricas han hecho su aparición sólo bajo condiciones ecológicas y demográficas excepcionales.

El factor básico para el mantenimiento de su estabilidad ha sido la nucleación noológico-cultural que ha impregnado sus bases organizativas del carácter *sagrado*, invistiéndolas con la infalible Autoridad de la Tradición y la Revelación, con lo que todo intento de perturbarlas se convierte en una transgresión fatal. En un sentido esta sacralización de la cultura puede decirse que ha actuado en casi todas partes como inhibidora de cualquier gran cambio técnico, ideológico o sociológico que obligara a una reorganización total de la arquesociedad. En otro, el mito, el rito y la magia han asegurado un notable compromiso, asimismo dotado de extrema estabilidad, no sólo entre la incierta realidad del mundo exterior y la vida y la muerte, sino entre la hipercomplejidad cerebral y la complejidad sociocultural. (Se puede pensar que la arquesociedad ha inhibido y controlado las demencias destructoras que hayan podido desencadenarse como consecuencia.)

Sin embargo, el conjunto del sistema social poseía virtudes tales que constituían un verdadero éxito selectivo. Junto a la rigidez sacralizada del aparato cultural aparece una gran flexibilidad adaptativa a las más diversas condiciones ecológicas. Geográficamente móvil, demográficamente restringida, la arquesociedad ha conformado una organización apta para todo terreno que le ha permitido introducirse tanto en los fríos polares como en el bosque tropical, en el desierto o en las zonas pantanosas. La arquesociedad nacida de la caza, al promover el desarrollo de un tipo de individuo extremadamente sensible a los diferentes mensajes del ecosistema, gracias a la agudeza de todos sus sentidos, y con aptitudes manuales auténticamente politécnicas, acompañadas del caudal de conocimientos capaz de hacerle modificar su utillaje en función de las diversas condiciones ambientes, estaba preparada, no sólo para variar su tipo de caza, sino para prescindir de ella y vivir de la recoleción y la pesca.

Admirablemente articulada en su relación interna entre micro y macroestructura, quizás ha constituido la organización más compleja posible para un grupo de población de dimensiones restringidas, y esta complejidad ha permitido el pleno empleo de los dones polivalentes de cada individuo en su práctica fenoménica.

Si bien dominada jerárquicamente por una clase masculina, pero de tal forma que cada miembro se hallaba vinculado por lazos personales a los dominados (mujeres y adolescentes), no debía soportar la explotación de una clase extranjera y despreciable ni la presión parasitaria de un aparato de Estado policíaco o burocrático. *En consecuencia, no conocía contradicciones internas profundas y carecía de la ines-*

tabilidad destructiva o creadora que le empujara a una transformación radical.

Las arquesociedades han eliminado las sociedades de homínidos precedentes, borrando asimismo del mapa a cualquier otro boceto de organización social en discrepancia, multiplicándose con rapidez y extendiéndose sobre toda la superficie del planeta, todas semejantes, todas diferentes, extranjeras las unas para con las otras. La mayor parte de estas arquesociedades hubieran podido continuar viviendo indefinidamente a no ser por los ataques y presiones de las sociedades históricas y finalmente, aniquiladas por la nuestra.

QUINTA PARTE

TERCER NACIMIENTO DEL HOMBRE: LA SOCIEDAD HISTÓRICA

1. EL LEVIATAN

En cierto sentido, la arquesociedad de cazadores-recolectores llevaba ya en su propio seno las virtualidades que impulsarían su superación. La apertura macrosocial (exogamia, alianza, intercambio) abría la vía a la transformación del clan social en subsistema de un metasistema más complejo, que a su vez, bajo la presión de nuevas condiciones, podía acabar convirtiéndose en subsistema. La caza abría el camino a la futura ganadería. El conocimiento cada vez más preciso de las plantas, semillas y tubérculos anunciaba la aparición de la agricultura. Pero, repitámoslo una vez más, ninguna contradicción interna profunda ni ninguna inestabilidad creativa impulsada a evolucionar la arquesociedad.

Incluso nos inclinamos a creer que la domesticación de plantas y animales pudo tener sus comienzos, aquí y allá, entre las arquesociedades prehistóricas, pero sin que fuera explotada la posibilidad de un tipo de vida agrícola o de pastoreo, por un lado por la inexistencia de una fuerte presión demográfica, y por otro porque la agricultura, probablemente innovación femenina, habría exigido una reconversión general de la clase masculina con la consiguiente destructuración-reestructuración de todo el conjunto social.

Para imaginar el crisol de las sociedades históricas, ante todo debemos tener presente la expansión demográfica de la especie sobre la superficie del globo (éxito «selectivo» de la arquesociedad que motivará su caída) y las concentraciones demográficas en regiones excepcionalmente fértiles donde pastaran abundantes rebaños y cuya fecundidad vegetal se viera anualmente restaurada por la crecida regular de los ríos. Así pues, debemos suponer la existencia de condiciones ecosistémicas excepcionales en las que la densidad de población impulse una agricultura, que a no tardar se convertirá en sistemática, y quizá también a la cría de grandes rebaños, con el subsiguiente aumento de la población. El proceso del paso a un estado sedentario fija las poblaciones agrícolas en poblados relativamente próximos entre sí y la «tribu» se convierte en un subsistema abierto que se integra en una organización demográficamente más amplia. Puesto que por otro lado se hace muy difícil concebir que los hombres abandonaran la práctica de las armas para dedicarse de forma exclusiva a «ocupaciones femeninas», parece bastante plausible suponer que, en la medida en que el hombre se convierte en pastor o agricultor, la guerra sustituye a la caza y se convierte en un elemento activo de la nueva sociogénesis.

Ahora bien, para tener una correcta comprensión de la nueva sociogénesis es necesario imaginar la existencia de un conjunto de procesos simultáneos interfiriéndose mutuamente. De un lado, dadas las condiciones de reconversión económica, un torrente de inventos renueva la tecnología y acelera la transformación de la práctica social. De otro, la variación acusada de las condiciones demográficas conlleva una metamorfosis organizativa que elabora nuevos conjuntos sociales susceptibles de englobar poblaciones más amplias. Creemos que un desarrollo de este tipo sólo puede emerger como resultado de la interferencia entre un proceso federativo-asociativo, donde a través de alianzas e intercambios se esbozan macrounidades sociológicas, y otro que busca el establecimiento de vasallajes y el ejercicio del poder sobre otros grupos. Este último proceso quizá venga suscitado por polémicas territoriales, rivalidades entre poblados o grupos de poblados, pero también puede tener su origen en el exterior, por ejemplo, en la llegada de inmigrantes o saqueadores o en la de nómadas con ánimo de conquista y sedientos de botín. Quizá la amenaza exterior haya acelerado el movimiento federativo impulsando la creación de ligas de defensa entre los campesinos y la edificación de plazas fortificadas para proteger los lugares de culto, mercados, graneros y talleres en las que pudieran instalarse las poblaciones refugiadas y permanecer allí. En este momento nacía la ciudad. Pero tal vez haya sido otro su origen, etapa última y culminación de las conquistas de un rey guerrero que, después de dominar un conjunto de pequeñas sociedades rurales, instala su palacio, el templo, la guarnición, los ergástulos y recibe el tributo que con el tiempo se convertirá en impuesto. A través de tal proceso se funda a un mismo tiempo el Estado y la Ciudad. El estado actual de los conocimientos nos inclina a creer que los primeros lances del juego se desarrollaron hace más de 10.000 años entre la baja Mesopotamia y las riberas del Jordán, alrededor de los fértiles valles en los que se habían desarrollado los cultivos de trigo, cebada y arveja y donde la dialéctica de la concentración demográfica, del trabajo, de la técnica, de la federación, del intercambio, de la guerra y de la conquista habían hecho surgir las primeras sociedades históricas.

Desde el momento en que se constituye la Ciudad-Estado a partir del palacio se desarrolla la administración y a partir del templo la religión; aparecen los oficios y la especialización del trabajo alcanza su esplendor; se teje un vínculo complementario entre la ciudad y el campo: la sociedad histórica ha nacido. Florecerá en Mesopotamia, y la rápida difusión de la agricultura y las técnicas a lo largo y ancho del mundo antiguo (un kilómetro por año según Cavalli-Sforza) crea, alrededor de otras cuencas fértiles, de otros valles inundados, las condiciones necesarias para la formación de tales sociedades. Todo ello sucede en las riberas del Indo, del Nilo, del río Amarillo, unos 4.000 años antes de Jesucristo, algunos millones de años después de que el bípedo humano adoptara la posición vertical, algunas decenas de miles de años después de la aparición de *sapiens* sobre nuestro planta.

Una nueva cadena de mutaciones organizativas se desarrolla para culminar en la creación de una nueva sociogénesis. ¡Es el tercer nacimiento social de la humanidad! Acontecimiento capital, de importancia análoga desde el punto de vista antropológico a la que posee el paso desde los seres unicelulares a los organismos multicelulares dentro de la evolución del fenómeno vital. La paleosociedad contaba con algunas decenas de individuos; la arquesociedad relacionaba algunos centenares de ellos. La sociedad histórica engloba como mínimo varios millares de hombres, en algunos casos varios millones, y las diferencias demográficas palpables en el amplio abanico que va de la ciudad al imperio son equiparables a las diferencias de población celular entre la pulga y el elefante. Así pues, la sociedad histórica es a la vez un metasistema y un megasistema con respecto a la arquesociedad. Ésta, transformada en pequeña unidad territorial, puede hallarse más o menos integrada en el leviatán, pero su código cultural está irremediablemente dañado, fragmentado. Hay destructuración de sus principios organizativos fundamentales en beneficio de la Nueva Organización, que engloba conjuntos heterogéneos a nivel territorial (campos y pueblos, estepas de pastoreo, ciudades) y sociológico (castas, clases, etnias y, en el caso de los imperios, nacionales). Esta extraordinaria heterogeneidad está controlada y dominada por un aparato central de control y decisión, el Estado, a cuyo flanco nos aparece un aparato noológico, la religión del mismo.

El Estado centralizador, constructor y represor constituye un nuevo modo de organizar la complejidad a partir de un aparato central. Dicha complejidad se desarrollará según principios análogos a los que rigen la evolución de los organismos pluricelulares, a saber, la jerarquía y la especialización del trabajo. Todo parece suceder como si la base jerárquica de la paleosociedad, limitada a ejercer su dominación sobre los hombres, frenada por el comunitarismo, e incluso por el comunismo distributivo, de la arquesociedad, se desarrollará de forma hipertrófica sobre la base de la dominación política y económica. Una jerarquía, unas veces abierta y débil, como en el caso de las pequeñas ciudades, muy a menudo estricta e implacable, como en el caso de los grandes imperios, instalará de forma abrumadora a la élite del poder, la casta dominante, sobre clases y etnias, quienes a su vez tendrán bajo dominio situados en la base de la pirámide social a la subclase inferior de los esclavos vencidos y víctimas de razzias y conquistas. La jerarquía se convierte por obligación en un principio general de organización, con lo que se acrecienta hasta el límite el aparato coercitivo y represivo de Estado.

Paralelamente, la especialización hará progresar la complejidad social al multiplicar las intercomunicaciones en el marco del sistema y, a un mismo tiempo, contribuirá a la diferenciación de la sociedad en clases y a que ésta se moldee según las normas de la jerarquía diferenciadora. Es a partir de este estadio cuando se instituyen las radicales divisiones entre trabajo de ejecución y decisión, trabajo corporal y trabajo de la inteligencia, trabajo mecánico y trabajo artístico. Todas estas diferencias, lo mismo que las existentes entre la vida rural y la ciudadana, repercuten sobre la cultura y la personalidad de cada grupo socioprofesional y determinan enormes diferencias en la vida cotidiana.

La especialización hará progresar a un nivel gigantesco la complejidad de los sistemas sociales, multiplicando sus productos, riquezas, intercambios y comunicaciones, estimulando las invenciones en todos los dominios de la actividad humana y provocando el florecimiento de las civilizaciones. La especialización noológica —especialización en el ejercicio de las artes y el pensamiento— será el manantial del que brotará un prodigioso desarrollo estético, filosófico y científico. Sin embargo, en el plano individual, comporta la degeneración de un tipo humano polivalente y politécnico que la arquesociedad había formado, es decir, de un hombre que había ejercitado todos sus sentidos con una precisión y delicadeza inauditas, cuyo conocimiento de la naturaleza se extendía a todos los ámbitos, que fabricaba sus herramientas, sus armas, su casa, los juguetes para sus hijos. Este hombre «total» será reemplazado, especialmente en las ciudades, por un individuo cuyas aptitudes se verán atrofiadas en exclusivo provecho de unas pocas de ellas, y el desarrollo de la complejidad social a través de la especialización tiene para la mayoría de la población el precio de un indiscutible empobrecimiento de la personalidad. Conjuntamente, la nueva desigualdad social, que rápidamente toma un carácter extremo —del rey al esclavo—, implica un enorme subempleo de las aptitudes individuales entre la masa de los oprimidos. La autoridad represiva del Estado, la jerarquía y la esclavitud constituyen para estas mismas masas un considerable empeoramiento de las coacciones a las que se hallan sometidas con respecto a las que les imponía la arquesociedad, a lo que cabe añadir los efectos del monstruo parasitismo del Estado, de los que dominan y poseen sobre el resto de la sociedad. La explotación del hombre por el hombre es uno de los grandes inventos de la sociedad histórica. Y, tal como veremos más adelante, la vinculación de la guerra con la naturaleza intrínseca de esta sociedad causará estragos en la humanidad.

Así pues, el desarrollo de la nueva complejidad se efectúa a cambio de las regresiones, degeneraciones y coacciones que comporta el desarrollo de la jerarquía y la especialización, pero también gracias a los impulsos de la hipercomplejidad, especialmente en lo que se refiere a la organización y civilización de las ciudades.

La gran ciudad,

Con el desarrollo de las sociedades históricas se despliega el de la ciudad, la metrópolis.

La metrópolis es el foco de donde irradia la complejidad social. Es en su seno donde se fija el aparato centralizador, el palacio o la asamblea, el gran templo, la administración y la policía, donde se desarrollan la especialización del trabajo, la estratificación de clases y castas, el comercio, los intercambios, el artesanado y la industria, donde aparece y se difunde la escritura.

En este progreso general de la complejidad aparecen cada vez en mayor número nuevos hervideros de hipercomplejidad, es decir, situaciones y fenómenos en los que el relajamiento de las constricciones están en relación con un progreso en las aptitudes organizativas y evolutivas. La gran ciudad es la primera organización social parcialmente similar al cerebro de *sapiens;* se trata de un medio policéntrico donde se imbrincan mutuamente complejos organizativos e intercomunicaciones al azar. A medida que progresa la civilización urbana, el rígido determinismo de las programaciones y rituales socioculturales se derrumba entre vastos sectores de individuos para dejar paso al juego aleatorio de los intereses económicos y de las pulsiones afectivas y sexuales. El determinismo estadístico de estos movimientos cuasi-brownianos tiende a sustituir al determinismo mecanicista. Es a través del despliegue de este aparente desorden en los movimientos individuales como toman cuerpo una serie de emergencias hipercomplejas que constituirán las esferas de las libertades personales, físicas, económicas, sexuales, intelectuales y, eventualmente, políticas.

A través de dichas esferas, unas veces limitadas a una pequeña élite, otras abierta a una categoría más amplia de hombres libres —o ciudadanos—, la gran ciudad se convierte en un medio que favorece la creatividad, las innovaciones, las nuevas ideas, el pensamiento, la ciencia. Un nuevo desarrollo noológico se inicia en el marco de las islas griegas y es en Atenas donde, dos siglos más tarde, el pensamiento se libera de las cortapisas de la tradición y del dogma haciendo surgir entre algunos hombres lo que dormitaba en el cerebro de toda la especie *homo sapiens*: la filosofía. Tales «milagros» se darán en las ciudades de vez en cuando, y es por esta razón por lo que podemos afirmar que se convierten en los ecosistemas de un nuevo desarrollo de la cerebralización.

La gran ciudad es, efectivamente, el ecosistema sociocultural de dos emergencias capitales propias del tercer nacimiento de la humanidad, a saber, el individuo autónomo y la conciencia. Ciertamente la individualidad no es en modo alguno una creación de la sociedad histórica, sino una de las componentes de la trinidad antropológica especie-sociedad-individuo. La personalidad del individuo no ha necesitado de la sociedad histórica para desarrollarse pues, como hemos visto, ya lo hace durante el curso de la hominización para adquirir su carácter complejo con la arquesociedad. Sin embargo, mientras que la arquesociedad, al conformar con mayor o menor rigidez un tipo dominante de personalidad, frena el despliegue de las particularidades individuales, la gran ciudad lo facilitará. El acontecimiento más característico que se da en la sociedad histórica, y particularmente en la gran ciudad, es la relativa autonomía individual que alcanzan grupos de población más o menos restringidos, más o menos elitistas, a partir del reconocimiento de las libertades individuales y de la existencia de libertades estocásticas, la posibilidad que tienen de desarrollar complejidades psicológicas, afectivas e intelectuales y de afirmar el *yo*, con todo lo que esto entraña o presupone de egocentrismo y egoísmo.

Con el *yo* se desarrolla el epicentro de la hipercomplejidad cerebral (siendo el propio cerebro el epicentro del complejo antropológico policéntrico). La conciencia es el fenómeno por el cual el conocimiento intenta conocerse, la actividad del espíritu se convierte en objeto de la actividad del espíritu, la relación entre sí mismo y las cosas es concebida como algo que engloba a uno y a otras, el sujeto se toma por objeto a pesar de que se sabe y se siente sujeto, adivina y descubre la zona de incertidumbre y ambigüedad entre el espíritu y el mundo, entre lo imaginario y lo real, e interroga dicha incertidumbre tanto en el pensamiento como en la acción. Recordemos que tampoco la conciencia es un fenómeno nuevo, pero es precisamente en el marco de la sociedad histórica donde entra a formar parte del juego estocástico de la civilización e intenta desempeñar un rol de importancia constantemente creciente en el cada vez más decisivo juego de la verdad y del error al que se ve lanzada la humanidad histórica.

En consecuencia, la ciudad, el foco más vivo de la sociedad histórica, es un extraordinario medio de orden, complejidad creciente, desorden, invención y «ruido».

La sociedad histórica es, pues, una nueva totalidad en la que el Estado, la Ciudad, la Nación, el Imperio, el Individuo, la Conciencia, las Clases y la Guerra se convierten en los actores del nuevo destino de la humanidad.

Tales sociedades, aún teniendo en cuenta su unidad de base, podrán desarrollarse de diversas formas, no sólo en función del tamaño de su territorio y población (desde las ciudades a los imperios), sino también según la combinación de los diversos niveles de complejidad e hipercomplejidad que caracterizarán, no sólo a cada una de ellas, sino todos y cada uno de sus estadios evolutivos pues, tal como veremos, se trata de combinaciones sumamente inestables. La baja complejidad se manifestará a través de la coacción militar y jerárquica y del rígido control de la autoprodución social. Los desarrollos de la especialización afectarán de forma cada vez más ambigua a la progresión global de la complejidad (en provecho de las élites privilegiadas), produciéndose regresiones de la misma en el plano individual entre quienes deban llevar a cabo las tareas más monótonas y fragmentarias.

La hipercomplejidad se esbozará en las tendencias liberales y en la apertura representada por el juego estocástico entre el orden y el desorden. Debe añadirse al esquema global que acabamos de indicar la infracomplejidad, es decir, la dominación implacable y el aniquilamiento de oposiciones y antagonismos a través del aniquilamiento físico de oponentes y antagonistas.

2. LA HISTORIA

Las sociedades históricas son inestables y las imbricaciones de las inestabilidades externas e internas constituyen precisamente la historia.

Las sociedades históricas son vastos conjuntos constituidos por etnias, clases (originariamente etnoclases) y castas heterogéneas que, respecto a las sociedades arcaicas, se hallan débilmente integradas y cimentadas. Se trata de sociedades inestables a pesar y a causa del carácter hiperautoritario de los poderes que en ellas actúan, hiperautoridad que intenta contrarrestar la débil integración por medio de una coerción extrema que no hace más que agravar la heterogeneidad.

En la arquesociedad el poder no disponía de un aparato propio, el Estado, y la clase masculina, detentadora de la autoridad social, se hallaba profundamente arraigada en su seno, pues todo hombre era a un mismo tiempo padre y esposo. ¿Qué duda cabe que la autoridad de decisión se presentaba bajo formas variables de una sociedad a otra, pudiendo ser colegiada (la asamblea de hombres o de ancianos), personal (el jefe), o de una y otra forma a la vez. Por otra parte, la autoridad mágica y la civil estaban desvinculadas (el brujo y el jefe) o agrupadas en una misma persona. Todos y cada uno de los tipos de autoridad podían ser transmitidos hereditariamente, designados o elegidos. De producirse una brusca mutación en la estructura del poder debía darse de tal forma que no se pusiera en entredicho la organización intrínseca de la sociedad y de modo que las variaciones surgidas comportaran tan sólo débiles aleatoriedades sociales. En la sociedad histórica, el enorme aparato de estado se convierte en una entidad distinta separada y todopoderosa, y sus relaciones con la sociedad pasan a ser conflictivas y peligrosas. El aparato de estado asegura la unidad y el control de todo el cuerpo social, y en este sentido puede decirse que organiza «el interés general». Por otro lado, tiende por su propia naturaleza e hipertrofiarse, a acumular un desmesurado poder, y sus relaciones con la sociedad no son exclusivamente de simbiosis, sino también de parasitismo.

El aparato de estado puede llegar a un comportamiento megalomaníaco, pasar a ser el instrumento de los intereses de la clase o casta dominante y convertirse en juguete de la *ubris* del potentado. El propio poder se convierte en una zona, no sólo de extrema variedad (poder real, teocrático, tiránico, conciliar, aristocrático, democrático, etc.), sino de inestabilidad extrema, pasando de una a otra forma según el ritmo que marque el juego de las ambiciones políticas y de los conflictos sociales. Con ello, el poder, esfera de máxima concentración del orden (Estado, administración, policía, ejército), se convierte paralelamente en la del máximo «ruido». Es en este ámbito donde cabe ubicar el control general, pero que no está controlado donde fermentan y se desencadenan los apetitos, los sueños, las ambiciones y las demencias de *sapiens,* como muy bien ha mostrado el excelente antropólogo William Shakespeare. Los conflictos surgidos en su seno desencadenan crisis, conspiraciones, revoluciones de palacio, revueltas, guerras civiles, demandas de ayuda al extranjero y, recíprocamente, las tensiones, los antagonismos sociales y la inestabilidad de la sociedad favorecen la inestabilidad del poder, la cual, a su vez, favorece la inestabilidad social.

Las relaciones entre las etnias, las etnoclases, las clases y las castas pasan con facilidad de la mutua ayuda a la competición y al antagonismo, del antagonismo al conflicto. En este sentido, la lucha de clases, si bien sus erupciones son súbitas y temporales, nunca deja de trabajar de forma latente en el seno de la sociedad histórica.

Los conflictos étnicos y sociales se entremezclan con los políticos. En algunos casos llegan a provocar reorganizaciones del poder, excepcionalmente de la propia organización social, que pueden derrumbar dominaciones seculares y trastocar las relaciones de explotación. Pero hasta el momento presente jamás han conseguido impedir que éstas reaparecieran encubiertas bajo aspectos distintos.

Finalmente, la relación entre el individuo y la red de la organización colectiva se ha convertido en inestable. El individuo, menos integrado, se hace «egoísta» y puede faltar a su deber social, traicionarlo. El anómico, el desviado, el «traidor», proliferan en la sociedad histórica. En la zona incontrolada e inestable del poder, el acto aleatorio del inviduo puede algunas veces adquirir una importancia decisiva y decidir la suerte de la colectividad. De ahí el «rol del individuo en la historia», *en sus puntos críticos y en sus momentos de crisis,* cuya importancia es, o bien hipostasiada —por los defensores de la historia como sucesión de acontecimientos singulares—, o bien ignorada —por los defensores de una historia libre de particularidades—, ignorando los primeros que lo aleatorio se integra en el proceso complejo, y los otros que el proceso complejo comporta inevitablemente alcatoriedad.

A diferencia de cuanto sucede en la arquesociedad, la cultura de las sociedades históricas se convierte en polinucleada. La religión de Estado o de imperio intenta y consigue con más o menos éxito integrar noológicamente la gran sociedad, jugando junto con el Estado y la estructura jerárquica un rol estabilizador. Sin embargo, las poblaciones vencidas y sometidas no acaban de integrar la cultura dominante en su código cultural propio, ni considerar al dios de los vencedores como su propio dios. Además, aparecen rupturas internas en la religión, herejías, conflictos entre el poder temporal y el poder espiritual. Llega un momento en que animados por su propia vida y alimentados por las necesidades antropológicas de salvación, los dioses transmigran de una sociedad a otra. Mitologías e ideologías atraviesan fronteras, fragmentos de códigos culturales son trasplantados aquí y allá, y el inmovilismo de la cultura, fuente generadora de la complejidad social, se ve perturbado sin cesar. La cultura se abre y estalla dispersándose en múltiples ramificaciones. Mitología e ideologías se diversifican según las clases y aparecen mitos de oposición y revolución que anuncian la próxima venida de la Ciudad del Sol. Un día, en algunas ciudades situadas en la periferia de un gran imperio, el escepticismo comienza a socavar todos los cimientos, el pensamiento filosófico se separa de la ganga religiosa, y la ciencia adquiere autonomía. La cultura entra en el juego ambivalente y una de sus ramas se convierte, no sólo en manantial de inestabilidad, sino en patrón de una serie de innovaciones y transformaciones.

A todas estas condiciones internas de inestabilidad cabe añadir innumerables factores externos.

En primer lugar, las sociedades con una fuerte densidad rural y que engloban grandes concentraciones urbanas, a la vez que se emancipan del ecosistema gracias a su complejidad organizativa, se hacen cada vez más dependientes de las variaciones aleatorias de ésta última. Las perturbaciones climáticas, la sequía, las inundaciones pueden traer consigo el hambre, la epidemia, la crisis, la guerra. Los intercambios con otras sociedades crean dependencias cuya ruptura conlleva la desorganización. Las novedades de todo orden procedente del exterior modifican el código cultural desde el momento mismo en que se integran en él.

Por último, la guerra hace vacilar las bases de la sociedad, transformándola, ampliándola, destruyéndola. *La guerra constituye un fenómeno endémico de las sociedades históricas* (Bouthoul, 1948, 1971).

La coexistencia estimula, no sólo los intercambios y las alianzas, sino también las rivalidades y las hostilidades. Los agricultores rechazan y aniquilan a los cazadores-recolectores. Los nómadas roban y despojan a los agricultores. Los pueblos migratorios acuden en tropel a las tierras fértiles y a las poblaciones ricas. Cada Estado posa su codiciosa mirada sobre los tesoros del Estado vecino mientras hace lo posible para salvaguardar los suyos propios de la codicia de los demás; da comienzo la lucha de todos contra todos en la que cada uno es a la vez presa y depredador. La guerra es mucho más que agresión y conquista, es una suspensión total de los controles del comportamiento, un desencadenamiento úbrico de las fuerzas de la destrucción. Y cuando en el juego de la vida y la muerte se enfrentan, no sólo intereses y furias, sino también el sentido de lo que es sagrado y de lo que es maldito, de lo que es justo y de lo que es verdadero, cuando los dioses combaten con los ejércitos, la lucha desencadenada llega hasta el genocidio.

El doble juego de la historia

La inestabilidad de las sociedades históricas está, pues, vinculada a un brote de desorden, de crisis, de *ubris*, en modo alguno raro y fortuito, sino endémico. Esta inestabilidad es el revulsivo que impulsa el afloramiento de los desórdenes, las crisis y la *ubris* del cerebro de *sapiens*, liberando las fuerzas demenciales que la arquesociedad había controlado y encadenado. A partir de este punto ya no podrá ser establecido ningún verdadero control de las mismas.

Por otra parte, es precisamente en esta misma estabilidad donde residen las fuentes de la evolución, es decir, de desorganización-reorganización. Recapitulando, serán la débil integración, los antagonismos sociales, los desórdenes del poder, el crecimiento de las relaciones metabólicas con el exterior y las guerras quienes, después de millones de años de prehistoria, desencadenarán la evolución histórica que a lo largo de unos pocos siglos edifica las civilizaciones, desarrolla las técnicas y las artes y transforma de arriba abajo el planeta.

Una evolución de estas características no tiene, evidentemente, nada de continuo, de lineal o de mecánico. Aleatoria y estocástica, se halla bajo el control de un principio de incertidumbre, no sólo en su proceso de desarrollo, sino en su carácter mismo, es decir, en la unidad antagónica entre una lógica de la complejidad en aumento que comporta el desorden y un desorden que incansablemente hace experimentar una regresión a dicha lógica, llegando incluso a destruirla.

Puesto que la lógica de la complejificación presupone, *en cierto sentido,* desorden, podría tentarnos una visión de la historia en la que sólo exista un proceso de complejificación que, *en un cierto sentido,* comporte desórdenes, considerados a lo sumo como fallos inevitables. Tal es, por otro lado, la ideología emoliente del progreso histórico. Sin embargo, de hecho el proceso se ve quebrado, destrozado y dispersado sin cesar. Los recrudecimientos esclavizadores, el restablecimiento de los despotismos represivos y la reconstrucción de rígidas jerarquías allí donde ya habían desaparecido, nos muestran la reaparición coactiva de las regresiones organizativas. La guerra da testimonio de la incapacidad para regular de forma compleja los problemas fundamentales. La historia es una sucesión de irremediables desastres, las estatuas son destruidas, las bibliotecas quemadas, las ciudades arrasadas, los pueblos aniquilados, las civilizaciones borradas por completo de la faz de la tierra.

Pero, inversamente nos enfrentamos con la incapacidad para reducir la historia al ruido y la furia. A través de desastres, la lógica de la complejificación oscila, titubea, se eleva, recae, sufre regresiones, se desarrolla, es aplastada y dispersada, renace, prosigue su camino. El ruido y la furia hacen añicos el proceso de complejificación en repetidas ocasiones, pero éste siempre puede recuperar aquello que no hayan conseguido exterminar. La destrucción de una civilización a causa de una conquista bárbara viene inmediatamente seguida por la integración de una parte del tesoro cultural del vencido en la nueva cultura que, a su vez, sufrirá idénticos avatares. Una cultura aniquilada deja fragmentos de «mensajes» polen que acompañarán al carro de los invasores. Una cultura muere, pero fragmentos de su código pueden infiltrarse, a modo de virus, en el código cultural de la sociedad bárbara, sobrevivir y, finalmente, contribuir a la formación de otra civilización. El torbellino destructor de la historia, barriendo migajas culturales a todos los vientos, dispersa también sus esporas.

Así pues, hay un auténtico doble juego de la historia entre la destrucción y la complejidad donde se despliegan los desordenados estragos de *demens* junto a las aptitudes organizativas y creadoras de *sapiens;* los primeros aplastan a las segundas, mientras que éstas se sirven de las fuerzas de la destrucción para recrear. Pero en y bajo este doble juego tiene lugar otro turbio proceso, *alimentado y destruido por aquél,* entre complejidad e hipercomplejidad. En efecto, los focos de hipercomplejidad necesitan de organizaciones altamente complejas para desarrollarse. Necesitan, pues, también de un incremento del desorden o libertad que pueda, ya sea facilitarles el desencadenamiento de la *ubris*, ya sea provocar por contraefecto el retorno «reaccionario» a la coacción que trae consigo la instauración de más bajas formas de complejidad. A un mismo tiempo, los focos de hipercomplejidad constituyen una presa para los enemigos exteriores y la guerra les fuerza a experimentar una regresión en su organización militar, llegándose a la destrucción de ésta. En consecuencia, los momentos de hipercomplejidad, relámpagos fulgurantes, expansiones provisionales, son algo así como los éxtasis de la historia, inmediatamente seguidos por una agravación de la jerarquía y de las tensiones, es decir, por etapas de un menor nivel de complejidad.

Por todo ello el doble juego de la historia es en realidad un juego a tres entre la ambivalencia del desorden, la baja complejidad y la hipercomplejidad, juego que comporta múltiples combinaciones y una vasta gama de estadios intermedios. La victoria decisiva aún no ha sido obtenida por ninguno de los tres protagonistas, pero nos hallamos en una época en que el triunfo parece hallarse muy cerca del alcance de cualquiera de ellos.

Pero esto es otra historia

La historia ha comenzado hace algunos millares de años. Si consideramos el período de tiempo transcurrido desde la fecha en que actualmente se evalúa como la de aparición del homínido sobre la tierra, entre el 2 y el 5 % del mismo se halla ocupado por el *homo sapiens* y entre el 0,2 y el 0,5 % por la evolución histórica. En consecuencia, no podemos por menos que asombrarnos ante la creatividad y destructividad que han brotado durante este brevísimo período. Sin embargo, también puede observarse que la evolución del hombre no se halla necesariamente vinculada a la historia, con lo que se puede, pues, imaginar la posibilidad de una evolución metahistórica, es decir, una evolución que tendría lugar, no sin desorden, incertidumbre y ruido, pero sí sin furia.

Esto supondría una forma de sociedad distinta de la sociedad histórica. Así, como la historia, como hemos visto, no se halla indisolublemente ligada al destino humano, igualmente la sociedad histórica se nos muestra como un tercer fenómeno que ha sucedido a la paleosociedad y a la arquesociedad. No es, pues, absurdo pensar en una cuarta forma de sociedad, es decir, en un cuarto nacimiento de la humanidad.

Si ahora volvemos nuestros ojos hacia la crisis de nuestro tiempo, tan general, tan profunda, tan grávida de posibilidades de aniquilamiento universal, de Tensión generalizada, de Creatividad nueva, cabe preguntarse si en lo sucesivo carece de sentido plantear el problema de la sociedad hipercompleja.

Parece que no es así, pues existe sobre la tierra, de una posibilidad de reproducción prácticamente ilimitada, un sistema hipercomplejo que funciona con una población de diez mil millones de individuos: el cerebro del *homo sapiens.* Y también sabemos que dicho sistema no debe hallarse necesariamente dominado por la demencia a pesar de que se halla funcionando en los límites mismos del desorden y la locura.

Desde esta perspectiva hemos podido ver anteriormente que las posibilidades del cerebro humano no han sido inmediatamente explotadas en su totalidad, que sus aptitudes —y especialmente la creatividad y la conciencia— precisan de un contexto sociocultural suficientemente complejo para actualizarse y desarrollarse y que, a un mismo tiempo, esta complejidad sociocultural es una lenta y gigantesca secreción del propio cerebro humano. Dicho en otros términos, los nuevos desarrollos de la hipercomplejidad cerebral necesitan de nuevos desarrollos sociológicos y, según nuestra opinión, de una metasociedad.

Sabemos que la sociedad histórica, en momentos afortunados y en sectores privilegiados, puede producir hipercomplejidad. El problema que se nos plantea es el siguiente: ¿es posible una sociedad hipercompleja?

Desde hace dos siglos los mitos anunciadores de la hipercomplejidad han salpicado la historia. Democracia, socialismo, comunismo y anarquismo son otras tantas facetas que remiten a un mismo sistema ideal, sistema fundado en la intercomunicación, y nunca en la coerción, sistema policéntrico, no monocéntrico, sistema fundado en la participación creativa de todos, sistema débilmente jerarquizado, *sistema que acrecienta sus posibilidades organizativas, inventivas y evolutivas al disminuir las coerciones.*

Tenemos hoy el sentimiento de que tal cambio es a un mismo tiempo posible e imposible. Imposible porque no se trata de una reforma o de una revolución fenoménica que liquidaría por ejemplo, la clase dominante o el imperio dominador pero dejando inalterable el sistema generativo de la dominación. Este último está profundamente entronizado y es ingenuo creer que basta con destruir las expresiones contemporáneas capitalistas, estatales o pseudo-socialistas para extirpar sus raíces. Nuestra sociedad lleva profundas raíces de la sociedad de los primates, una paleoestructura heredada de la paleosociedad, del mismo modo que el paleocéfalo es una herencia del cerebro de los reptiles, una arquestructura heredada de la sociedad arcaica y, por último, su propia estructura de sociedad histórica, acompañada del leviatán. Imposible porque ninguna parte de la sociedad histórica se halla en vías de desaparición, antes bien se multiplica de modo a la vez fatal, inevitable y necesario a través de las emancipaciones étnicas y raciales, mientras que los grandes imperios concentran poderes cada vez más enormes. Imposible porque en la actualidad la coacción se presenta bajo el engañoso aspecto de la Liberación, cuyas añagazas son casi invencibles tanto más cuanto no pretende ampararse en el poder, sino aplastarlo. Imposible porque las aspiraciones de la hipercomplejidad se ven limadas y desviadas por la Doctrina infalible que pretende haber resuelto todos los enigmas de la historia y llevar en su seno la conciencia del devenir.

Imposible, finalmente, porque la revolución que se impone sobrepasa con mucho todo lo que hasta el momento se entiende por tal, pues se trata a un mismo tiempo de «cambiar la vida» y de «transformar el mundo», de revolucionar el individuo y unir la humanidad, de hacer realidad una meta-micro-megasociedad que se articule desde la relación interpersonal hasta el orden mundial. Pero, paralelamente, tenemos la sensación de que la posibilidad no está cerrada. La presencia multiforme de la necesidad de superación se percibe por todas partes. Es posible un nuevo desarrollo de la conciencia, y el talento de la auto-organización, como sabemos, posee la aptitud para alcanzar los más prodigiosos logros. Sabemos que el desorden y la crisis, al tiempo que conllevan los riesgos de la regresión, constituyen condiciones para el progreso.

Sabemos que el paso de la arquesociedad a la sociedad histórica habría sido inconcebible sin la metamorfosis operada y que, aun teniéndola en cuenta, apenas nos parece explicable. Pero aun sabemos de una maravilla más sorprendente que se remonta a más de tres mil millones de años. Durante mil millones de años existió un período al que retrospectivamente puede denominarse prebiótico en cuya cenagosa «sopa» cocida a fuego lento se conformaron y agruparon, enentre fulgurante chispas, una serie de macromoléculas sometidas al desorden termodinámico y al azar de los choques. Entre dichas chispas, desórdenes y choques y a causa de ellos se elaboró lo que iba a convertirse en un fenómeno inaudito, un conjunto, una unidad coherente y organizada: la célula. Es posible que aparecieran temporalmente una serie de monstruos para desaparecer más tarde. Para que pudiera perpetuarse y desarrollarse esta maravillosa organización que ha constituido el material básico de todos los seres vivos fue necesaria la aparición de un sistema capaz, no sólo de autoreproducirse permanentemente, sino de multiplicarse de forma autorreproductiva. ¿Acaso es imposible admitir que actualmente nos hallamos en una época presocial y que las sociedades históricas no son sistemas viables, sino monstruosos bocetos constituidos estocásticamente? ¿Acaso es imposible concebir la historia como un período de ensayos y errores análogos socialmente al período prebiótico?

Homo sapiens aporta la posibilidad, la promesa genética y cerebral de una sociedad hipercompleja que aún no ha visto la luz del día, pero cuya necesidad se hace sentir. Es, pues, en este sentido en el que nos parece poder entrever, esperar y desear un cuarto nacimiento de la humanidad.

SEXTA PARTE

EL HOMBRE PENINSULAR

«El comportamiento limitado de los hombres frente a la naturaleza condiciona su comportamiento limitado entre ellos».

KARL MARX, *La ideología alemana*

«Lo que está demasiado claro no es interesante».

SOLJENITSYN

Lo que está muriendo en nuestros días no es la noción de hombre, sino un concepto insular del hombre, cercenado de la naturaleza, incluso de la suya propia. Lo que debe morir es la autoidolatría del hombre que se admira en la ramplona imagen de su propia racionalidad.

Las campanas doblan por una antropología limitada al estudio de una delgada capa psicocultural que flota como una alfombra voladora por encima del universo natural. Las campanas doblan por una antropología que no ha captado el sentido de la complejidad cuando el objeto de su estudio es el más complejo, por una antropología que se espantaba ante la menor posibilidad de contacto con la biología, que ocupándose de objetos de menor complejidad, se funda sobre principios de conocimiento más complejos.

Las campanas doblan por una teoría cerrada, fragmentaria y simplificadora del hombre. Comienza la era de la teoría abierta, multidimensional y compleja.

La antropología fundamental debe rechazar toda definición que haga del hombre una entidad, ya sea supraanimal (la Vulgata antropológica), ya sea estrictamente animal (la nueva Vulgata pop-biológica), y debe observarlo como a un ser vivo entre otros seres vivos, al tiempo que supera la alternativa **ontológica naturaleza-cultura. Ni** panbiologismo, ni panculturalismo, sino una verdad más rica que asigne a la biología y a la cultura humanas un rol de mayor amplitud, *puesto que se trata de un rol recíproco de la una sobre la otra.*

Si se persigue la comprensión en profundidad de este doble rol sin limitarse a la observación de los puntos de contacto entre ambas disciplinas, si se desea una teoría auténticamente abierta, multidimensional y compleja, deberemos buscar los fundamentos en una lógica de la complejidad y de la auto-organización, es decir, en una *neguentropología*. Esta investigación, a la que nos venimos dedicando desde hace cuatro años, es la trama de fondo del presente ensayo, y será en una próxima obra donde intentaremos formular los principios de una teoría de los sistemas abiertos autoorganizativos en la que quepa situar la complejidad e hipercomplejidad antropológicas.

La totalidad antropológica

Hemos intentado constituir el campo de estudio propiamente antropológico en base a las interacciones, interferencias y actividad fenoménica *(praxis)* entre los cuatro polos sistémicos complementarios, competitivos y antagónicos: el sistema genético (código genético, genotipo), el cerebro (epicentro fenotípico), el sistema sociocultural (concebido como sistema fenoménico-generativo) y el ecosistema (en su carácter local de nicho ecológico y en su carácter global de medio ambiente).

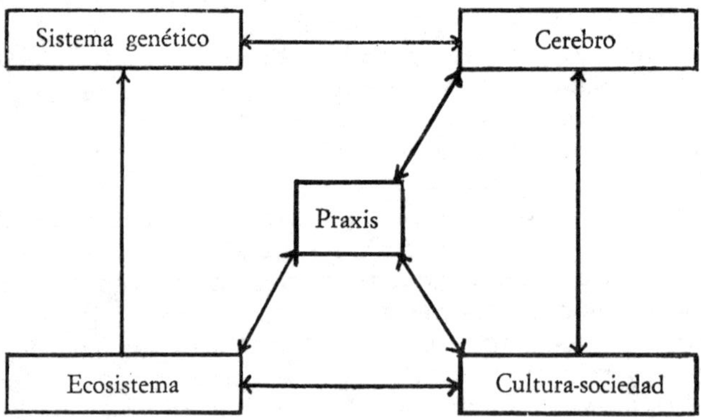

ESQUEMA 3

Hasta épocas muy recientes la antropología excluía de su campo de estudio, no sólo al sistema genético y al ecosistema, sino también al cerebro. Ahora bien, cada uno de dichos sistemas es coorganizador, coautor y co-controlador del conjunto. El ecosistema «controla» el código genético (la «selección natural» que nosotros consideramos como un aspecto de la integración natural compleja) y coorganiza y controla el cerebro y la sociedad. El sistema genético produce y controla el cerebro, quien a su vez condiciona la sociedad y el desarrollo de la complejidad cultural. El sistema sociocultural actualiza las aptitudes del cerebro, modifica el ecosistema e, incluso, desempeña su rol en la selección y la evolución genética.

La hominización, o transformación de un sistema antropoidiano en un sistema humano, nos ha esclarecido la función constructiva desempeñada por todas estas interacciones. El ecosistema no ha sido sólo un decorado, sino un verdadero actor de esta evolución. Sus grandiosas desorganizaciones-reorganizaciones bajo el efecto de mínimas variaciones de temperatura, a la vez que transformaban la faz de la tierra, han repercutido sobre un antrapoide que estaba abandonando los bosques, y el tránsito de lo húmedo a lo seco (del bosque tropical a la sabana), del calor al frío (glaciaciones) en una etapa posterior, para volver finalmente a un clima húmedo desde otro seco (de la estepa a los valles fértiles), han modificado la *praxis* y estimulado toda hominización, desde la verticalización bípeda hasta la transformación de la sociedad histórica. El ecosistema ha perdido la grandiosa y decisiva función que ha desempeñado a lo largo del proceso de hominización. El desarrollo de la cultura le ha permitido al hombre adaptarse a los más diversos medios ambientes y adaptarlos a sus necesidades. Al buscar en nichos ecológicos exteriores los recursos que necesitaba, ha llegado a solidificarse la creencia de que la humanidad, cada vez más ama y señora de la naturaleza, se ha emancipado de ésta.

Las sociedades históricas dan la sensación de haberse liberado de las coacciones planteadas por el medio ambiente inmediato. Sin embargo, lo cierto es que dependen de otros ecosistemas para abastecerse de subsistencias, materias primas y productos diversos y, tal como ya hemos indicado en otro lugar, existe un crecimiento correlativo de la dependencia y la independencia, es decir de la interdependencia, entre la civilización y el ecosistema (Morin, 1972). En consecuencia, es imposible concebir una antropología sin ecosistemología (Wilden, 1972).[1]

Tampoco puede ignorarse por más tiempo la interrelación genético-cultural. No sólo es indispensable conocer el desarrollo biológico del cerebro para comprender la formación de la cultura, sino que un conocimiento del desarrollo cultural se hace imprescindible para dar cuenta del desarrollo biológico del cerebro hasta llegar al *homo sapiens*. Por otra parte, a partir de *homo sapiens* la evolución genética se ha visto frenada y modificada por la exogamia, y lo seguirá siendo cada vez de forma más acusada gracias a las notables mezclas de poblaciones en las sociedades históricas. La diáspora de la especie viene acompañada por modificaciones genéticas menores, permaneciendo intacto a través de todas ellas el rasgo fundamental y genérico del hombre: la naturaleza hipercompleja del cerebro sapiencial. Las diferencias étnicas son diferencias genético-culturales en las que la cultura toma parte, no sólo selectivamente frente a ciertos genotipos, sino colaborando en la conformación de nuevos fenotipos. Por último, la cultura coopera en la herencia biológica a través de su propia herencia, hecho que tan pronto inhibe como estimula la expansión de las diferencias singulares de un individuo a otro.

Así pues, cuando tomamos en consideración, no sólo la arquesociedad, sino todos los desarrollos ulteriores, el fenómeno de mayor importancia no es el desvanecimiento de la naturaleza en el ámbito de la cultura gracias a un milagro de espiritualización, sino la integración cada vez más compleja y sutil de la una en el seno de la otra.

El esquema multipolar que hemos delineado nos permite comprender, no sólo el proceso de humanización, sino todo aquello que es humano. Entre otras muchas cosas, esta proposición general significa que toda unidad de comportamiento humano *(práxica)* es a un mismo tiempo genética-cerebral-

1. Señalemos aquí la fecunda orientación, especialmente en la última década, que ha proporcionado la antropología ecológica, rama científica dedicada a estudiar las sociedades arcaicas a través de los vínculos vitales que establecen con el "nicho".

social-cultural-ecosistémica (lo que no impide, según las necesidades de cada estudio particularizado, despreciar tal o tal otro aspecto por hallarse implicado de forma escasamente acusada). Significa asimismo que el fundamento de la ciencia del hombre es policéntrico; el hombre no tiene una esencia particular estrictamente genética o cultural, no es una superposición cuasi-geológica del estrato cultural sobre el estrato biológico. Su naturaleza cabe buscarla en la interrelación, la interacción y la interferencia que comporta dicho policentrismo.

Por otra parte, un esquema como el expuesto implica otro tipo de policentrismo, éste bien conocido, entre la especie, la sociedad y el individuo. Han podido separarse estos tres términos, remitir la especie al campo de la biología, el individuo al de la psicología y la sociedad al de la sociología; y proclamar, ya sea que la verdadera realidad del hombre es específica, ya sea que ésta mora en el individuo, ya sea que se encuentra en la sociedad.

Lo que se hace necesario es comprender que se halla, no sólo en cada uno de estos tres campos, sino en sus mutuas interrelaciones. Igualmente es necesario darse cuenta de que esta relación no es sólo complementaria y antagónica, sino también *incierta.*

Para todo ser viviente la relación entre individuo y especie comporta una incógnita axiomática. ¿Dónde se encuentra la esencia de la vida, en el gen (DNA), es decir, en el sistema reproductor que se perpetúa a través del tiempo (la especie), o en la proteína, es decir, en la actividad metabólica del individuo? ¿Pertenece al cambiante y perecedero universo de la vida fenoménica o al invariante y perdurable universo del principio generativo? ¿El «sueño» de la vida (Jacob, 1970) es autorreproducirse (sobrevivir) o metabolizar, es decir, «gozar» (vivir)? ¿Se vive para sobrevivir o se sobrevive para vivir? ¿Dónde se halla la «verdad», en aquello que perdura a través del tiempo o en lo que se consume con su paso? ¿En lo que es la forma o en lo que es lo concreto? No puede existir una respuesta para esta serie de preguntas, pues sobrevivir y vivir, gozar y perpetuarse, el metabolismo y la reproducción, lo fenoménico y lo generativo, son recíprocamente fin y medio uno de los otros, y no hay nada que permita sobrepasar esta ambigüedad decisoria que recubre el enigma de la complejidad.

En lo concerniente al hombre la ambigüedad es triple. Ignoramos si el «fin», la «realidad» o la «esencia» del hombre se halla en la especie, la sociedad o el individuo, si la sociedad y la especie están al servicio del individuo, si el individuo y la sociedad están al servicio de la especie o si la especie y el individuo están al servicio de la sociedad. Por consiguiente, nos es imposible disponer en términos jerárquicos, de realidad última o primera, de fin, especie, sociedad e individuo; debemos considerar que son a un mismo tiempo fin y medio el uno del otro y que las relaciones que entre ellos se establecen son complementarias, competitivas, antagónicas y *discontinuas*. Ha dejado de existir la comunicación directa entre la especie —sistema genético— y la sociedad, para ocupar su lugar una comunicación mediatizada por el cerebro de *sapiens*. Aparece una trágica brecha entre el individuo y la especie que ilumina y agrava la conciencia de la muerte. Tal es la razón que empuja al hombre a llevar el incierto juego de la complejidad hasta los límites del paroxismo.

El hombre es precisamente el producto de este juego incierto en el que su *praxis* se convierte en productora.

Este juego es el propio juego del orden y el desorden, de la desorganización y reorganización permanentes, de la información y del «ruido», de la entropía y la neguentropía, pero llevado hasta el más alto grado de complicación, de apertura y de incertidumbre que nos es dado conocer en la actualidad (sin que por ello se excluya en modo alguno la posibilidad de alcanzar una complejidad aún mayor en el universo, o del propio universo).

El cerebro

Con todo en esta complejidad policéntrica uno de sus elementos ocupa una posición particular, a saber, el cerebro humano. Este no debe ser considerado como un órgano, ni aún como el más noble de todos ellos, sino como el epicentro organizativo de todo el complejo bio-antropo-sociológico. En efecto, el cerebro es la plataforma giratoria en la que se comunican el organismo individual, el sistema genético, el medio ambiente ecosistémico y el sistema socio-cultural, y, en términos trinitarios, individuo, especie y sociedad.

Hemos escogido la denominación de epicentro para remarcar con la mayor claridad posible que el cerebro de *sapiens* no es en modo alguno la realidad primera del vasto complejo policéntrico. Así como el cerebro de *sapiens*, es el producto de una filogénesis inicialmente biológica y después, en los últimos estadios de la hominización, biocultural, para cada individuo en particular es el producto de una ontogénesis biológica seguida de otra biocultural.

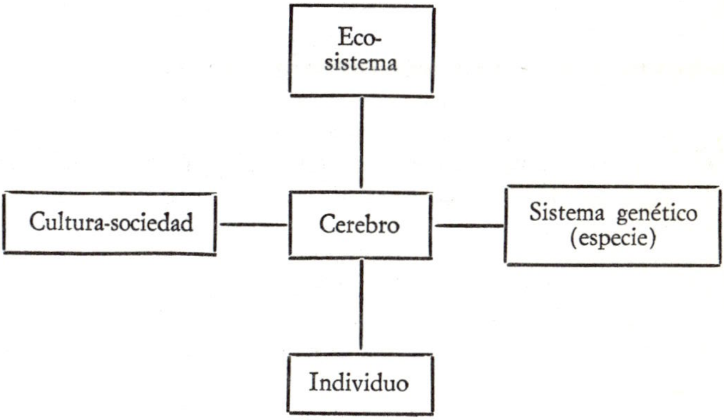

ESQUEMA 4

Obviamente para el individuo el cerebro es el sistema integrador-organizador central. Como muy bien dice Masters, «el comportamiento humano es... el producto de una integración en el cerebro humano de una información filogenéticamente seleccionada que se transmite a través de los genes, históricamente seleccionada, cuya transmisión corre a cargo del lenguaje y de los símbolos culturales, e individualmente reforzada, mediante una información aprendida que se adquiere a lo largo del ciclo vital» (Masters, 1972).

Pero creemos que también es necesario insistir en que el cerebro desempeña por su lado un importante papel organizador con respecto a la sociedad y a la cultura. Hemos mostrado la correlación existente entre el desarrollo del cerebro y el de la complejidad sociocultural para la hominización. Añadamos ahora que la correlación cerebro-sociedad es permanente y fundamental. Se hace necesario substituir el pseudo-vínculo organicista, puramente analógico, que Spencer creyó ver entre lo biológico y lo social por el vínculo *organizativo* del sistema nervioso central y del cerebro. «El cerebro no es sólo una estructura biológica, sino una parte de la estructura social» (Katz, en prensa). Añadamos que la estructura social es también una parte de la estructura del cerebro pues, a fin de cuentas, ¿qué es la sociedad sino una interconexión organizadora de sistemas nerviosos centrales? Hemos intentado demostrar que es necesario hacer referencia al cerebro del *sapiens* para dar cuenta de todos los estadios y fenómenos antropológicos [2] y que el epicentro organizativo (el cerebro) proyecta sus caracteres propios en el conjunto de procesos histórico-sociales. Sin tal principio de inteligibilidad la antropología no es más que una absurda juxtaposición de objetos y acontecimientos que no hay forma de articular entre sí.

En resumen, todos los problemas de la historia y de la sociología de *sapiens* no deben reducirse al prodigioso cerebro, sino converger sobre él, al cual ya le ha llegado la hora de hacer su entrada en la ciencia del hombre aunque sólo sea para alumbrarla.

El hombre psico-sociocultural

La idea de *fenómenos humanos totales* propuesta por Marcel Mauss toma en adelante todo su sentido, no sólo en el plano bioantropológico global, sino también en el interior de la zona psico-sociocultural. O dicho de otra forma, es necesario abrir y reorganizar lo que hasta ahora se ha venido denominando antropología social, antropolgía cultural, psicología, historia y ciencias sociales. Esta postura nos valdrá caer en

2. Para comprender el funcionamiento y desarrollo del cerebro, es necesario interrogar a los mitos, las obras, las sociedades y la historia, pero para comprender los mitos, las obras, las sociedades y la historia es necesario interrogar al cerebro.

desgracia a los ojos de muchos eminentes especialistas que, como es usual, se fijarán en nuestras lagunas bibliográficas y en nuestros errores de detalle para no tener que someter a análisis el paradigma de conjunto. Sin embargo, llevaremos adelante el intento, no de rechazar, sino de integrar los conocimientos adquiridos por cada una de dichas ciencias para liberarlas de su armadura esquemática y unidimensional.

Ante todo, el hombre no puede verse reducido a su aspecto técnico de *homo faber*, ni a su aspecto racionalístico de *homo sapiens*. Hay que ver en él también el mito, la fiesta, la danza, el canto, el éxtasis, el amor, la muerte, la desmesura, la guerra... No deben despreciarse como «ruidos», residuos o desechos, la afectividad, la neurosis, el desorden, la aleatoriedad. El auténtico hombre se halla en la dialéctica *sapiens-demens* y, tal como ya se ha indicado con anterioridad, sólo la elaboración de una teoría de la hipercomplejidad organizativa permitirá integrar de forma coherente los incoherentes aspectos que poseen los fenómenos humanos, sólo ella podrá concebir racionalmente la irracionalidad.

Por otra parte, la antropología no puede seguir confinada por más tiempo al estrecho campo del arcaismo sociocultural. Hemos visto en páginas anteriores que el hombre y la sociedad arcaica constituyen un nacimiento entre muchos otros; ciertamente una etapa capital, pero en un proceso preexistente y que le sobrevivirá. Hemos tentado mostrar que es perfectamente posible integrar en nuestra visión antroposocial lo que de primate posee el hombre, aquello que le liga al homínido, aquello que es sapiencial y aquello que es histórico, y que en cada uno de tales cambios se da un crecimiento en la complejidad, la emergencia de nuevas cualidades, la actualización de aptitudes, pero también la degeneración de aquellas y la esterilización de éstas.

La antropología debe aprehender el carácter morfogenético del fenómeno humano, en el que cabe incluir el problema de los orígenes y el de sus primeras etapas (paleosociedad y arquesociedad). Esta investigación necesita en nuestros días de la elaboración de una sociología prehistórica, ciencia imaginativa que en algún día próximo pueda, a partir de huellas e indicios, reconstruir las sociedades que jalonan el proceso de hominización con ingeniosidad similar a la que la paleontología reconstruye el organismo ya desaparecido. Pero la antropología también abarca las sociedades históricas, el Estado, la Ciudad, la Nación y las modernas sociedades con su permanente evolución. Estas, lejos de alejarse de la antropología, llevan de nuevo a ella, pues las últimas posibilidades de *sapiens* son las más significativos y reveladoras. En este sentido, la antropología tiene mucho que decir sobre la evolución histórica. La naturaleza humana no se opone a la historia del hombre, y viceversa. La historia es una enmarañada sucesión de variaciones y manifestaciones semialeatorias de las virtualidades de *sapiens*. Asimismo, la «estructura» social tampoco se opone a la idea de historia, siempre a condición de que se restablezca el papel de la aleatoriedad en la estructura (la auto-organización, la complejidad) y el de la estructura en el azar (el devenir).

La unidad de la diversidad

Nos enfrentamos en este apartado con un viejo problema planteado en una alternativa tan cerrada como la de la oposición naturaleza-cultura, el problema de la unidad y la diversidad humanas. O bien se opone un principio abstracto de unidad a la extrema diversidad que se da entre individuos, etnías y culturas, exfoliándolas o convirtiéndolas en simples epifenómenos, o se opone a este principio abstracto e inmóvil una heterogeneidad intrínsecamente ininteligible.

Tal alternativa ya se ha visto superada desde hace algún tiempo en el plano de la teoría biológica, que integra en un mismo sistema explicativo la unidad y la diversidad de la vida. El código genético es a un mismo tiempo la sede permanente de la invariabilidad en la reproducción, que perpetúa sin discontinuidades un mismo genotipo, y la sede accidental y rara de variaciones aleaotorias o mutaciones que inscriben, sobre una base distinta, una nueva invariabilidad en el código genético. Y de ahí deriva la extraordinaria diversidad de las especies vivas surgidas a lo largo del proceso evolutivo.

Todos los seres vivos tienen la misma constitución genética (DNA) y la misma estructura organizativa de base (celular), pero es sobre tales bases sobre las que han podido diversificarse para dar lugar a las distintas especies.

En el seno de las especies la reproducción sexuada aporta un nuevo principio de diversidad al combinar diferentes *stocks* genéticos cuyos rasgos se distribuyen de forma variable entre la prole. Finalmente, la diversificación individual desempeña una función tanto más acusada a nivel de fenotipo cuanto mayor es la evolución alcanzada por la especie. En efecto, cuanto mayor es la complejidad de un sistema vivo, más sensible es la ontogénesis individual a sus relaciones con el medio ambiente y los sucesos aleatorios que sobrevienen durante este desarrollo, es decir, tanto las diferencias ecosistémicas como los sucesos singulares contribuirán a diferenciar los individuos entre sí.

Así pues, en tanto que animal altamente complejo, el hombre está biológicamente determinado por un principio de unidad-diversidad y, ya a este nivel, unidad y diversidad son términos, no excluyentes, sino complementarios.

Además, en *homo sapiens* la mezcla genética se halla asegurada permanentemente, incluso entre los núcleos arcaicos más restringidos y aislados (Néel, 1970), por la ley de la exogamia, y en ningún momento ha dejado de aumentar gracias a las migraciones, las guerras, las deportaciones, las violaciones, las fiestas y los simples encuentros fortuitos que se dan en el seno del medio ambiente urbano. Concurrentemente, las diferenciaciones fenotípicas se han visto acrecentadas por la lentitud del desarrollo ontogenético, en el que han tenido su función la combinación entre una herencia cultural y una herencia genética y los sucesos aleatorios acaecidos en el curso de la formación de la personalidad.

El problema de la unidad-diversidad se plantea al nivel de culturas y sociedades humanas en términos a un mismo tiempo análogos y diferentes de los indicados para el sistema generativo-fenoménico biológico (genotipo-fenotipo). A partir del momento en que se constituye la cultura, ésta pasa a formar un sistema generativo que mantiene y perpetúa de forma invariable la complejidad fenoménica de la sociedad. Pero el código cultural, lo mismo que el genético, y aún en mucha mayor proporción, se halla sometido a una serie de modificaciones diversificadoras que proceden de variaciones ecosistémicas, de cambios en el «nicho» y de innovaciones morfogenéticas que surgen en el seno de la praxis fenoménica. Con el desarrollo de las sociedades las fuentes de innovación y perturbación se multiplican. El código cultural nos aparece como un principio sustentador de la invariabilidad e integrador de la diferencia. Como consecuencia de ambas funciones, puede afirmarse que el código cultural actúa como perpetuador de la originalidad. Se ha visto anteriormente que la arquesociedad se ha mantenido invariable en cuanto a sus principios organizativos fundamentales, mientras, paralelamente, se iba diversificando en sociedades originales, que se han convertido en extrañas las unas para con las otras por el lenguaje, los mitos, las costumbres, el grado de coacción, la jerarquía, la agresividad, etc.

Todas las sociedades históricas se han constituido a partir de idénticas bases organizativas (el Estado, el campo, la Ciudad, la especialización, las clases sociales), a pesar de que hayan terminado diferenciándose extraordinariamente entre sí. Las distintas civilizaciones quizá hayan podido parecer radicalmente heterogéneas, pero si bien sus eflorescencias particulares no tienen nada en común, todas ellas arrancan de unos mismos fundamentos antroposociológicos.

En consecuencia, es posible concebir formando un todo la extraordinaria diversidad neguentrópica (biogenética, fenotípico-cultural, sociocultural) de cuanto concierne al hombre y la no menos extraordinaria unidad a partir de la cual se produce, por transformaciones sometidas a variaciones aleatorias, la diferenciación individual, étnica, cultural, social, histórica).

El hecho más destacable es que la unidad del hombre se ha visto preservada, no sólo a despecho de la diferenciación, sino también gracias a la diferenciación sociocultural. Ésta, al acrecentar las diferencias individuales, al hacer que las diferentes culturas se conviertan en extrañas unas para con otras, fenómeno que cabe señalar también entre las clases que conviven en el seno de una misma sociedad, ha sido quien de hecho ha mantenido la unidad de la especie a través del mismo proceso que, al favorecer la extrema diversificación individual y sobre todo la sociocultural, ha frenado, tal como se indicó anteriormente, la escisión genética de la especie.

Quede claro una vez más que todo cuanto acabamos de exponer ha sido posible porque las aptitudes del cerebro de *homo sapiens* permitían una amplia gama de cambios, adaptaciones, diversificaciones y transformaciones, dentro de unos límites extremadamente amplios.

Así pues, ha sido el propio *homo sapiens* quien ha iniciado la diáspora a través del mundo entero diversificándose culturalmente hasta el infinito. No ha nacido ninguna especie nueva. Todos los genotipos son interfecundables. Las diferencias somáticas entre razas son mínimas; las diferencias cerebrales, en el caso de que existan, son epifenoménicas y estadísticamente insignificantes. No es del todo imposible que las diferencias entre los resultados de las tests estúpidamente llamados de inteligencias puedan traducir ligeras diferencias de aptitud entre razas desde un punto de vista estadístico, pero, suponiendo que esto fuera seguro, sería de una significación despreciable, es decir, solamente significante para el despreciable racismo que sólo persigue constantemente traducir la diferencia en jerarquía y expresa su inferioridad moral a través de un complejo de superioridad.

Lo importante es, pues, que la diferencia racial haya alterado tan escasamente la unidad cerebral de *homo sapiens.* Por otro lado tampoco ha alterado de forma significativa la unidad afectiva. A pesar de la diáspora etnocultural, todos los seres humanos se expresan fundamentalmente a través de la sonrisa, la risa, las lágrimas. No sólo disponen de los mismos medios de expresión, sino que exteriorizan una misma naturaleza afectiva, y ello a pesar de las florituras, variaciones, estereotipias, codificaciones y rituales que las diferentes culturas hayan podido aportar a los llantos y risas originarios.

Así pues, la humanidad lleva al más alto grado la paradoja de lo único y lo múltiple[3] y, como consecuencia, también lleva a sus límites últimos la aptitud evolutiva de la especie.

3. No deseo abordar aquí un tema que me hizo correr la imaginación en *Le vif du sujet,* el de la multipersonalidad interna y potencial de cada ser humano. El fenómeno de desdoblamiento de la personalidad, en su carácter "patológico" extremo, no hace más que revelarnos un fenómeno normal mediante el cual nuestra personalidad cristaliza diferentemente, se hace otra, no sólo según los "roles" sociales que debemos interpretar (el pequeño funcionario sometido ante su jefe de oficina se comportará como un tirano doméstico arrogante), sino tam-

La diferenciación entre los individuos es fuente permanente de desviaciones, es decir, de cismogénesis y, ocasionalmente, de innovación, o lo que es lo mismo, de morfogénesis. Aún de forma mucho más amplia que en el universo biológico, en el universo sociocultural la evolución está estrechamente vinculada a la paradoja de la unidad invariante y de la variabilidad de un sistema generativo.

Lo generativo y lo fenoménico

El eje sobre el que gira la biología se ha desplazado insensiblemente del organismo a la organización, para aproximarse hacia el complejo y siempre misterioso nudo gordiano donde se unen y disocian lo generativo (genotipo) y lo fenoménico (fenotipo). La antropología se ve asimismo conminada a trasladarse desde la «estructura social» hacia la organización social para encontrar su eje director en la relación generativo-fenoménica. Precisamente éste fue el proyecto antropológico del joven Marx quien, en 1844, se esforzaba por enmarcar la producción y la reproducción del hombre social en la noción

---

bién según los sucesos, donde la cólera, el amor, el odio o la ternura nos procurarán un auténtico cambio de personalidad que no sólo modificará nuestros propósitos y comportamientos, sino también la combinación interna paleo-meso-neocefálica. Así pues, sin duda alguna poseemos diversas personalidades, una de las cuales domina a las restantes. Estas emergen a la superficie ocasionalmente, pero a menudo lo hacen en momentos decisivos por lo que respecta à urgencia o decisión. Además, en nuestros fantasmas y sueños nos acompañan personalidades potenciales, dementes y sublimes, que, unas veces por suerte y otras por desgracia, se disuelven al punto. Ahora bien, todas estas posibilidades contradictorias, antagónicas, divergentes, la mayor parte puramente oníricas dentro de un mismo individuo, se despliegan en la extraordinaria diversidad humana a merced de ciertas disposiciones particulares, pero también de las circunstancias, y especialmente en el ejercicio incontrolado del poder, que, como muy bien decía Alain, "vuelve loco" al sabio, pero que también puede, aunque ello suceda más raramente, volver sabio al loco, dar talento al hombre mediocre, es decir, posibilitar la expresión de la genialidad que se encierra en el marco de toda vida mediocre. Así pues, cada uno lleva consigo la multiplicidad y la multipotencialidad, y los "otros", en especial aquellos que nos repugnan o a los que odiamos, no hacen más que encarnar una u otra de nuestras potencialidades.

de *hombre genérico*. Sin embargo, la ciencia de la época, y esto ha continuado siendo cierto por lo menos durante un siglo, sólo disponía del concepto de energía y aún no había reconocido, bajo el nombre de información, una realidad neguentrópica de naturaleza organizativa (Brillouin, 1959). Marx no podía concebir el sistema generativo más que bajo el aspecto de «fuerzas» y, por consiguiente, debía devaluar como «superestructuras» todo cuanto era de naturaleza cerebral o cultural [4].

La nueva apertura iba a surgir de la ciencia que manipula un mínimo de energía y un máximo de información, la lingüística. Saussure plantea la dualidad complementaria de un sistema generativo/fenoménico al establecer la distinción entre lengua y *habla*, pero ulteriores desarrollos en el campo lingüístico han hecho añicos la unidad de dicha dualidad. Ha sido Chomsky quien, al profundizar en la inserción antropológica de la lingüística, ha descubierto, a su manera, el problema central de la auto-organización cerebral y ha vinculado al principio generativo de la capacidad la actualización fenoménica particular del lenguaje *(performance)*.

El problema clave de lo generativo y de lo fenoménico que emerge de nuevo con inusitada fuerza en la obra de Chomsky se planteará en lo sucesivo a lo largo y ancho del campo antropológico, ya sea en relación al individuo o a la sociedad, ya se trate de la perpetuación de lo invariable o/y de las transformaciones diversificadoras/evolutivas. En este sen-

4. Dejamos para nuestra próxima obra, *La méthode*, la "relectura" sistemática (y sistémica) de la obra de Marx y de la de Freud bajo el ángulo neguentropológico de la auto-organización donde, como se ha visto, tan importante función desempeña la noción de autoproducción. Asimismo someteremos a análisis la lógica hegeliana, que es una prefiguración no demasiado compleja y racionalizada de aquellas, bajo el punto de vista de la complejidad. Tendremos entonces la oportunidad de ver que, si bien hay oposición radical entre nuestra teoría abierta (epistemológicamente fundada en la extrapolación del teorema de Gödel) y lo que ha cuajado en doctrina (sistema cerrado autojustificador), entiéndase letanía, dentro del marxismo y el freudismo ortodoxos, existe la posibilidad de integrar, no sólo muchas de las nociones claves elaboradas por estos pensadores, sino también su punto de vista originario que, recordémoslo una vez más, es fundamentalmente bioantropológico, tanto en Marx/Engels como en Freud.

tido, todo cuanto estaba encasillado bajo la rúbrica de la psicología (donde se estudiaba, según la voluntad de las diferentes escuelas, ya fuera la «psique», ya fuera el comportamiento) debe ser integrado en una antropología del individuo, por otra parte tan estrictamente necesaria como una antropología cultural o social. La antropología social y cultural debe fundamentarse sobre la base del «hombre genérico» (naturaleza humana) y de una sociología fundamental.

La sociología fundamental aún no ha nacido. La sociología que pretende el título de general no lo es, pues se limita a tratar de las sociedades humanas, y, por consiguiente, no puede ser adjetivada como antropológica ya que en momento alguno vincula el estudio de dichas sociedades con el de los caracteres propios del cerebro de *sapiens*. La sociología futura debe ser ante todo una ciencia «natural», en el sentido de que debe enfocar la sociedad como lo que es en realidad, un modo de organización muy extendido, bajo formas en extremo diversificadas, en el mundo vivo. Se trata pues de elaborar una teoría auténticamente general que puede abarcar a un mismo tiempo los principios de unidad y de diversidad. Además, por descontado, los caracteres propios de las sociedades humanas precisan de la elaboración de una antroposociología en la que la sociedad humana aparezca en su originalidad fundamental como un sistema fenoménico dotado de un sistema generativo autoproductor y autorreproductor (la cultura). Por otro lado, comienza ya a admitirse que la permanencia de la sociedad, tal como tímidamente indicaba Radcliffe-Brown, es «no estática como la de un edificio, sino dinámica como la de la estructura orgánica de un cuerpo vivo» (Radcliffe-Brown, 1972, p. 277), y mientras aquí y allá emerge la idea de sociología generativa (Balandier, 1971), o la de capital cultural (Bourdieu-Passeron, 1970), se descubre que «el conocimiento es una fuerza de producción» (Touraine, 1972) y comienza a atacarse de frente el problema de la reproducción social (Barel, 1973). A pesar de todo ello, el auténtico problema reside en localizar la verdadera matriz, sin lo cual la teoría corre el riesgo de desarrollarse de forma similar a un embarazo extrauterino.

Sea como fuere, aún nos hallamos lejos de haber concebido una teoría satisfactoria de la cultura, en parte porque uno de los problemas claves de la cultura se halla vinculado al de la esfera noológica.

La más intensa oscuridad sigue recubriendo el inaudito universo que abarca desde los sueños a la ideas, desde las estructuras mitológicas a las estructuras lógicas. Hemos visto anteriormente que el carácter más original de *sapiens* reside en haber hecho efectivo el surgimiento de lo noológico. Pierre Auger (1966) y Jacques Monod (1970), p. 181-2) han sugerido que las ideas pueden ser consideradas como «entes» de un nuevo tipo. «El hombre es el portador de un nuevo reino, el de las ideas. No es que el hombre sea el primer ser capaz de tener ideas, pero sí que es el primero que las reproduce, que les da una genética y que les permite constituirse en reino autónomo» (Auger, 1966, p. 148)... «El cuarto reino estaría formado por organismos perfectamente definidos, las ideas, que se reproducen por multiplicación idéntica en los medios constituidos por los cerebros humanos gracias a las reservas de orden disponibles en aquellos» (Auger, 1966 pp. 98-9). Así pues, las ideas serían seres situados en las fronteras cerebrales de la vida como, en otra frontera distinta, se sitúan los virus. Los virus, así como las ideas, son seres capaces de autorreproducirse a condición de que parasiten un organismo; lo mismo que las ideas, los virus pasan de un sistema vivo a otro y se fijan eventualmente sobre un código genético, las ideas lo hacen sobre un código cultural, para traducirle una información creadora o mortal. Sin embargo, las ideas se diferencian de los virus porque se unen entre sí, se ensamblan en secuencias organizadas, se convierten en mitos o ideologías, en seres antropomorfos, extremos todos ellos que las hacen aún más análogas a los seres vivos de cuanto lo son los virus. Así pues, es posible considerar las ideas, los mitos, los dioses, como «entes» que poseen una relativa autonomía (como dice Lévi-Strauss sin pretender ser extraño y oscuro: «los hombres no piensan los mitos; son los mitos quienes se piensan a sí mismos») cuyos cerebros y culturas serían los ecosistemas. Qué duda cabe, los dioses sólo existen en nosotros, creados por nosotros, pero su existencia se nos manifiesta a través de una sorprendente relación parasitaria o simbiótica (no sabríamos precisarlo con exactitud). La carencia «ontológica» de las ciencias del hombre es no haber dado existencia autónoma a lo imaginario y a la idea: *no se ha visto más que el reflejo allí donde existía desdoblamiento, simples humaredas donde había efervescencia termodinámica de vapores.* Sería necesario estudiar su química asociativa, su vida organizada, sus reglas epsecíficas... la noología, ciencia nonata, es el campo de conocimiento que debe coronar la antroposociología.

Scienza nuova

El nuevo paradigma de la antropología fundamental pide una reestructuración de la configuración general del saber. Se trata de bastante más que del establecimiento de relaciones diplomáticas y comerciales entre las diversas disciplinas, lo que no haría más que confirmarlas en su soberanía. Se trata de un replanteamiento del principio de disciplinas que fragmentan el objeto complejo, el cual está constituido esencialmente por interrelaciones, interacciones, interferencias, complementariedades y oposiciones entre sus diferentes elementos constitutivos, cada uno de los cuales se halla prisionero de una determinada disciplina. Para que exista una verdadera interdisciplinariedad, es necesario contar con disciplinas articuladas y abiertas sobre los fenómenos complejos, además de una metodología *ad hoc.* También se hace imprescindible una teoría —un pensamiento— transdisciplinaria que se esfuerce por abrazar el objeto científico, el único objeto científico, continuo y discontinuo a un mismo tiempo: *la physis.*

Así pues, se trata, no sólo de dar a luz una ciencia del hombre, sino de crear una nueva concepción de la ciencia que ponga en entredicho y cambie de arriba abajo, no sólo las fronteras establecidas, sino también las piedras angulares de los paradigmas y, en un cierto sentido, la propia institución científica. Sabemos perfectamente que la idea innovadora es siempre mal acogida y que nuestras propuestas nos valdrán perder el favor de todos aquellos a quienes el actual concepto de ciencia les parece absoluto y eterno. Pero tampoco ignoramos que el concepto de ciencia ha cambiado, y sentimos cada vez con más fuerza que debe cambiar.

En los primeros tiempos de mi reconversión, yo mismo creí que una nueva ciencia del hombre podría apoyarse sobre la roca de la biología. Sin embargo, a medida que ha pasado el tiempo, cada vez estoy más convencido de que, tal como se ha indicado en la primera parte del presente trabajo, es preciso ir más allá del biologismo y del antropologismo y que desde ahora mismo se impone una reorganización en cadena destinada a conformar la *scienza nuova.* La *sicenza nuova,* o ciencia general de la *physis,* deberá establecer la articulación entre la física y la vida, es decir, entre la entropía y la neguentropía, entre la complejidad microfísica (ambigüedad corpuscular-ondulatoria, principio de incertidumbre) y la complejidad macrofísica (auto-organización). Deberá establecer la articulación entre lo vivo y lo humano, la neguentropología y la antropología, siendo el hombre el neguéntropo por excelencia.

Paralelamente, la reforma debe tener un carácter epistemológico e integrar la ciencia de la ciencia en el seno de la propia ciencia, siempre cruelmente dividida entre el empirismo que cree aprehender directamente los objetos y el idealismo pragmático que supone estar manipulando siempre conceptos eficaces. Ahora bien, a medida que el tiempo pasa, cada vez descubrimos con mayor claridad que el problema de la ciencia es, aunque llevado a un grado superior, el de todo conocimiento: la relación entre el sujeto observador y el objeto observado. Ya sea en microfísica, en teoría de la información, en historia o en etnografía, se hace evidente que el objeto investigado ha sido construido por el observador, que siempre pasa a través de una descripción cerebral y que ésta, aún no siendo ni con mucho un puro fantasma, conlleva un carácter de ambigüedad que sólo pueden ser elucidado por medio de una descripción de la descripción (von Foerster, en prensa) y una inscripción del descriptor. Se trata pues, de establecer el metasistema del sistema científico, en cuyo marco la nueva metafísica permitirá comprender mejor el formidable abismo que se abre entre ciencia y valores (ética), entre ciencia y finalidad (antropolítica), pero sin que, por descontado, consiga superarlo.

Se plantean, pues, ante nuestros ojos indisolublemente ligados los problemas fundamentales de la antropología y los de la *scienza nuova.* Consideramos la ciencia del hombre, no como un edificio que debe rematarse, sino a modo de teoría que debe construirse de nueva planta. Enorme tarea cuya urgencia nos inquieta. En efecto, los problemas contemporáneos nos acucian para definir una política del hombre, que no puede ser elaborada con la estricta ayuda de buenas resoluciones de exhortaciones piadosas, de reglas empíricas, de recetas tecnocráticas, de doctrinas unidimensionales, ni de respuestas religiosas (con su indeclinable postura que caracteriza a toda religión, la de creer que es la única ciencia verdadera). Actualmente estamos en condiciones de comprender hasta que punto la retroacción de la realidad antropo-socio-histórica ha podido ser fatal para las mejores intenciones evolucionistas y revolucionarias, y nuestro único consuelo es que también ha podido serlo para las empresas de carácter reaccionario. Debemos ser plenamente conscientes de que en el momento presente el problema central es establecer una política del hombre, que no hay política del hombre sin teoría del hombre, y que ésta última aún no ha visto la luz del día.

Por otro lado, la ciencia del hombre no será la receta mágica que resolverá el problema práctico de la política del hombre. Sabemos ya que ninguna teoría, incluso las científicas, puede tratar de modo exhaustivo la realidad ni encerrar su objeto de estudio en esquemáticos paradigmas. Toda teoría está condenada a permanecer abierta, es decir, inacabada, insuficiente, suspendida sobre un precipicio de incertidumbre y desconocimiento, pero a través de esta brecha, que a un mismo tiempo es su boca hambrienta, proseguirá la investigación, elaborará una metateoría, que a su vez...

Sabemos también que la ciencia, que ha fundamentado su eficacia en la separación entre el sujeto y el objeto, entre hechos y valores, ha terminado por perder el control de sí misma, es decir, ha escapado al control de los sabios que se han visto convertidos en meros funcionarios. La física atómica ha sido manipulada por las ciegas e inciertas fuerzas que gobiernan y se disputan nuestras actuales sociedades históricas; la biología será manipulable y manipulada a no tardar. Y algo aún mucho más grave, en el momento en que la antropología se convierta en una auténtica ciencia, también acabará en manos de manipuladores.

En el momento actual el problema de la naturaleza del hombre, de la unidad hombre-naturaleza-sociedad, se nos plantea grávido de dramatismo, incertidumbre y aleatoriedad. Nos enfrentamos una vez más con la brecha antropológica en la que se dilucida el juego de la verdad y del error.

Ahora bien, dicho juego, a pesar de que no lo hayamos subrayado suficientemente a lo largo de la presente obra al no haber querido abordar de frente los problemas que plantea el concepto de información, no es un juego epifenoménico que se desarrolla en la superficie de un sistema opaco en el que intervienen fuerzas mecanicistas. Un sistema auto-organizado es al mismo tiempo un sistema de comunicaciones entre sus elementos constitutivos y entre éstos y el ambiente exterior. Sólo puede autorreproducirse si su sistema generativo transmite instrucciones correctas al sistema fenoménico y si éste último capta informaciones correctas del medio ambiente. Por otro lado, la muerte biológica no es otra cosa que el resultado fatal de una acumulación de errores bajo el efecto de perturbaciones microfísicas aleatorias que degradan el mensaje generativo y comportan la desorganización del funcionamiento metabólico.

Pero el problema del error no puede ser enmarcado en términos tan simples pues, en el caso de una evolución positiva (crecimiento de la complejidad), la mutación, «error» para el sistema en cuyo seno tiene lugar, produce la «verdad» del nuevo sistema. La transformación del error en adquisición de información se nos aparece de nuevo, en otro plano distinto, en el transcurso de la evolución humana: «¡Buscas las Indias y encuentras las Américas!».

Así pues, el gran problema con el que nos enfrentamos es el de la ambigüedad previa entre el error fecundo y el error fatal. El juego de antagonismos de la vida es, no sólo un juego de fuerza, sino sobre todo un juego de astucia. El depredador y la presa intentan cada uno por su parte hacer caer en el error al enemigo y la vida del ecosistema bulle de falsas informaciones. Un virus se introduce y prolifera en el interior de un organismo cuando el sistema inmunológico cree reconocerlo químicamente como «propio», a modo de un centinela que dejara pasar al enemigo siempre que éste conociera el santo y seña. El sistema inmunológico llega incluso a proteger el desarrollo de cánceres que debería combatir, equivocado o equivocándose, lo que para el caso es lo mismo.

El desarrollo de la humanidad siempre ha tenido que habérselas con dos tipos de error, el error ambiguo frente a un mensaje generativo, que eventualmente puede entrañar una evolución hacia un mayor grado de complejidad, y el engaño que acarrea fracaso y desastre. Hoy, inmersos en la gigantesca crisis que quizás haga posible un cuarto nacimiento de la humanidad, el problema de la ambigüedad y la incertidumbre entre el error y la verdad ha llegado al paroxismo. Toda verdad para un sistema de baja complejidad fundada en la coerción es un error vital para un sistema hipercomplejo (basado en la disminución de las coacciones). Toda verdad para un sistema hipercomplejo es un error para un sistema de baja complejidad. Toda astucia que emplea un sistema de baja complejidad para mostrarse bajo la engañosa apariencia de un sistema de alta complejidad comporta la regresión ineludible.

Con ello la ciencia se introduce en el incierto juego de la conciencia. La conciencia en período de crisis, oscila espasmódicamente entre su naturaleza epifenoménica y su naturaleza epicéntrica, se sepulta en el delirio o, por el contrario, se libera de éste repentinamente. Otra contradicción: en el momento actual la conciencia aparece como necesaria condición previa para la nueva complejificación social, que sin embargo es capaz de crear por sí misma las condiciones para su desarrollo. Es decir, que depende del juego que se practica en la política y que practica la política. Pero también aquí, la dialéctica de la interacción o interferencia entre ciencia, conciencia y política es una dialéctica abierta, pues cabe situarla en el seno de la gigantesca dialéctica de la desorganización/reorganización histórica que trabaja planetariamente todas las sociedades y el cuerpo global de la humanidad. Es en esta dialéctica de las profundidades donde el juego creador de la auto-organización es susceptible de segregar los nuevos tejidos, las formas inéditas, los bocetos espontáneos y las eflorescencias prematuras, pero proféticas, de la metasociedad. El nuevo nacimiento del hombre encontrará sus mejores oportunidades en el vínculo entre las morfogénesis sociales inconscientes del talento colectivo y la ciencia-conciencia-política.

Llegados a este punto cabe considerar con toda seriedad el término *nacimiento* e invertir la perspectiva contemporánea que, tanto en lo que afecta a la ciencia como a la conciencia y la sociedad, no ve más que problemas de *maduración.* La ciencia no se halla en modo alguno en los últimos estadios de su desarrollo, sino que está volviendo a empezar. No nos ofrece la Verdad en relación a los dogmas religiosos, metafísicos y políticos, ni tampoco ha resuelto sus problemas elementales de verdad, de ética y de vinculación con las finalidades sociales. Desde el momento mismo en que abandona sus ecuaciones, por otra parte manipuladas a través de formidables poderes, la ciencia empieza a tartamudear y a balbucear. Nos hallamos en los comienzos del conocimiento y, lo hemos repetido ya hasta la saciedad, en los primeros pasos de la conciencia. En fin, nuestra situación actual no es la de un posible desarrollo de las sociedades históricas, antes bien nos estamos enfrentando con los primeros síntomas de una auténtica hipercomplejidad social.

Este ensayo no puede acabar de otra forma que reclamando para sí el carácter de introducción. Por nuestra parte, remite a otros dos trabajos. De uno de ellos ya hemos hablado a lo largo del presente texto *(La méthode)* y, lógicamente, debería precederlo, pues en él se aborda el problema del conocimiento de la naturaleza del conocimiento. El otro, prolongación del presente trabajo debería reformular lo que nosotros hemos denominado *antropolítica* o política del hombre y contribuir a la conformación del nuevo evangelio que tanto necesitamos. El primero de tales textos debe examinar los problemas fundamentales del orden y del desorden, de la complejidad y de la evolución, del error y de la verdad, lo que equivale a afirmar que en el segundo no se pretende intemporalizar el error, el desorden o la incertidumbre ni aprisionar el mundo en una doctrina cerrada para iluminar la acción a través de la verdad eufórica. Espero se me permita abandonar el «nosotros» convencional del autor para comunicar el sentimiento que ha ido tomando fuerza en mi interior a lo largo de la presente investigación. La plena conciencia de la incertidumbre, del azar y de la tragedia en todas y cada una de las cosas humanas está lejos de haberme sumergido en la desesperación. Por el contrario, es reconfortante trocar la seguridad mental por el riesgo, pues con ello se aumentan las posibilidades. Las verdades polifónicas de la complejidad exaltan, y me comprenderán muy bien todos aquellos que como yo se ahogan en el seno de un pensamiento cerrado, de una ciencia cerrada, las verdades delimitadas, amputadas, arrogantes. Es reconfortante alejarse para siempre de la palabra maestra que tiene una explicación para todo de la letanía que pretende resolverlo todo. Es reconfortante, en fin, considerar el mundo, la vida, el hombre, el conocimiento y la acción como *sistemas abiertos*. La apertura, brecha sobre lo insondable y la nada, herida original de nuestro espíritu y nuestra vida, es también la boca sedienta y hambrienta a través de la cual nuestro espíritu y nuestra vida desean, respiran, beben, comen, besan.

BIBLIOGRAFÍA

No trataré de presentar una bibliografía sistemática concerniente al amplísimo campo cubierto por el presente trabajo. Hubiera ocupado demasiado lugar y además sería de escasa utilidad, pues mi objetivo no ha sido yuxtaponer enciclopédicamente conocimientos de múltiples disciplinas, sino entregarme a un ejercicio «transdisciplinario» de reorganización del saber. Así pues, la presente bibliografía no es ni clásica ni completa, limitándose a recoger básicamente los artículos y obras recientes que han renovado mi información e impulsado mi reflexión. Con ello no pretendo indicar que todos los textos importantes aparezcan en ella, y si he omitido algunos títulos importantes, será mi texto quien sufra por tal carencia más que tales obras a causa de mi involuntaria injusticia.

Existe una deformación sistemática en esta bibliografía. Si bien su objeto central es el hombre, he dejado al margen obras clásicas y fundamentales de las ciencias del hombre, de un lado porque puede encontrarse sus referencias en todos los manuales que constituyen el paisaje cultural bien conocido por el investigador, el estudiante, el «hombre honesto», y de otro porque el problema esencial que se plantea en este libro es precisamente el que se rechaza o ignora en tales obras (aunque en modo alguno tengo intención de subestimar sus aportaciones).

He preferido señalar textos situados al margen del campo de la antropología clásica pero que, en mi opinión, se relacionan estrechamente con la ciencia del hombre. Algunos de ellos plantean problemas fundamentales de método y teoría: quiero señalar aquí mi deuda con von Neumann, Atlan, von Forester, Maturana, cuyos textos capitales sobre la auto-organización siguen siendo mal y escasamente conocidos por situarse fuera de todo marco disciplinario estricto. He querido ofrecer algunas orientaciones bibliográficas sobre primatología, hominización y etología humana, pues se trata de trabajos publicados en inglés aún ignorados en las ciencias humanas. El lector encontrará en tales obras bibliografías más ricas y el libro de Serge Moscovici, que tan a menudo hemos citado, le ofrecerá también valiosas orientaciones.

Mi bibliografía no es, sin embargo, selectiva, pues he citado también textos ante los que adopto una postura de enfrentamiento (en ciertos casos he citado autores con el ánimo de dominar una antipatía contingente (personal) y quedar bien ante mis propios ojos).

En pocas palabras, se trata de una *apertura bibliográfica* que, en tal sentido, se corresponde con gran exactitud a la línea mantenida a lo largo del ensayo: abrir la noción de hombre y la teoría del hombre. La presente bibliografía permitirá al lector orientar sus curiosidades a través de ensayos y errores, tal como he debido hacerlo yo mismo.

ALLAND, A., 1969, *Evolution and Human Behavior*, Tavistock, Londres.
— 1971, *Human Diversity*, Columbia Univ. Press, Nueva York.
— 1972, *The Human imperative*, Columbia Univ. Press, Nueva York.
ALTMANN, S. A., ed., 1967, *Social Communication among Primates*, Chicago Univ., Press, Chicago.
ANTHONY, S., 1940, *The Child Discovery of Death*, Londres.
ARDREY, R., 1963, *Les Enfants de Caïn*, Stock, París.
— 1967, *L'Impératif territorial*, Stock, París.
ATLAN, H., 1972, «Du bruit comme principe d'auto-organisation», *Communications 18*, pp. 21-36, Éd. du Seuil, París.
— 1972, *L'Organisation biologique et la Théorie de l'information*, Hermann, París.
AUGER, P., 1966, *L'Homme microscopique*, Flammarion, París.

BALANDIER, G., 1971, *Sens et puissance*, PUF, París.
BAREL, Y., 1973, *La reproduction sociale*, Anthropos, París.
BASTIDE, R., 1972, *Le Rêve, la Transe et la Folie*, PUF, París.
BATAILLE, G., 1949, *La Part maudite*, Éd. de Minuit, París.
BATESON, G., 1955, «A Theory of play and fantasy», *Psychiatric Research Report 2*, pp. 39-51.
— 1960, «Minimal requirements for a theory of schizophrenia», *Arch. Gener. Psych.* v., 2, pp. 477-491.
BENEDICT, B., 1969, «Role Analysis in Animals and Men», *Man*, 4, 2, 1969, pp. 203-314.

BOLK, L., 1960, «La genèse de l'homme», *Arguments* IV, 18, pp. 3-13 (*Das Problem der Menschwerdung,* 1926, Jena).

BOURDIEU, P., PASSERON, S., 1970, *La Reproduction,* Éd. de Minuit, París.

BOURLIÈRE, F., 1956, *Vie et moeurs des mammifères,* Payot, París.

BOUTHOUL, G., 1948, *Huit mille traités de paix,* Julliard, París.

— 1971, *Traité de polémologie,* Payot, París.

BRILLOUIN, L., 1956, *Science and Information Theory,* Academic Press, Nueva York.

BRONOWSKI, J., 1969, *New Concepts in the Evolution of Complexity,* American Ass. for the Advancement of Science, Boston.

BRONOWSKI, J., BELLUGI, U., 1970, «Language, Name and Concept», *Science 168,* pp. 669-673.

BUCKLEY, W., 1968, *Modern Systems Research for the Behavioral Scientist,* Aldine, Chicago.

CAILLOS, R., 1938, *Le Mythe et l'Homme,* Gallimard, París.

— 1950, *L'Homme et le Sacré,* Gallimard, París.

CAVALLI-SFORZA, L. L., BODMER, W. F., 1970, «Intelligence and Race», *Scientific American,* 223, pp. 19-29.

— 1971, *The Genetics of Human Populations,* Freeman & C.º, San Francisco.

CHANCE, M.-R., 1967, «Attention, structure as the basis of primate rank order», *Man,* 2, pp. 503-518.

CHANCE, M.-R., JOLLY, C., 1970, *Social Groups of Monkey, Apes and Men,* New York.

CHANGEUX, J.-P., 1970, «*L'inné et l'acquis* dans la structure du cerveau», *La Recherche,* I, 3, pp. 213-221.

— 1972, «Le cerveau et l'événement», *Communications 18,* Éd. du Seuil, París.

CHAUVIN, R., 1961, *Le Comportement social des animaux,* PUF, París.

— 1969, *Le Monde des fourmis,* Plon, París.

CHOMSKY, N., 1965, *Aspects of the theory of syntax,* MIT, Cambridge, Massachusetts [Versión castellana de Carlos Peregrín Otero, *Aspectos de la teoría de la sintaxis* (Madrid: Aguilar, 1970)].

— 1966, *Cartesian Linguistics,* MIT, Cambridge, Massachusetts [Versión catalana de Gabriel Ferrater, *Lingüística cartesiana* (Barcelona: Seix Barral, 1970)].

— 1968, *Language and mind*, Harcourt Brace, Nueva York [Versión castellana de Juan Ferraté, *Lenguaje y entendimiento* (Barcelona: Seix Barral, 1971)].

COHEN, Y. A., éd., 1968, *Man in Adaptation*, Aldine, Chicago.

COMFORT, A., 1966, *The Nature of Human Nature*, Weidenfeld and Nicholson, Londres.

COSNIER, J., 1969, «Systèmes de communication chez les animaux», *Économie et société* III, 8.

CROOK, J. H., 1971, «Sources of cooperation in animals and men», *Social Sciences Information* I, 9, pp. 27-48.

CROOK, J. H., GARTLAN, J. S., 1966, «Évolution of primate societies», *Nature*, 210, pp. 1200-1203.

DE VORE, L. WASHBURN, S. L., 1963, Baboon ecology and human evolution, *in African Ecology and Human Evolution*, F. Clark Howell et F. Bourlière éd., Aldine, Chicago.

DE VORE, I., 1964, «The evolution of social life», *in Horizons of anthropology*, S. Tax ed., Aldine, Chicago.

DE VORE, I., 1965, *Primate Behavior*, Holt, Rinehart and Winston, Nueva York.

DELGADO, J.-M. R., 1972, *El condicionamiento del cerebro y la libertad del espíritu*, Espasa Calpe, Madrid.

DEVÉREUX, G., 1970, *Essais d'ethnopsychiatrie générale*, Gallimard, París.

DOBZHANSKY, T., 1966, *L'Homme en évolution*, Flammarion, París.

DUMONT, L., 1966, *Homo hierarchiens*, Gallimard, París.

EIBL-EIBESFELDT, I., 1970, *Ethology, the Biology of Behavior*, Holt, Rinehardt and Winston, Nueva York.

— 1971, *Love and Hate*, Holt, Rinehardt and Winston, Nueva York.

— 1972, «Similarities and differences between cultures in expressive movements», *in Non verbal Communication*, A. Hinde ed., Cambridge Univ. Press, Cambridge.

— Communication à paraître *in l'Unité de l'homme*, Éd. du Seuil, París.

EISENBERG, J. F., MUCKENHIRN, N. A., RUDRAN, R., 1972, «The relation between ecology and social structure in primates», *Science,* 176, pp. 863-74.

EISENBERG, L., 1972, «The human nature of human nature», *Science,* 176, pp. 123-128.

ESCOFFIER-LAMBIOTTE, C., «Acide urique et réussite sociale», *Le Monde* 2 junio 1971.

ETKIN, W., 1954, «Social behavior and the evolution of man's mental faculties», *Amer. Nat.,* 88, pp. 129-142.

FREUD, S., 1927, «El porvenir de una ilusión» [versión castellana de Luis López-Ballesteros y de Torres, *Obras Completas,* II, (Madrid: Editorial Biblioteca Nueva, 1968)].

FOERSTER, H. von, cf. Von Foerster.

FOX, R., 1970, «The cultural animal», *Social Science Informations* IX, 1, pp. 7-25.

GALLUP, G. G., 1970, Chimpanzees: Self Recognition, *Sciences* 167 pp. 86-87.

GARDNER, R. A., et B., 1969, «Teaching sign-language to a chimpanzee», *Science,* 165, pp. 664-672.

— 1971, «Two-way communication with an infant chimpanzee», *in Behavior of non-human primates* III, A. Shrier et Stollnitz éd, Academic Press, Nueva York.

GARVIN, P. L., éd., 1970, *Cognition: a Multiple View,* Spartan Books, Nueva York.

GASTAUT, H., BERT, J., 1973, «Primates, anthropoïdes, humains: les traits encéphalographiques communs à cette lignée évolutive», *in l'Unitéde l'homme,* à paraître, Éd. du Seuil, París.

GEERTZ, C., 1966, «The impact of the concept of culture on the concept of man», *in New Views of Man,* J. Platt éd., Chicago Univ. Press, Chicago.

GOMES, A. O., 1965, «The Brain-Consciousness problem in contemporary scientific research», *Semaine d'étude sur cerveau et expérience consciente,* Pontifica Academia Scientiarum, Ciudad del Vaticano.

GREGORY, R. L., 1970, *The Intelligent Eye,* Weidenfeld and Nicholson, Londres.

GUNTHER, G., 1962, «Cybernetical ontology and transjunctional operations», *Self Organizing Systems,* Yovits, Jacobi, Goldsterne, Éd. Washington, D. C.

HALL, E. T., 1971, *La Dimension cachée,* Éd. du Seuil, París.

HOCKETT, C. F., ASHER, R., 1964, «The human revolution», Current Anthropology, 5, pp. 135-147.

HOWELL, F. C., BOURLIÈRE, F., éd., 1963, *African Ecology and Human Evolution,* Aldine, Chicago.

JACOB, F., 1970, *La Logique du vivant,* Gallimard, París [Versión castellana de Joan-Senent Josa y M. Rosa Soler, *La lógica de lo viviente* (Barcelona: Editorial Laia, 1973)].

JAKOBSON, R., 1970, «Relations entre la science du langage et les autres sciences»), *in Tendances principales de la recherche dans les sciences sociales et humaines,* Mouton, La Haya.

JOUVET, M., «Neurobiologie du rêve», *in l'Unité de l'homme,* à paraître, Éd. du Seuil, París.

KATZ, S., «Unité et diversité de l'homme dans la perspective de l'anthropologie sociale et culturelle», en *l'Unité de l'homme,* en prensa, Éd. du Seuil, París.

KAWAMURA, S., 1963, «The process of sub-culture propagation among Japanese Macaques», *in Primate Social Behavior,* Southwick, ed., pp. 82-90, Van Nostrand, Princeton.

KOESTLER, A., 1968, *Le Cheval dans la Locomotive,* Calmann-Lévy, París.

KUHN, T. S., 1963, *The Structure of Scientific Revolutions,* Chicago Univ. Press, Chicago [versión castellana de Agustín Contín (México: Fondo de Cultura Económica, 1971)].

LABORIT, H., 1970, *L'Agressivité détournée,* UGE, 10/18, París.

— 1970, *L'Homme imaginant,* UGE, 10/18, París.

LACAN, J., 1972, *L'Enfance aliénée,* Journées d'études sur la psychologie de l'enfant, UGE, 10/18 París.

LAWICK-GOODALL, J. VAN, cf. Van Lawick-Goodall.

LEAKEY, R., 1972, Man and Sub-Men of Lake Rudolf, *New Scientist,* 16 noviembre 1972.

LEE, R. B., DE VORE, I., 1968, *Man the Hunter,* Aldine, Chicago.

LENNEBERG, E. H., 1967, *Biological Foundations of Language,* Wiley, Nueva York.

LEROI-GOURHAN, A., 1964, *Le Geste et la Parole,* Flammarion, París.

LÉVI-STRAUSS, C., 1949, *Les structures élémentaires de la parenté,* PUF, París.

— 1967, *Du miel aux cendres,* Plon, París.

LORENZ, K., 1969, *L'Agression,* Flammarion, París.

— 1970, *Essais sur le comportement animal et humain,* Éd. du Seuil, París.

LWOFF, A., 1962, *Biological order,* MIT, Cambridge, Massachusetts [ersión castellana de María Teresa Toral, *El orden biológico* (México: Siglo XXI, 1967)].

MACLEAN, P. D., 1970, «The tribune brain, emotion and scientific bias», *in The neurosciences, second study program,* F. O. Smith ed., Rockefeller Univ. Press, Nueva York.

MASTERS, J., 1972, *Political Behavior as a Biological Phenomenon,* Meeting of the American Political Sc. Ass., Washington,D. C., (mimeo).

MARX, K., 1937, *Économie politique et philosophie* (manuscrit de 1844), *in Œuvres philosophiques* VI, pp. 5-135 trad. Molitor, Costes, París.

MATURANA, H. R., *Biology of Cognition,* Urbana Biological computer Laboratory, Dept. of Électrical Engineering, Universidad de Illionis.

MATURANA, H. R., VARELA, F., 1972, *Autopoietic Systems,* Facultad de Ciencias, Universidad de Chile, Santiago.

MEHLER, J., «Knowing by unlearning», en *l'Unité de l'homme,* en prensa, Éd. du Seuil, París.

MONOD, J., 1970, *Le Hasard et la Nécessité,* Éd. du Seuil, París [versión castellana de Francisco Ferrer Lerín, *El azar y la necesidad* (Barcelona: Barral Editores, 1970)].

MONTAGNER, H., «Communications non verbales et stimulations spécifiques chez les jeunes enfants à la crèche», en *l'Unité de l'homme,* en prensa, Éd. du Seuil, París.

MORIN, E., 1956, *Le Cinéma ou l'Homme imaginaire,* Éd. de Minuit, París. [Versión castellana de Ramón Gil Novales, *El cine o el hombre imaginario* (Barcelona: Seix Barral, 1961)].

— 1971, *L'Homme et la Mort,* Éd. du Seuil, París. [Versión castellana, *El hombre y la muerte* (Barcelona: Kairós, 1974)].

— 1972, «L'Événement-sphynx», *Communications 18,* Éd. du Seuil, París.

MORRIS, D., 1970, *Le Singe nu,* Grasset, París.

MOSCOVICI, S., 1972, *La Société contre nature,* UGE, 10/18, París.

NAPIER, J., NAPIER, P., éd., 1970, *Old World Morkeys,* Academic Press, Nueva York.

NEEL, J.-V., 1970, «Lessons from a primitive People», *Science,* 170.

NEUMANN, J. von, 1966, cf. von Neumann.

PLOOG, D., 1970, «Neurological aspects of social behavior», *Social sciences informations,* 9, 3, pp. 71-97.

PREMACK, D., 1970, «The Education of Sarah, a chimp», *Psylogy today* 4, 4, pp. 55-58.

— 1971, «Language in chimpanzee?», *Science,* 172, pp. 808-822.

— Comunicación en prensa, *L'Unité de 'homme,* Éd. du Seuil, París.

PREMACK, D., SCHWARTZ, A., 1969, «Preparations for discussing behaviorism with chimpanzee», en *The Genesis of Language,* F. Smith y G. A. Miller ed., MIT Press, Cambridge.

RADCLIFFE-BROWN, A. R., 1972, *Structure et fonction dans la société primitive,* Éd. de Minuit, Éd. du Seuil, col. Points, París.

ROHEIM, G., 1953, *The Gates of Dream,* Nueva York.

— 1972, *Origine et fonction de la culture,* Gallimard, París.

ROPARTZ, P., 1972, «Les bases biologiques de notre comportement», *Psychologie,* febrero 1972.

RUFFIÉ, J., «Le mutant humain», en *l'Unité de l'homme,* en prensa, Éd. du Seuil, París.

SALK, J., 1972, *Man Unfolding,* Harper and Row, Nueva York.

SCHRÖDINGER, E., 1945, *What is Life?,* Cambridge Univ. Press, Cambridge.

SEBEOK, T. A., éd., 1968, *Animal Communications,* Indiana Univ. Press, Bloomington.

SERRES, M., 1972, «La Thanatocratie», *Critique,* 298, pp. 199-227.

SHANNON, C., WEAVER, W., 1949, *The Mathematical Theory of Communication,* Illinois Univ. Press, Urbana.

SOURIAU, E., 1948, «L'art chez les animaux», *Revue d'eshétique* III, 1948, pp. 217-249.

STORR, A., 1973, *L'instinct de destruction,* Calmann-Lévy, París. Ed. castellana, *Sobre la violencia,* Kairós 1974.

SUGIYAMA, Y., 1968, «Social organization of chimpanzee in the Budongo forest, Uganda», *Primates,* 9, pp. 225-258.

— 1969, «Social behavior of chimpanzees in the Budongo forest, Uganda», *Primates,* 10, pp. 197-225.

TASCHDJIAN, E., 1966, *Organic Communications,* W. M. C. Brown, Dubuque.

TAX, S., ed., 1960, *The Evolution of Man,* Chicago Univ. Press, Chicago.

THOM, R., 1968, en *Towards a Theoretical Biology,* I (Waddington at.), Prolegomena, Edinburgh Univ. Press, Edimburgo.

TIGER, L., 1971, *Entre hommes,* Laffont, París.

TIGER, L., FOX, R., 1966, «The zoological perspective in social science», *Man,* I, pp. 75-81.

TINBERGEN, N., 1967, *La Vie sociale des animaux,* Payot, París.

TOURAINE, A., 1972, *Université et Société aux États-Unis,* Éd. du Seuil, París.

TRINCHER, K. S., 1965, *Biology and Information: Elements of Biological Thermodynamics,* Consultants bureau, Nueva York.

TSUMORI, A., 1967, «Newly acquired behavior and social interactions of Japanese monkeys», *in Social communication among primates,* Altmann ed., pp. 207-219, Chicago Univ. Press, Chicago.

VANDEL, A., 1968, *La Genèse du vivant,* Masson, París.

VAN FOERSTER, H., 1960, «On self-organizing systems and their environments», *Self-Organizing Systems,* Pergamon, Nueva York.

— 1966, «From stimulus to symbol», en *Sign, Image, Symbol,* G. Kepes éd., Braziller, Nueva York.

— Comunicación e intervenciones, en *l'Unité del'homme,* en prensa, Éd. du Seuil, París.

Von Foerster, H., Zopf, G. W., éd., 1962, *Principles of Self-Organization,* Pergamon, Nueva-York.

Van Lawick-Goodall, J., 1971, *Les Chimpanzés et Moi,* Stock, París.

Von Neumann, J., 1966, *Theory of Self-Reproducing Automata* (edición completada por A. W. Burks», Illinois Univ. Press, Urbana.

Washburn, S. L., 1959, «Speculations on the interrelations of the history of tools and biological evolution», *Human Biol,* 31, pp. 21-31.

— 1960, Tools and Human Evolution, *Scientific American,* 203, septiembre 1960.

— 1963, The Study of Race, *American Anthropologist,* 65, pp. 521-531.

Washburn, S. L., Howell, F. C., 1960, «Human evolution and culture», en *Evolution after Darwin,* S. Tax ed., Chicago.

Washburn, S. L., Jay, P. C., 1968, *Perspectives on Human Evolution,* Nueva York.

Watson, J. D., 1968, *La Double Hélice,* Laffont, París. [Versión castellana, *La doble hélice* (Barcelona: Plaza Janés, 1970)].

Watzlawick, P., Helmick-Beavin, J., Jackson, D., 1967, *Pragmatics of Human Communication,* Norton, Nueva York.

Wickler, W., 1971, *Les Lois naturelles du mariage,* Flammarion, París.

Wilden, A., 1972, *System and Structure,* Tavistock, Londres.

— 1972, «L'écriture et le bruit dans la morphogenèse du système ouvert», *Communications 18,* pp. 48-71, Éd. du Seuil, París.

Wright, S., 1967, «The foundations of population genetics», en *Heritage from Mandel,* Alexander Brinck ed., Wisconsin Univ. Press, Madison.

SUMARIO